李斯文章

一個讀書人的選擇

何福仁 著

匯智出版

1 「秦之文章，李斯一人而已。」

魯迅講授古代漢文學史，以李斯為秦文學的代表，收結頗受傳頌：「秦之文章，李斯一人而已。」(《漢文學史綱要》)上一句好像很保險：「由現存者而言」。他此前指出秦始皇 (西元前 259 年－前 210 年) 曾使博士作《仙真人詩》，並下令弦歌傳唱，他說這是後世遊仙詩之祖。按這是始皇為求長生不老，受方士哄騙，以為真人「入水不濡，入火不爇，陵雲氣，與天地久長」(《史記‧秦始皇本紀》)，於是不再自稱朕，而改稱真人；這其實也是後世獨裁者通過官媒借助文學藝術自我造神之始。諷刺的是，早一年，始皇接受李斯的提議，偶語《詩》《書》棄市。頌唱真人的歌詩久已失傳。所謂歌詩，是指合樂的詩，今人的詩歌，基本上並不合樂。

此外，魯迅又引班固《漢書‧藝文志》載秦時有雜賦九篇，〈禮樂志〉云周有《房中樂》，至秦名曰《壽人》，但「今亦俱佚」。班固之後，劉勰《文心雕龍‧詮賦》據此也說過「秦世不文，頗有雜賦」。班固與劉勰大抵都沒看到這些雜賦，魯迅乃有「李斯一人」的論定。

魯迅的「秦之文章」，一個是分期問題，另一個是性質問題。魯迅所指的「文章」，其性質是很清楚的，他說：「但書文章，今通稱文學」，儘管先秦及漢，還沒有今天獨立的

文學觀念；先秦「文學」一詞，本來涵括廣義的人文學術。魯迅引東漢末劉熙《釋名》之後解說：「文章之事，當具辭義，且有華飾，如文繡矣。」「辭義」是內容，「華飾」則指形式。當然，倘再加深究，「文學」與其他寫作有何分別？文學的「文學性」（literariness）何在？則參證中外各家文論，眾說紛紜，是沒辦法了斷的問題。綜合魯迅全文，其所謂「文章」，應是內容之外，尤重在文字上踵事增華，運用了各種修辭技巧，「華飾，如文繡」，他稱讚李斯，所舉的例子是〈諫逐客書〉（文題乃後人所加，惟「諫」一字不當），稱賞其有「文采」、「華辭」，再又稱讚傳為李斯手筆的泰山刻石「質而能壯」，反而沒有再討論這些文章的內容，然則這種「文章」觀念，其實近於形式主義的說法：技巧最重要，這包括韻律、比喻、對比，等等，並不計較內容。忽略內容，甚至認為內容不重要，是形式主義最受人詬病的地方。

不過〈諫逐客書〉歷來備受稱頌，其手法固然獲得一致好評，不少人更肯定其內容，包括大家如劉勰、錢鍾書。我的想法與前賢有別，我則認為李斯之作徒具手法而內容不佳，而手法也不是沒有瑕疵的；後文再詳加解釋。要分析的還有李斯名下為數不多的其他作品。

最難理解的，是魯迅的所謂「秦」。按慣例，講秦代文學，想當然是從秦始皇統一天下開始，至二世、子嬰，秦亡時止。魯迅講漢代文學，是從漢朝高祖建立開始，然後文

景、武帝，一直講。問題在，李斯最受後世以及魯迅稱頌的那一篇〈諫逐客書〉，是秦統一六國前的作品，寫於秦王政十年（西元前 237 年），距離統一有十六年之久。李斯當時是來自荊楚的客，名列被逐。

但如果這個「秦」，是泛指贏政統一前後或廣或狹的秦，問題仍然沒有解決。廣義的秦，可遠溯到其遠祖非子替周孝王養馬有功，獲封秦邑，不足五十里；再到秦襄公護駕周平王東遷，受封為諸侯立國，輾轉傳至贏政，從西元前 770 年至前 207 年，那麼今天可以讀到秦人以及與秦相關的文章，豈止李斯一人？別忘了寫〈諫逐客書〉時，李斯仍為秦外客。按魯迅「文采」、「華辭」之說，詩賦固不待言，諸子與史家的著作，也都可見這種文字上的工夫。《詩經》裏有〈秦風〉十篇，包括名作〈蒹葭〉、〈黃鳥〉、〈無衣〉，其中〈蒹葭〉更是歌詩時代最動人的作品。〈黃鳥〉是秦人怨刺穆公以人從死；〈權輿〉則貴族感嘆今不如昔，「每食無餘」、「每食不飽」；〈小戎〉則反戰，借女子懷念出征的丈夫，先狀物，後言情。這些詩都得以流傳，這是贏政統一後難以想像的。

此外，據《戰國策》所載，出色之作並不少見，例如〈魏策・秦王使人謂安陵君〉，唐雎對贏政的問答慷慨激昂，類比的排句就很精彩；或者〈燕策・燕太子丹質於秦〉，寫荊軻刺贏政（西元前 227 年），緊張、逼切，幾乎全為《史記》所抄錄。《戰國策》的作品真偽容有爭議，則諸子中一度入秦的

荀子，作品如《賦》、《成相》，根本就是文學。成相的「相」是一種樂器，成相體大抵是戰國後期流行的詩賦句式：3-3-7-4-7，除第四句，餘皆押韻。荀子或進入晚年（生卒不詳，學術活動約在前 298 年至前 238 年之間），入秦而卒於秦的韓非則正值青壯（約死於前 233 年），他的《內外儲說》、《說林》以寓言託意，同樣充滿文學色彩。

至於狹義的秦，獨以嬴政登位起計算，則從十三歲（前 247 年）到五十歲過世（前 210 年），在位 37 年；登位之初列國尚存。但如前所述，在統一前，李斯之為秦客，則客死於秦的韓非何以排除在外？倘再加收窄，只計算秦統一至秦亡又如何？則〈諫逐客書〉同樣合該摒除；摒除此文，則連李斯也再無可觀。

然則無論以廣狹的秦來作為文學史分期，「秦之文章，李斯一人而已」的結論實難以圓說。魯迅說的是秦代文學，而非李斯一人的文學；專講李斯，當然可以不受時限。

《漢文學史綱要》是魯迅 1926 年在廈門大學開設中國文學課的講義，初名《中國文學史略》，翌年在中山大學再講，改名《古代漢文學史綱要》，因為只講到漢代，是未定稿，他生前從未正式出版。這講稿後人收進他的全集裏，改為《漢文學史綱要》，據說是許廣平的意見。鄭振鐸曾解釋這個「漢」，是指「漢族」，認為魯迅早就意識中國漢人之外的其他民族，在文學史上肯定少數民族的文學，他是第一人云

云（〈中國文學史的分期問題〉，1958）。不知這是否魯迅的原意，但這提法很有意思，因為能夠跳出漢的正統中心說。秦早期偏處西陲，其祖先既有早期「西來」之說（王國維），其後又有「東來」之論（錢穆、林劍鳴），並且逐漸抬頭。更有西方學者認定秦的祭祀禮儀，統一前後都維持周人的傳統。但無論如何，秦在西周與戎狄雜處，風俗習慣與諸夏有異，商鞅曾自詡入秦變法時確立「男女之別」：「始秦戎狄之教，父子無別，同室而居。今我更制其教，而為其男女之別。」（《史記‧商君列傳》）「父子無別、同室」，即是亂倫之謂，正是諸夏的大忌。換言之，倘要通盤論述秦文學，統一前後有別，不免牽涉邊緣與中心的釐定。

2　「諸侯卑秦」

秦人怎樣看自己，別人又怎樣看他們？兩造互相折射，當然會隨形勢時局而滑動、變化。學者吳淑惠並不以為周室及其他諸侯國視嬴秦為戎狄，秦孝公自言「諸侯卑秦」，這個「卑」字，她認為不應作「歧視」解，而是「凌駕於上」之義，指的是軍事；因為秦經歷政治動盪，孝公之父獻公在位時失去河西土地，一直未能收復。孝公乃有此嘆。史遷的引用，吳教授認為針對的是政治情況而不是貶秦人的族性；信陵君指斥秦「與戎狄同俗，有虎狼之心，貪戾好利無信，不識

禮義德行」，她認為司馬遷經由信陵君之口，指控秦的無禮
儀仁德是很正常的，戰國時期任何諸侯國自己也不例外，諸
侯只是畏怕秦的軍事力量而已（〈談《史記》中的中國人：兼
駁近年來西方學者有關司馬遷的民族觀的論述〉）。

秦孝公「諸侯卑秦」之言，前文云：「**秦僻在雍州，不
與中國諸侯之會盟，戎翟遇之。**」（《史記·秦本紀》）秦遠
在陝西甘肅，諸侯不讓秦參與會盟，是否只因為秦的軍事力
量不濟？吳氏解釋司馬遷並沒有歧視秦人的族性，在史遷心
目中，「中國人」是一個包容各族的觀念，而周初封建，諸侯
各國原本就是華夷雜處；在共祖黃帝名下，原本都有血緣，
本是一家。這共祖，吳氏認為是史遷的發明。史遷寫的歷
史，就是要塑造一個「中國人」的過程，從遠古到漢，各族之
間經過戰爭、結盟，再而逐漸凝聚。她說：

> 司馬遷寫《史記》的目的之一是在宣揚創造一個
> 群體的民族認同（collective identity）——「中國人」
> ——的形象，而且這個「中國人」應該是他民族觀的
> 中心。

如果這看法成立，那是《史記》作者宏大心胸的建構，
誠如這篇宏文的題目，可以反駁西方學者認為司馬遷「揚夏
抑夷」之見。《史記》是司馬遷的一家之言，其心胸如此，大
概也是吳淑惠一家之言。然而，當局者迷，諸侯國的想法卻

不見得是同一回事。此外，周室及其他諸侯國對「蠻夷」的態度也不見得相同。周平王得秦人護駕，即封其為諸侯，視為諸夏之一，問題在東遷後諸侯國不再馬首是瞻，連周室也受蔑視，例如晉文公向周襄王「請隧」：在自己死後葬之以天子的規格，這是僭越；到楚子陳兵周天子邊境，再而向周使問鼎，則更是對周的侮慢了。

《左傳》僖公二十四年，周襄王想借助狄人伐鄭，大夫富辰以為不可，認為周鄭是兄弟，狄人則是外族，不應借外人損害手足之情，他進而嚴厲地貶斥狄人：

> 耳不聽五聲之和為聾，目不別五色之章為昧，心不則德義之經為頑，口不道忠信之言為囂，狄皆則之，四奸具矣。

這頗能代表諸夏某些自視文明之人對異族的貶視，認為他們聾、昧、頑、囂。這麼說戎狄懂得的，唯有蠻力。這種人豈在少數。富辰之前，當狄人伐邢，大政治家管仲也曾對齊桓公說：「戎狄豺狼，不可厭也；諸夏親暱，不可棄也。」厭，即饜，指戎狄貪婪不會滿足，與諸夏對舉。於是出兵救邢。（《左傳‧閔公元年》）孔子美稱管仲的名言：「微管仲，吾其披髮左衽矣。」秦長期與所謂「四奸」、「豺狼」雜居，生活作風互相滲透，要是以為諸夏沒有人看不起秦人，那未免太看得起諸夏。儘管諸侯各國，分封之初，的確甚少不是

與外族雜處。黑奴久已解放，甚至有黑人成為超級大國的總統，但二十一世紀，歐美各地文明社會歧視黑人的事例還會少麼？倡言民族主義者，無不劃時地自限，絕對不會追溯到非洲的本源。《史記・六國年表》云：

> 太史公讀《秦記》，至犬戎敗幽王，周東徙洛邑，秦襄公始封為諸侯，作西時用事上帝，僭端見矣。……今秦雜戎翟之俗，先暴戾，後仁義，位在藩臣而臚於郊祀，君子懼焉。……秦始小國僻遠，諸夏賓之，比於戎翟，至獻公之後常雄諸侯。論秦之德義不如魯衛之暴虐者，量秦之兵不如三晉之彊也，然卒并天下，非必險固便形勢利也，蓋若天所助焉。

諸夏開始時把秦當戎翟那樣排斥（「諸夏賓之，比於戎翟」，賓，指擯棄），所謂「君子懼焉」，懼，不是害怕，而是擔憂，憂秦暴戾，僭越，不講德義，而不一定是軍事（「秦之兵不如三晉之彊」）。這可是史遷自己說的。吳解釋「君子懼焉」不是指諸侯國，也不代表全中國之人，而是司馬遷不怎麼欣賞的漢代之儒。漢儒真的可以移入隔代的敘事，為前人分憂？

不過，肯定的是，秦人並不以戎狄自居，〈秦本紀〉起句云「秦之先，帝顓頊之苗裔孫曰女修」，史遷根據的應是漢

以後已失傳的《秦記》，顓頊，是黃帝之孫，即屈原《離騷》「帝高陽之苗裔兮」的高陽。這麼説，則秦楚其實是同宗。顓頊乃五帝之一，秦因此一直自認為「夏」，這個「夏」對其他少數民族，可也沒有包容為「中國人」的觀念，而是分別彼此。據睡虎地秦墓 11 號竹簡《法律答問》所載，統一前後，其稱治下的少數民族為「臣邦人」，臣邦人的子女，稱為「真」；父為少數民族，母為秦人，兒子才可為「夏子」。《法律答問》云：

「臣邦人不安其主長而欲去夏者，勿許。」可（何）謂「夏」？欲去秦屬是謂「夏」。

（臣屬於秦的少數民族的人，對其主長不滿而想去夏的，不予准許。什麼叫「去夏」？想離開秦的屬境，稱為「去夏」。）按譯文取自《睡虎地秦墓竹簡》(1981) 整理小組，下同。

「真臣邦君公有罪，致耐罪以上，令贖。」可（何）謂「真」？臣邦父母產子及產它邦而是謂「真」。可（何）謂「夏子」？臣邦父、秦母謂殹（也）。

（真臣邦君公有罪，應判處耐刑以上，可命贖罪。什麼叫「真」？臣屬於秦的少數民族的父母生子，以及出生在其他國的，稱為「真」。什麼叫「夏子」？父為臣屬於秦的少數民族，母親是秦人，其子稱為「夏子」。）

根據當年戎使由余和秦穆公的對答，也可見秦以「中國」自稱（〈秦本紀〉）。然而同屬高陽的苗裔，秦與楚的分別是，楚自認蠻夷：周夷王時，熊渠說：「我蠻夷也，不與中國之號謚。」而自行封王。多年後熊通攻隨，隨說：「我無罪。」熊通的答覆是：「我蠻夷也。」然後要求周室加封，不封，同樣自行尊封（《史記・楚世家》）。既為蠻夷，當然不講理，不管你們諸夏之理；話很賴皮，兼含譏嘲，並沒有自貶之意。但完全不在意，又不見得，否則就不再自封。這種非夷非夏、亦夷亦夏的態度，反而避免自我中心的民族觀。秦「臣邦」一詞到了漢，因避劉邦諱，改稱「臣屬」。秦對少數民族的態度，學者莫衷一是。無論如何，秦法顯示，秦和少數民族是劃分界線的。

　　秦楚另一不同的地方是，楚人經多年從草莽中艱苦經營，春秋時已形成獨特的文化。我們知道，過去認定中華文化發源於黃河流域之說不盡也不實，蘇秉琦曾提出「滿天星斗」說，點出新石器遺址六大板塊，應是多元發展。談文化，中國專家往往着眼出土的文物，例如楊權喜的《楚文化》、王學理與梁雲的《秦文化》，談的是考古遺存，並不談文學藝術的成果，其文化的意涵自有古典的傳統，1900年洪堡（von Humboldt）等人曾提出：文化（culture），指的是物質層面，而文明（civilisation）指的是精神層面（見雷蒙・威廉斯[Raymond Williams]：《關鍵詞》[*Keywords: A Vocabulary of Culture and Society*],1983）。當然,文明與文化二者並非截然劃分,而且經過多年的變化,時而易位。近年受人類學勃興的影響,西方學者大多認為文明是指人脫離原始野蠻的狀態,那是物質文物的創造,且是持續不斷的過程,而各地可以共用;文化(德語kultur),則強調獨特性,且為精神形態、審美形式,或者指一種特殊的生活方式。舉一個簡單的例子:文化部(Ministry of Culture)打理的主要是文學藝術。對考古文物的研究,非我所能置喙,也並非本文題旨。不過我知道楚人鍾子期和伯牙高山流水的音樂故事,屈原的《楚辭》我也算略讀過,那是超越一時一地而上升為劃時代的文學代表,且成一獨特的文學體裁。當楚南公曾誓言:「**楚雖三戶,亡秦必楚!**」(《史記·項羽本紀》)可見楚人自信;楚囚君子,連坐牢也不肯易冠,不背本,不忘舊,樂操南音,絲毫沒有自卑的心理。

秦人自視為諸夏,很計較,倘不受認同,此則心理上不可能不留下遙深、或正或負的影響。

3　那一張張悲涼、壓抑的面容

嬴世的著述,本來是有文學的,有賦,有詩。明胡應麟《詩藪》外編說:

秦子書，儒家有《羊子》四篇，名家有《黃公》四篇，注皆云：秦博士也。黃公名疵，非四皓黃公。秦子書又有《零陵令信》一篇，注云：難李斯。斯當時孰敢難之？蓋依託也。《藝文志》又有《左馮翊秦歌詩》三篇、《京兆尹秦歌詩》五篇，皆無注。余始疑為漢時秦地之詩，及閱顏師古黃公下注云：「為秦博士，能歌詩。」乃知嬴世不惟有賦，亦有詩也。

1975 年湖北雲夢睡虎地秦墓竹簡出土，其中有一組定名為《語書》，是一位名叫騰的南郡太守向縣、道發出的文告，分兩部分，前半嚴詞責成官吏要老老實實執法，後半則對官吏提出嚴格要求，前後呼應，寫得完整、鏗鏘，體現法家的法與術。饒宗頤認為「是代表法家的大手筆，足以和韓非媲美的。」（〈從雲夢《騰文書》談秦代文學〉）不管是否溢美，文告寫於嬴政二十年，在秦統一以前；饒氏《史林新編》，已不收此文。

1986 年甘肅省天水放馬灘的秦墓竹簡，其中一組記載了一個名為「丹」的人自殺死了三年，竟然復生的經歷。李學勤視之為後世六朝志怪小說的濫觴（《放馬灘簡中的故事》），其後整理者題為「志怪故事」，新出的《秦簡牘合集》重新訂名為〈丹〉，畢竟後世已視志怪為一專有文學類型。這故事的確類近志怪小品，妙在敘事一分為二，前幅敘述丹從死到生

的經過，後幅轉變視角，化為丹的自述。話說秦王政八年，大梁王里一個叫丹的人，因在垣雍刺傷人，畏罪自殺，棄市三天後，埋在垣雍南門外。過了三年，邰丞屬下一個舍人犀武向地府的司命史公孫強禱告（司命史乃掌管人壽的神靈），認為丹不該死，公孫強便把丹從墓中挖出，丹在墓上三天後，公孫強把他帶到趙國的北地郡。又過了四年，丹復活了，開始吃飯，但面容樣子像縊死人（喪屍！），四肢不能轉動（不用），向人講述鬼的宜忌愛憎，人們祭祀時種種要注意的事項，如不要嘔吐（嗀），不可把羹湯澆在祭飯上，等等。原文有趣，引錄如下：

八年八月己巳，邸丞赤敢謁御史：大梁人王里□徒曰丹，□今七年，丹〔刺〕傷人垣雍里中，因自〔刺〕殹，□之于市，三日，葬之垣雍南門外。三年，丹而復生。丹所以得復生者，吾犀武舍人。犀武論其舍人尚命者，以丹未當死，因告司命史公孫強，因令白狐穴屈（掘）出，丹立墓上三日，因與司命史公孫強北之趙氏之北地柏丘之上。盈四年，乃聞犬狐雞鳴而人食。其狀類益、少麋（眉），墨、四支（肢）不用。丹言曰：「死者不欲多衣。死人以白茅為富（福），其鬼賤（薦）于它而富（福）」。丹言：「祠墓者毋敢嗀，嗀，鬼去敬（驚）走。已，收啜（餟）而釐之，如此鬼

終身不食殿。」丹言：「祠者必謹騷（掃）除，毋以淘□祠所。毋以羹沃骰（餒）上，鬼弗食殿。」

北大秦牘〈泰原有死者〉內容也相近，話說泰原這地方有一位死者，死了三年復生，又說了一番祭祀時應該怎樣做的話，還說到冥婚的問題，兩篇都彷彿虛構的小小說，可收入《聊齋誌異》中。仍以〈丹〉較多細節，有丹的身分、死因，復生的因由、過程，還出現陰曹的名字。今人發現這些竹簡，珍且重之，可作研究秦人對術數的興趣。不過秦人並不視之為純粹的學術，他們是當真的，出諸官吏的記載，更不認為是虛構的文學，最後攜同入土。這些秦簡，魯迅都不及見。

嬴世的著述不再贅述。分期之外，回到原先更值得思考的問題：李斯之作，稱得上好文章嗎？內容和形式兼善的「文章」？這才是本文要討論的重點，用意不在質疑前賢，——魯迅的文學地位是動搖不了的。不過討論李斯的文章，不能孤立地看，還得放回秦統一前後的形勢局面，以至文化氛圍去看，研究作品的前因後果，以至其人的思想形態。

何況，想深一層，魯迅所說的「李斯一人」云云，本身就夠諷刺的，因為他以一個反文學的時期做文學史分期，以一個反文學的人做文學家的代表。正是李斯一人力主把文學取消：他向秦始皇提議焚毀《秦記》以外的列國史籍、焚毀私

藏《詩》《書》及百家語，民間只留占卜醫術種植一類實用書，甚至偶語《詩》《書》者棄市、以古非今者夷族。其仇視《詩》《書》如此，既要禁絕私藏，更立法不許言說，這是要把《詩》《書》從民眾的集體記憶裏刪掉。那麼一來，《詩》《書》反而是一個時代能否容納異見的表徵（究其實，《詩》《書》也並不一定都是異見）。秦法誅罰刻深，罪輕而刑重，各種肉刑之外，更一罪多罰，連坐、夷族，然則李斯的建議落實以後，除了歌功頌德，還可以寫什麼？還敢寫什麼？統一前的春秋戰國在中國歷史上原本學術思想最開放，文風極熾，之前有賦有詩的秦朝，忽爾萬馬齊瘖，好像只有李斯一個人能寫，並且需要寫。於是，這堂堂大國，可以留下震驚世界的兵馬俑，號稱世界文明遺產，卻只有那麼一個人的文章。

不要忘記，驪山始皇陵實為一座立體的血淚史，本來藏之地下，僅為嬴政所獨享，他人則為分擔，為防工程洩露，勞苦其事的工匠和搬運工人都被活生生關在裏面。〈秦始皇本紀〉云：「葬既已下，或言工匠為機，臧皆知之，臧重即洩。大事畢，已臧，閉中羨，下外羨門，盡閉工匠、臧者，無復出者。」臧，是秦對六國亡奴的貶稱。西漢揚雄《方言·第三》說：「亡奴謂之臧，亡婢謂之獲；皆異方罵奴婢之醜稱也。」嬴政生時病重也忌說死，因此很難說是他的決定，而二世昏庸，是李斯出的主意麼？這驪山秦陵之建，更有說是李斯主持的。《秦會要》引東漢衛宏《漢舊儀》，云：

> 驪山，古之驪國，北山多黃金，其南多美玉，
> 曰藍田：故始皇貪而葬焉。使丞相李斯將天下刑人
> 徒隸七十二萬人作陵，鑿以章程。三十七歲，錮水
> 泉絕之，塞以文石，致以丹漆，深極不可入。奏之
> 曰：「丞相臣斯昧死言：臣所將徒隸七十二萬人，治
> 驪山者，已深已極，鑿之不入，燒之不燃，叩之空
> 空如下天狀。」制曰：「鑿之不入，燒之不燃，其旁
> 行三百丈，乃止。」

始皇陵建了三十多年，早在李斯得權之前；三十七年，正是
始皇病死之年。由他主持入土，卻大有可能，儘管《四庫提
要》認為《漢舊儀》是偽書，理由是書中引用了比衛宏後出的
人物；姑備一說。

工匠、臧者盡閉之外，沒有子女的嬪妃，二世皆令殉
葬。始皇的妻妾還會少？秦俑專家張文立答：成千上萬（見
《秦始皇評傳》），並不誇張。〈秦始皇本紀〉記咸陽之旁二百
里內二百七十多座宮觀，都住滿了美人。至於始皇子女，
名字見於史書的只有扶蘇、胡亥、公子高、公子將閭四人。
〈李斯列傳〉記：「始皇有二十餘子」，又說「公子十二人僇
死咸陽市，十公主矺死於杜……相連坐者不可勝數」，又
說「十公主戮死於杜」，僇，即戮，矺，即磔，可都不是殺
死那麼簡單。劉海年〈秦律刑罰考析〉，指出戮刑在斬殺之

前，先經過羞辱的程式；矺刑則是張裂肢體。無辜的哥哥姊妹掃地出門，還需要這些？其中公子高想逃跑，又恐家屬被滅族，只好上書請求殉葬，胡亥這個弟弟心花怒放，可。公子將閭昆弟三人，則被迫自殺。張文立輾轉點算，始皇子女約共四十五人，本來甚多，但相對於因沒有子女而需殉葬的嬪妃，又覺太少。

秦獻公元年（前 385 年）「止從死」（〈秦本紀〉），但徒具空文，因為他實是弒出公而自立，出公死時才三、四歲，還沒有妻妾之類。其後又有宣太后下令魏醜夫從死。至於驪山的人殉，或竟是歷朝最多，史遷但說「甚眾」；劉向則說：「**始皇葬酈山，多殺宮人、生埋工匠以萬數。**」（《漢書·楚元王傳》），「**萬數**」，只是概括而言，還沒有包括那些因築墓或意外或不服從致死的刑徒。皇陵西南角曾掘出秦墓百多座，發現不少骸骨，有的刀傷，有的身首異處，顯然死於非命。

嬴政對標誌式建築的迷戀，在中國歷代帝王中，可說空前絕後，誠如尼采所說，建築是權力的雄辯術。他每滅一國，即在咸陽北仿建一座該國的宮殿，不是因為他喜歡六國的建築，而是要顯示六國都入我囊中，成為他收集的戰利品。驪山皇陵、阿房宮、離宮別苑，幾乎馬不停蹄地巡行刻石，都無非個人權力的宣示。這一切，都要人要錢；中國人事死如事生，事亡如事存，漢人說他窮奢極侈，說他無道，難道都是偏見麼？參觀過西安兵馬俑的人，莫不驚訝讚歎，

引以為中國人的光榮，彷彿這是秦始皇的成就，張文立、吳曉叢卻指出：功勞是工匠的，文化藝術的修養，以及科技的增進，是許多年累積的經驗，師徒手口親傳，不是始皇一朝所能臻達；相反，政治壓抑的氣氛，反而束縛了他們的才能和智慧，不能充分張開想像的羽翼（〈主題‧意志‧逆反心理──再論秦俑的主題思想〉）。那百多座秦墓的築墓工人，出土磚瓦上的文字說明，不少來自各地。工匠的心理狀態，投射到秦俑身上，兩位專家認為秦俑的面部形象，呈現悲涼、淒楚，一種反抗的意志。劉驍純、林劍鳴等也認為秦俑面容「感傷和壓抑」。

後世的讀書人，由於肯定秦國種種統一的規劃，不少盛讚秦國偉大，去秦日遠，掌聲日多。西方學者，因為半世紀以來大量秦墓竹簡出土，加上對漢人論述的懷疑，提出不少創見，也頗有為始皇翻案之說，其中可以以著名的卜德（Derk Bodde）為代表，他在〈秦國和秦帝國〉（"The State and Empire of Ch'in"，收於《劍橋中國秦漢史》第一章）中認為《史記》有不少後人的竄入，在附錄裏列出，例如始皇是私生子、坑儒、秦為水德、墜石的文字「始皇帝死而地分」，至砍湘山樹木並塗以紅色，以及這裏那裏誇大的數字（如白起坑殺趙人四十萬、遷富豪十二萬戶入咸陽、長城的長度、阿房宮的面積）等等，他早年的大作《從李斯生平看始創統一的秦朝》（*China's First Unifier：A Study of the Ch'in Dynasty*

As Seen in the Life of Li Ssu, 1938），對史遷已提出不少疑問。他在《劍橋》一書質疑更多，其結論是：

> 去掉這些外表上虛構的因素，秦始皇這個歷史人物看來遠不是那樣乖戾和殘暴，而作為一個普通的人似乎更加可信。

這位學者深研中國文化，可佩可敬。不過如果懷疑沒有足夠的證據，懷疑本身也就同樣令人懷疑。後現代的史學家尤其擅疑，疑到最後根本一無可信，歷史寫作淪為對過去的論述（discourse）。卜德的懷疑，很有啟發，其中有合理的，可也有不合理的，他自己也說「虛構」是「外表上」看來。不過即使全屬合理，說嬴政只是一個普通人，不是那樣乖戾和殘暴，毋寧更難令人置信。嬴政是一個普通人，合該如此，事實卻不是這樣。我對普通人的理解絕無貶意，那是不高於任何人，也不低於任何人，尤其在權利和義務方面而言。倘在如今的西方，一方面對領袖會有更高的道德要求，另一方面對普通人，因為有投票權，不管真情或假意，總是特別尊重，這且不論。問題在秦朝這個「普通」，秦始皇絕對不會接受，他有一無限制的絕對權力。何況，秦以及先秦的普通人，統治者固然操生殺之權，為他們請命的士大夫（literati），則是屈尊下顧。就算是一個普通帝皇吧，對東巡言之鑿鑿的石刻頌詞，很難不會面紅。要是你告訴嬴政：閣

下亦普通人罷了，沒有功過五帝三王，既不是真人，甚至遠不是完人，你憑什麼不許批評呢。你會有什麼後果？

稍後，卜德補充說：

> 這不是說秦王朝的施政不殘暴和沒有剝削：不應忘記有無數罪犯和不幸的人被送往長城和其他地方勞動。但是前面提出的聯想是可取的。如果其他國家擁有秦那樣的實力，那麼它們的所作所為也許與秦的作為不會有多大差別。

這明顯是前後矛盾的，他對「如果」的「聯想」尤不可取：是否有了相當的「實力」，就可以縱容殘暴和剝削？我也同樣聯想，那是否因為沒有置身處地，從一個普通人的角度去考量，儘管這位漢學名家曾在中國學習，國共內戰時曾在北京生活，寫成《北京日記（1948-1949）》（*Peking Diary：A Year of Revolution, 1948-1949*）？他這麼一個洋人，對傳統中國充滿熱情，深研中國古代法制，我自己反覆閱讀秦朝相關的材料、書寫，到過好幾次西安，每次參觀兵馬俑，我卻不斷反問自己：倘生活在秦朝，我願意嗎？

4　我願意成為秦人口三千萬分之一嗎？

在思考李斯的問題時，我嘗試這樣反躬自問：我願意成

為秦人口三千萬分之一嗎？李斯生活在一個大起大落的歷史時期，因他的種種選擇、倡議，好幾次改變了歷史的走向。然則他的問題，不止是他一人的問題；他的文章，也不止是他一人的文章，而反映並且影響整個時代、整個同異互見的讀書人社群。我，一個讀書人，願意生活在那麼一個朝代嗎？這麼想，是自我中心？不是的，而是一種易位思考的同理心（empathy），將心比心，推己及人。如果我不願意，為什麼其他人就可以了？

秦始皇統一時，人口多少，因資料欠缺，並無確論；西周末宣王曾想「料民」，可沒料出一個數字來。中國有確實記載的人口普查，要等到西漢臨末平帝元始五年（西元 5 年），當時約 6000 萬（《漢書・地理志》），已距離秦朝二百多年。此前秦末劉邦入咸陽，蕭何收秦圖書，知道天下阨塞強弱，知道戶口多少，可惜這是機密，沒有公開。推算秦人口，最早的是西晉皇甫謐（215 年－282 年）《帝王世紀》之說，文字可見於清孫楷《秦會要》，新版楊善群校補轉引，不贅。近人梁啟超云，「當周末時，人口應不下三千萬。」（見《中國歷代人口問題論集・中國史上人口之統計》）。梁氏計算漢初人口，即參考了《帝王世紀》：

據《史記・秦本紀》及〈六國表〉，則自秦孝公至始皇之十三年，其破六國兵，所斬首虜，共百二十

餘萬；而秦兵之被殺於六國者尚不計，六國自相攻伐所殺人尚不計。然則七雄交鬨，所損士卒當共二百萬有奇矣。而始皇一天下之後，猶以四十萬使蒙恬擊胡，以五十萬守五嶺，以七十萬作驪山馳道，三十年間，百姓死亡，相踵於路。陳項又恣其酷烈，新安之坑，二十餘萬；彭城之戰，睢水不流；漢高定天下，人之死傷，亦數百萬；及平城之圍，史稱其悉中國兵，而為數不過三十萬耳，方之六國，不及二十分之一矣。

漢既定天下，用民服兵役者，當不至如六國之甚；然以比擬之，當亦無逾五六百萬者（南越東越等不計）。

漢初人口有不同的說法，梁啟超以為不會超過 500/600 萬，但不包括南越東越；今人專研中國人口史的葛劍雄，其論文〈兩漢人口地理〉以比較科學化的方法，包括南越東越，演算為 1500/1800 萬。至於上溯戰國末，一般估算為 3000 萬，由於缺乏明確數據，學者之間並無太大爭議（范文瀾則以為「七國人口總數約計當在二千萬左右」，見《中國通史簡編》）。梁啟超引孟子在〈梁惠王上〉和〈盡心上〉兩次提及「八口之家」，以每戶人口八個計算，也許偏高。漢初晁錯上疏文帝論貴粟，云：「今農夫五口之家，其服役者不下二

人，其能耕者不過百畝，百畝之收不過百石。」（《漢書‧食貨志》）一家五口，可能減去夭折，以至為逃避納稅的壓力而殺嬰。《漢書》另載李悝為魏文侯作盡地利之教，也說：「今一夫挾五口，治田百畝。」都是概括之數，因不見規限。

從東周末混戰，經過秦朝兩個皇帝的暴用民力十五年、秦末楚漢相爭五年，到漢初，倘照梁啟超的估算，僅存五分之一，放諸古今中外，死亡人數十分驚人。照葛劍雄的演算，則從 3000 萬，減半為 1500 萬，也減得太恐怖。《漢書》也稱武帝窮兵黷武之後，「戶口減半」，漢人說漢帝，不可能誇大。二千多年後日本侵華八年，武器的演進豈能以道里計，加上日本軍閥的濫殺，中國人死亡約 1800 萬，已包括因戰爭引致的饑饉、疾病、災害，等等。第二次世界大戰，死亡人數包括各方陣營，加起來約 7000 萬。這麼一比較，可見秦漢之間，人命的卑賤。帝王的所謂雄才大略，原來都是用百姓的生命堆砌。人命，對他們來說，不過數字而已，他們何曾反省：殺得太多？

前人多從兵力來推算人口，這是無可奈何之法，不妨嘗試再梳理一下，這是生死存亡的戰鬥，兵力即是精力。前 224 年（始皇二十三年），統一前夕，王翦攻楚，要求秦兵 60 萬，這是秦一國之力。

前 206 年，項羽入咸陽時領兵 40 萬，對劉邦已是四對一之數。《史記‧項羽本紀》記載項羽進軍咸陽時曾不斷瘋

狂屠殺，經他屠城、坑殺、焦土，包括襄城、城陽（劉邦也參與了）、新安城南（這次有了具體數字，梁啟超所云「**阬秦卒二十餘萬**」）；關中、齊地，殺的都是降兵與平民；個別的烹殺、殺楚懷王，奪取咸陽後殺秦降王子嬰等，再焚秦宮掘秦陵，都變得小兒科。岔開一筆，項羽焚燒咸陽城，三月不熄，焚毀了國家圖書館無數孤本，不少論者認為比始皇焚書尤有過之。這果爾是「蠻夷」的做法。但始皇李斯也難以卸責，是後者建議前者把書本集中起來。項羽則是元兇。他的近祖楚莊王（相對於遠祖熊通），在春秋時打了勝仗，卻拒絕「京觀」。京觀是古代一種比較粗糙的紀念碑式（monumentality）建築，把敵屍堆疊，用泥土築成高臺，以示軍威。莊王並且解構「武」這個會意字的字源，把「止」當動詞，就是「止戈為武」。打仗是為了和平。這可見「蠻夷」與否並不以族裔計。項羽其實是戰爭罪犯，他之於暴秦，是以暴易暴。

回到人口問題。可注意的是，漢統一後，前 201 年（漢高祖五年），匈奴南侵至晉陽，事態危急，高祖於次年冬，親率精兵迎抗，只有 32 萬。徵集一年，不過爾爾，已少於項羽一方爭霸之數。倘有更多的人手，當不止此，結果在平城受辱。葛劍雄則認為漢所悉兵，並非全國兵力，他指出高祖曾讓兵丁解甲（《史記・高祖本紀》：「**兵皆罷歸家**」），而且由於分封，漢廷能動用的兵力有限。這當然有道理，

但畢竟不能否定人口劇減的事實。《漢書·食貨志》云:「漢興,接秦之敝,諸侯並起,民失作業,而大饑饉,凡米石五千,人相食,死者過半。」米價漲得很厲害,以至人吃人。政府容許百姓買賣子女。這是「接秦之敝」。

從秦統一前夕,秦一國可以有 60 萬兵,秦末項劉兩大軍團合共才有 50/60 萬兵,到了漢初盡漢廷所能徵集之力不過 32 萬,精壯的銳減,正反映秦漢之間人口的變化。不論真正的人口多少,可以斷言的是:秦世至項劉,人禍再加上天災,人命真賤如草芥。倘是戰爭狀態,差可辯解為情勢所迫,至於統一時期,則民不堪命,何來藉口?

築皇陵,建離宮別苑(關中三百,關外四百餘)、連接離宮二百里的甬道、復道,建阿房宮,設馳道,治直道,守五嶺,伐匈奴,修長城,征百越,短短的十五年,用全國民力達百分之十五(范文瀾:《中國通史簡編》),這百分之十五,畢竟都是有工作能力之人,既破壞經濟,又耗費物資。而種種計算,尚未包括後勤、補給,例如那七十萬作驪山修馳道之民,是要穿衣吃飯,要住宿的。中國史上用民力之濫,無過於此,這是不容爭辯的事實。

5　「生男慎勿舉,生女哺用脯。」

秦沿用商鞅之法,法網嚴刻,連坐(每五戶編成一伍,

十戶編成一什，居民互相監督，「什」「伍」之中一戶犯罪，而其他戶不告密，同樣腰斬；告密，則獲得獎賞）、參夷（夷三族），並加重各種肉刑，計有黥（臉上刺字）、髡鉗（去髮、以鐵束頸）、釱足（以鐵釱鉗足）、劓（割掉鼻子）、髕（去膝蓋骨）、笞（鞭打）、矐（弄盲）、斬左趾（砍掉左腳）、榜掠（捶擊）、刖（斷足）、宮（腐刑），以及具五刑。肉刑固然可以單獨施行，也可以兼行。其中具五刑為秦肉刑中最殘酷的了，李斯最終即受此刑，其過程：先黥、劓、斬左右趾，再鞭笞至死，然後梟首示眾，菹剁骨肉成肉醬；倘有誹謗漫罵的行為，則先割斷舌頭。至於死刑，也有十四五項之多，也不必贅述了。

始皇種種建立的統一規模，為後世奠基，但如果雞蛋裏挑得出骨頭，則這雞蛋過去吃不得，今天更不能吃。秦朝十五年，走過百多年戰火，後期往往是秦國發動的，統一前後，嬴政何曾予人民休養生息？始皇三十一年，曾賜百姓米六石，羊二隻，但小恩小惠，也拜方士之言所賜，由於始皇亟想尋仙求長生，聽聞太原真人歌謠中有句云「**帝若學之臘嘉平**」，於是把臘月改稱嘉平，再賞賜天下。事見南朝裴駰《史記集解》。這一年，他微服出遊，遇盜，很狼狽，在關中大舉搜捕二十天。他一生至少遇過三次行刺（荊軻、高漸離、張良），但這一次遭遇，強盜顯然不知道他的身分，可見社會說不上和樂安靖。據〈秦始皇本紀〉，嬴政賜酺天下，

還有兩次：一次在始皇二十五年，滅五國之後；另一次在二十六年，賀統一天下。賜爵一級，則在二十七年，巡隴西、北地後；三十六年，遷三萬戶人家到內蒙黃河、榆中去，因占卜得出巡和令百姓遷徙會吉祥，則賜遷戶男丁爵一級。

自從秦惠文王（前 356 年－前 311 年）攻打韓趙，展開統一之戰，則百多年來，秦人無時無刻不在戰爭狀態，也總在建這建那。秦流傳一首民歌云：「**生男慎勿舉，生女哺用脯。不見長城下，屍骸相支柱。**」（《水經注·河水》引晉楊泉《物理論》）這是唐詩「**不重生男重生女**」的先聲，顛覆了重男輕女的舊俗，因為男丁要去築長城；支撐長城的，都是屍骸。秦不容民間非議朝政（「**誹謗者族**」，見《史記·高祖本紀》），方士儒生之外，甚難找到野外時人對秦政申訴的文獻，我們只能從漢初較接近的年代看到這些描寫。《漢書·藝文志》載「**秦〈零陵令信〉一篇**」。班固自注云：「**難秦相李斯。**」但信已佚。明胡應麟認為偽託，章太炎以為是縱橫家之作（《秦獻記》），不知何所據而云。倘是縱橫家的問難，則當與民生無關。我以為，世上何曾有過一個完美的理想國？完全聽不到異議，這種緘默，就是一種震耳欲聾的聲音。

《三秦記》載民怨始皇作驪山陵，作甘泉之歌，云：

> 運石甘泉口，渭水不敢流。千人唱，萬人謳。

金陵餘石大如塸。

《秦會要‧童謠》另載幾條：

　　始皇時，趙地民謳言曰：「趙為號，秦為笑，以為不信，視地之生毛。」（〈趙世家〉）

　　始皇二十六年，童謠云：「阿房阿房，亡始皇。」（《述異記》）

　　秦賦戶口，百姓賀死而弔生，故秦謠曰：「渭水不洗口賦起。」即苛政猛虎之意矣。（《七國考》引《大事記》）

　　秦世有謠云：「秦始皇，何奮僵？開吾戶，據吾牀；飲吾酒，唾吾漿；餐吾飯，以為糧；張吾弓，射東牆；前至沙丘當滅亡。」（《御覽》引《異苑》）

　　童謠之能流行，多少反映民眾的心聲。其中《述異記》、《異苑》稱始皇、秦始皇，據說二世時才有這個稱號。史遷載始皇三十六年，東郡發現上刻「始皇帝死而地分」的隕石，據日本學者的語義分析，嬴政死前一般人並不用「始皇帝」的稱號，所以不可信。其實未必然，一般人不用，是不見用。秦一般人的聲音，我們豈有足夠的耳目？統一之初，嬴政與群臣、博士廷議帝號，〈秦始皇本紀〉載結論云：

制曰：「自今已來，除謚法，朕為始皇帝。」

制者，皇帝之命。可見贏政一統天下，即通令自稱「始皇」。何況刻石者，可以是焚書坑儒之後反秦而出逃的博士員生。然則，民謠是否都是漢人的杜撰？東郡隕石上的刻字，沒人招認，始皇即把附近居民通通誅殺。

6　「把收入三分之二交納給政府了」

秦民的生活，要看秦的賦稅。秦賦包括田賦和口賦。秦簡《田律》云：

> 入頃芻稾，以其受田之數，無狠（墾）不狠（墾），頃入芻三石、稾二石。
>
> （譯文：每頃田地應繳的芻稾，按照所受田地的數量繳納，不論墾種與否，每頃繳納芻三石、稾二石。）

秦的田稅收禾（穀物）、芻、稾三種。芻、稾泛指飼草。政府給予人民土地（「授田」），每丁受田百畝，一畝有多少？周代算一百步，百畝約合如今 31.2 畝。商鞅執政後，因秦地大人少，改以二百四十步為畝。此制應沿用至統一前後。而每頃（即一百畝）需繳交芻三石、稾二石，也無論收成多寡、耕或不耕。不過有說「受田」百畝的編戶民，多屬六國貴族、

豪強大姓，而非所有人，且備一說。漢初《淮南子・氾論訓》
云：

> 秦之時，高為台榭，大為苑囿，遠為馳道，鑄金
> 人，發適戍，入芻藁，頭會箕賦，輸於少府。丁壯
> 丈夫，西至臨洮、狄道；東至會稽、浮石；南至豫
> 章、桂林；北至飛狐、陽原，道路死人以溝量。

頭會，指按人頭收的口賦；箕，即畚箕，以竹、木製成
的裝載徵收的穀物。秦簡規定畚箕是官方收稅的標準容器，
裝穀，也裝錢。楊劍虹曾大略計算過秦人交納人頭稅和田
租，可供參考：

> 秦代產量每畝一石計，每丁佔田百畝，可得糧
> 百石，每石三十錢，共計三千錢。田租什五稅一，
> 租六石六斗，值錢二百。口賦，一戶五口，二男
> 一女，共三百六十錢，次丁每口四十錢，兩人八十
> 錢，共計六百四十錢，剝削量已高達五分之一。當
> 他們土地不斷被地主豪強所侵吞後，土地減少，田
> 租可以減免一些，但口賦不能減免，政府要收「泰半
> 之賦」，百姓把收入三分之二交納給政府了。（〈秦代
> 的口賦、徭役、兵役制度新探〉）

土地私有，可以買賣，要是交不了這泰半之稅，其結果

必然集中到富豪手上，貧富於是兩極化，造成社會的深層矛盾。

嬴政攻楚時曾錯以為李信只需 20 萬兵即可，結果戰敗；乃重邀王翦帶兵，答應王翦之前的要求：60 萬，再親自送行。這段文字，大堪玩味，因為老謀深算的王翦不單討價還價，居然敢於得寸進尺，不，進丈，臨出關還再三多索良田美園，多達五次：

> 王翦將兵六十萬人，始皇自送至灞上。王翦行，請美田宅園池甚眾。
>
> 始皇曰：「將軍行矣，何憂貧乎？」
>
> 王翦曰：「為大王將，有功終不得封侯，故及大王之嚮臣，臣亦及時以請園池為子孫業耳。」始皇大笑。
>
> 王翦既至關，使使還請善田者五輩。或曰：「將軍之乞貸，亦已甚矣。」王翦曰：「不然，夫秦王怚而不信人。今空秦國甲士而專委於我，我不多請田宅為子孫業以自堅，顧令秦王坐而疑我邪？」（《史記・白起王翦列傳》）

於此也可見田宅園池，秦的達官貴人是主要得益者；而王翦是秦人。五輩，即五次。此外，這段文字含意很豐富，史遷讓我們看到尉繚之外，另一重臣眼中的始皇：「怚而不

信人。」悍，驕傲的意思。這位老將不僅擅戰，也深諳政治之術，所謂「自堅」，其實是戰術的倒用：以進為退。秦王被迫空全國的兵力付託，不能無疑，之前庶弟長安君成蟜、相國昌平君先後背叛他（一說昌平君並非相國，是連讀之誤），再之前他還打倒了嫪毐和呂不韋，於是多求美宅良田，以示所貪的無非這些，即使不斷苛索，野心畢竟小家。所以秦王聽了「大笑」。這大笑，史遷可圈可點，那笑是來自不信人的釋懷，簡直就是一種喜劇式紓解（comic relief），又兼有譏笑的含意。

「悍而不信人」，觀乎嬴政一生，這觀察精準到骨子裏，而且還在大業未成之時。大人物最怕是「悍」，他聽你的，好像很虛心，其實不是，他仍然看不起你，你要多分一杯，一杯又一杯，好，都給你，要是你辦不妥，有你好看。悍，即不能虛心，求長生不死，即是不虛心的表現；不信人，也是因為不虛心。他一生不信人，只信鬼神，信一些飄渺不實的東西。在鬼神的中介之前，他反而變得心虛。而王翦王賁父子，手握大權，手上大量豪宅良田，卻是芸芸功臣裏，少數得以善終者，只是孫子王離被項羽所殺。

農民失去田地，淪為富豪的傭工，不用交田稅了，差堪苦笑，這是大不幸中的小幸，但從此再不能翻身。何況，還有人口稅。秦遠在惠王甚至孝公時即以人口賦稅，不論男女，每人都要交稅，分成人稅（「算賦」）和兒童稅（「口

錢」)兩種。《史記・商君列傳》云：「民有二男以上不分異者，倍其賦。」從統治者的角度，獎勵小家庭，這是一舉兩得，既可增加人口，又可增多稅收。秦看來並沒有限制子女數目，秦律卻禁止父母因為子女過多而殺死健康的嬰孩——殺不健全的，無罪。殺自己的骨肉，唯一的解釋是窮困，不足餬口交不起稅。（睡虎地秦簡《法律答問》：「直以多子故，不欲其生。」）這也間接證實秦民歌「生男慎勿舉」有據。容許殺不健全的嬰孩，其實也可見統治者對人民的心態，不過是可以耕田可以打仗的工具。

庶民殺子避稅，豈獨秦朝？西漢貢禹上書元帝，要求把人口稅從三歲推遲至七歲，因為另一位所謂雄才大略的漢武帝令人民負擔不起重稅，「生子輒殺」，《漢書・貢禹傳》：

> 禹以為古民亡賦算口錢，起武帝征伐四夷，重賦於民，民產子三歲則出口錢，故民重困，至於生子輒殺，甚可悲痛。宜令兒七歲去齒乃出口錢，年二十乃算。

「甚可悲痛」，實不足以形容。說漢人對秦有成見，不如說是對暴政的深惡痛絕，漢人對漢的暴政並沒有護短。要求推遲幾年，所補甚微，但始皇時則也不見。皇帝無疑是全國最大的地主，是真正的霸權，所以可以選擇在最好的土地上大量興建宮室、苑囿，把寄寓的黎民趕走，還可以分出小部分地

產給親戚和功臣，誰有功勞，就給誰——名義上並不封建，事實上也再不容政治、軍事自主，所分都比周初的規模小得多，而且歸屬郡縣治下，他們是封而不建，但土地仍是按照血緣和效忠分配，只是血緣褪色，殺敵建功者增多。秦在商鞅執政時，就承認土地私有制。分了就是他們的，可以自由買賣，於是也自由囤積，他們成為地產小霸權，以賤價收集民田，農民交不起稅唯有出賣家當，成為租耕的佃農，甚至淪為農奴。不過更多的土地仍在皇帝手中。秦簡許多管理土地、馬牛、倉庫等法律，主要就是規定奴隸勞作，保障皇帝利益而設。

始皇三十一年（前 216 年）頒佈「使黔首自實田」，是承認人民土地私有，這是多年來既定的事實，國有田則無需此令，目的是點算人民手上的田額，以確保政府的收入，打擊《法律答問》所謂「匿田」逃稅。這時睡虎地 11 號的墓主喜已死，所以沒有記錄。可是這一年，米價漲得很厲害，每石（約 20 公升）1600 錢。在現代社會生活，交稅的日子令人發愁。畢竟發愁罷了，有稅要交，也說明是有相當的收入。但我不能想像要交收入三分之二的稅，終年困頓，苦無出路。

沉重的賦稅之外，是的，別忘了還有力役。力役包括徭役和兵役。秦男子成年服役，稱為「傅」，據秦簡墓主喜入傅計算，始傅是 17 歲，可說是史上在和平時期最早；一直服役到 60 歲，有爵位者則可以提早 56 歲退役。西漢從景帝起

始役為 20 歲，昭帝起則延至 23 歲；退役年齡與秦代同為 60 歲，有爵位者同樣可以提早 56 歲，漢一般人都有爵位。（丁光勛：〈秦漢時期的始傅、始役、終役的年齡研究〉）不過，秦的始役年齡恐怕是紙上談兵，例如長平之戰，十五歲以上悉派遣戰區，後來又發閭左適戍漁陽，于豪亮、李均明就質疑：「把里門左邊居住的適齡男子全部徵發，那麼，所有關於服兵役、服勞役時間的法律規定還有什麼意義呢？難道不是不起作用的一紙空文嗎？因此，秦代法律雖然有關於服兵役時間的規定，秦的最高統治者不可能也沒有完全按照這些規定辦理。」（〈秦簡所反映的軍事制度〉）

生於景帝末年，上書武帝檢討秦政的嚴安，云：

> 秦禍北構於胡，南掛於越，宿兵於無用之地，進而不得退。行十餘年，丁男被甲，丁女轉輸，苦不聊生，自經於道樹，死者相望。（《漢書・嚴安列傳》）

據〈秦始皇本紀〉，始皇三十二年（前 215 年），因燕地方士盧生進獻圖書曰「亡秦者胡」，秦始皇派遣蒙恬發兵三十萬人北擊胡人。換言之，這是秦的主動出擊，胡人即使在邊塞騷擾，還只是小麻煩。其次，這所謂「胡」，未必等同後來足以跟漢朝打得兩敗俱傷的匈奴，而匈奴的族源並非來自單一的氏族或部落（參林幹《匈奴史》），這時的力量要小得多。不過始皇仍然用上三十萬人。至於南征，史家稱「始皇

三征百越」（前 219、前 214、前 210），是百越找麻煩麼？沒
有。而用兵更多，第一次就用上五十萬，曠日持久，難打得
多。南北分頭出征，時間重疊，合起來不少於八十萬，遠超
過先秦任何一國出兵的紀錄，還沒計後勤的人力物力。嚴安
的話，看來已算克制。

《漢書‧食貨志》載董仲舒（前 179 年－前 104 年）上書，
賦稅與力役一併說：

> 古者稅民不過十一，其求易共；使民不過三
> 日，其力易足。民財內足以養老盡孝，外足以事上
> 共稅，下足以畜妻子極愛，故民說從上。至秦則
> 不然，用商鞅之法，改帝王之制，除井田，民得賣
> 買，富者田連阡陌，貧者亡立錐之地。又顓川澤之
> 利，管山林之饒，荒淫越制，踰侈以相高；邑有人
> 君之尊，里有公侯之富，小民安得不困？又加月為
> 更卒，已復為正，一歲屯戍，一歲力役，三十倍於
> 古；田租、口賦、鹽鐵之利，二十倍於古。或耕豪
> 民之田，見稅什五。故貧民常衣牛馬之衣，而食犬
> 彘之食。重以貪暴之吏，刑戮妄加，民愁亡聊，亡
> 逃山林，轉為盜賊，赭衣半道，斷獄歲以千萬數。

嚴安、董仲舒都比司馬遷稍早，「富者田連阡陌，貧者
亡立錐之地」，自是漢人對秦暴的說法，漢人對秦的反感，

可以理解，但當年《秦記》尚存，史遷既然看到，嚴安、董仲舒斷不能遠離事實，在朝廷上捏造數據。

董仲舒所謂「赭衣」，是秦罪犯都要穿上紅色衣服，還頭蓋紅色氈巾（睡虎地秦律《司空》），真是刺目的奇觀。還有更恐怖的異象：

> 秦時劓鼻盈蔂，斷足盈車，舉河以西，不足以受天下之徒。（《鹽鐵論‧諸聖篇》）

建阿房宮、驪山皇陵的七十餘萬犯人，都是「隱宮刑者」（〈秦始皇本紀〉），即是受過宮刑的人，司馬貞《史記索隱》及張守節《史記正義》都這樣注釋，晉人的《三輔故事》這樣描寫：「所割男子之勢，高積成山。」這是人間地獄的畫面，變態，慘絕，恐怕連擅繪邪惡與荒誕的荷蘭畫家博斯（Hieronymus Bosch, 1450-1516）也不能想像。不過，因秦簡出土，有「隱官工」、「隱官子」的名稱，學者於是斷定「隱宮」為「隱官」的誤抄。推斷是合理的，但誰也沒看過史遷的手稿；再進一步，史遷也不可信，這是漢人朝裏朝外集體的編造，為了證明漢的合法性，於是強調秦的暴虐、無道？不過，隱官是官府的收容所，專門收容被判刑後獲贖免或平反的庶民或隸臣妾，這些人原本稱「隱官工」，省稱「隱官」。換言之，畢竟都是傷殘之人，秦簡《軍爵律》云：「其不完者，以為隱官工。」不完，即指因受肉刑而身體殘缺。這

七十餘萬殘缺的犯人，在秦末危急，還被章邯驅去打仗。西方學者説是「釋放」，未免天真。

始皇統一後十年間即五次出巡，從西而東，史所未見，既為示威，以示天下已為朕所有，則排場絕不會少，當然也極勞民傷財。

7　官民迷信成風，始皇可以置身風外？

漢初陸賈（前 240 年－前 170 年）《新語》的記述可信吧，《四庫提要》以為《新語》是後人偽託，但胡適（〈陸賈《新語》考〉）、余嘉錫（《四庫提要辨證》）都認定是原作。陸賈從秦入漢，協助高祖劉邦取得天下，在劉邦前經常稱説《詩》、《書》，劉邦討厭儒生，斥責他云：「迺公居馬上而得之，安事《詩》、《書》？」他反詰：「居馬上得之，寧可以馬上治之乎？」（《史記·酈生陸賈列傳》）劉邦於是要他寫一個報告，總結秦亡的原因，而漢應如何治理。我翻了全書，無一阿諛漢興之詞，也沒有這個需要，他在《新語·無為》中説：

> 秦非不欲為治，然失之者，乃舉措暴眾，而用刑太極故也。
>
> 夫法令者所以誅惡，非所以勸善。故曾、閔之孝，夷、齊之廉，豈畏死而為之哉？教化之所致也。

秦始皇驕奢靡麗，好作高臺榭，廣宮室，則天下豪富製屋宅者，莫不傚之。

〈輔政〉則云：

　　秦以刑罰為巢，故有覆巢破卵之患。

　　始皇暴眾、刑罰太極、不重教化；驕奢靡麗，為天下豪富仿效，既有個人問題，也有制度之弊。他在〈慎微〉則云：

　　猶人不能懷仁行義，分別纖微，忖度天地，乃苦身勞形，入深山，求神仙，棄二親，捐骨肉，絕五穀，廢《詩》、《書》，背天地之實，求不死之道，非所以通世防非者也。

　　求神仙，妄想不死，雖未明言始皇，斷不會無的放矢。西方學者說巡狩的石刻，無一字提及始皇求長生不死，於是質疑又是漢人誣衊，這是因此無而疑彼所有，本身並沒有佐證。但是出土的秦簡，例如睡虎地 11 號墓秦簡、龍崗秦墓簡牘、嶽山秦墓木牘、放馬灘秦墓簡牘，則隨葬之物都見《日書》，或者只見《日書》，《日書》就像今人的通書（勝），記時日吉凶宜忌、相宅、禳夢、辟邪避鬼，誠如司馬談所云：「陰陽之術，大祥而眾忌諱，使人拘而多所畏。」（〈太史公自序〉）其中睡虎地《日書》的〈詰〉，通篇鬼話，如何祀

鬼制鬼，篇幅不少，傳抄豈易，而視同財寶，隨葬入土。這反映官吏迷信之深，並且都是從事司法的官吏，很難相信他們最高的領袖不迷信。前文舉了兩則秦簡敍述人死三年而復生的記載，重生者現身細説鬼的好惡，以及祀鬼之道。官吏迷信，秦民又如何？試再舉睡虎地秦簡《封診式‧毒言》為例，也約略可見秦的民風：

爰書：某里公士甲等廿人詣里人士五（伍）丙，皆告曰：「丙有寧毒言，甲等難飲食焉，來告之。」即疏書甲等名事關諜（牒）北（背）。

訊丙，辭曰：「外大母同里丁坐有寧毒言，以卅餘歲時毄（遷）。丙家節（即）有祠，召甲等，甲等不肯來，亦未嘗召丙飲。里節（即）有祠，丙與里人及甲等會飲食，皆莫肯與丙共桮（杯）器。甲等及里人弟兄及它人智（知）丙者，皆難與丙飲食。丙而不把毒，毋（無）它坐。」

（爰書：某里公士甲等二十人送來同里的士伍丙，共同報告説：「丙口舌有毒，甲等不能和他一起飲食，前來報告。」當即將甲等的姓名、身分、籍貫記錄在文書背面。

審問丙，供稱：「本人的外祖母里人丁曾因口舌有毒論罪，在三十多歲時被流放。丙家如有祭祀，邀請甲

等，甲等不肯來，他們也沒有邀請過丙飲酒。里中如有祭祀，丙與同里的人和甲等聚會飲食，他們都不肯與丙共用飲食器具。甲等和同里弟兄以及其他認識丙的人，都不願和丙一起飲食。丙並沒有毒，沒有其他過犯。」)

整理小組在注釋裏引王充《論衡·言毒》解釋所謂「毒言」，我多引「巫」幾句：

> 太陽之地，人民促急，促急之人，口舌為毒。故楚、越之人促急捷疾，與人談言，口唾射人，則人脈胎，腫而為瘡。南郡極熱之地，其人祝樹，樹枯；唾鳥，鳥墜。巫咸能以祝延人之疾、愈人之禍者，生於江南，含烈氣也。
>
> (南方太陽灼熱的地方，百姓性情急躁，急躁的人，口舌會產生毒液。所以楚、越地方的人性情急躁說話急促，與人談話，口中唾液會噴射到別人身上，別人身體就會腫脹，腫了就生瘡。在南部極熱的地方，那裏的人詛咒樹，樹就枯死；對鳥吐唾沫，鳥就墜落。那裏的巫師都能夠用詛咒延長人的疾病、加劇人的災禍，這是由於他們生在江南，含有火氣的緣故。)

專制森嚴的社會，如果官方不容，官民上下會迷信成風？你會相信始皇可以置身風外，或者雖迷信而不信長生之

說？抑或，其實是上行下效，因他而形成風暴？

此外，陸賈也批評始皇用人不當，用了李斯、趙高。陸賈的學說，以儒學為主，卻也滲雜道家，以至法家，是取各家之長。他主張「無為而治」，這是針對凋弊的開國之初，因時度勢，與民休息。他的檢討影響漢高祖下令罷兵、戒奢華。史遷說他是「辯士」，李斯何嘗不是辯士，卻不見諫諍之辭。秦政種種舉措，豈能長治久安？

如果我不願意生活在看似極盛的秦朝，為什麼其他人就可以？

8 「令」高於「法」，國君大於國家

也許有人會解釋，為了統一大業，為了民族前途，何妨犧牲小我？問題在這個「小我」即以量而言，也並不「少」。這些人，雖然沒有留下名字，卻是一個個不容否定的生靈。況且，什麼是「大我」呢？如果不以這芸芸眾生的「小我」為念。這個「大我」，當時只有一個絕對權力的帝皇，加上若干特權的顯貴。

秦法沿自孝公時商鞅變法，商鞅之法則來自戰國初魏相李悝的《法經》。《法經》早佚，零碎條文只見於明末董說的《七國考》，也不是直接引用，而是轉引自東漢末桓譚的《桓子新論》，這《新論》也已亡佚。《法經》引文中云：「窺宮者

臏，拾遺者刖」，可見罪輕刑重。又云：「盜符者誅，籍其家。盜璽者誅。議國法令者誅，籍其家，及其妻氏。」其中「議國法令者誅……」，可見法家之法是不容議論的，其罪甚於盜符盜璽。《法經》的真偽學者有不同的意見。其基本精神應與秦法相通。

翻開《睡虎地秦墓竹簡》，學者整理出法律條文數十條。卜德說：「秦以嚴刑峻法聞名，這些法律對此並無反證，但也沒有鮮明地予以證實。當然，這部分的是由於這些法律不完整，也由於許多法律是行政法而不是刑法這一事實。」但「嚴刑峻法」，可見於《韓非子‧內儲說上》引商鞅的話解釋：「行刑重其輕者，輕者不至，重者不來，是謂以刑去刑。」以嚴刑去刑，連李斯這個當事人也是肯定的，在上秦二世的《督責書》中他舉了一個法例，顯然一直沿用：

> 商君之法，刑棄灰於道者。夫棄灰，薄罪也，而被刑，重罰也。彼唯明主為能深督輕罪。夫罪輕且督深，而況有重罪乎？故民不敢犯也。

我讀 1981 年《雲夢秦簡研究》一書，受益良多，作者主要為整理這批第一次發現秦簡的專家，加上其他幾位學者，論及秦刑法、政治、經濟，無一不認為是嚴刑峻法、剝削、壓迫。成員之一劉海年的〈秦律刑罰考析〉，逐一分析各種

刑罰，很周全，結論云：「**名目繁多，手段殘酷。**」其中律文，頗多涉及刑徒：一般勞動苦役的城旦（築城男犯）、旦（舂米女犯）；為祭祠勞動的鬼薪（砍柴男犯）、白粲（擇米女犯）。又有因各種原因被沒為奴隸的，有官府奴隸，稱隸臣妾，男為隸臣，女為隸妾；再有私家奴隸，稱人奴。奴隸的來源甚多，高敏在《睡虎地秦簡初探》分析為：一、犯了罪；二、親屬犯了罪；三、官府沒收罪犯的私家奴隸；四、戰爭時退縮脫逃，以及投降的俘虜；五、用錢買來；六、奴隸的子女。原來一為奴隸，子女也是奴隸；主人可以自由買賣、借用。如果主人對家奴不滿，可以投訴，要求官府施加黥、劓的酷刑（秦簡《封診式‧黥妾》）；或者轉賣給政府並充當城旦（《封診式‧告臣》）。高敏總結云：奴隸主要還是來自貧農。他同時指出秦律是壓迫、剝削貧農的法規，他說：「**大量貧苦農民，動輒被統治者『完為城旦』、『刑為城旦』和『黥為城旦』，本質上就是以各種罪名把農民下降為奴隸。**」隸臣妾是秦社會一大問題。秦刑徒之多，在秦律「寬容、和平」的美好號召下分發去建墳墓、建宮殿、修長城、築路、北伐、南征，否則恐怕天下間最大的監獄也裝不下。

睡虎地 11 號的墓主喜生於戰國末（秦昭王四十五年，前 262 年），據其中《葉書》（舊稱《編年記》）記載從秦昭王元年（前 306 年）至秦始皇三十年（前 217 年）大事及墓主的經歷，喜曾任與司法有關的御史、令史等職，死於始皇三十

年，可推知這些秦法的時限至此，在焚書令之前，更不包括秦二世一朝，胡亥聽趙高之言更改的法律。

秦的法律形式，據睡虎地的竹簡，可分為：一、律：各種法律條文，例如《秦律十八種》、《秦律雜抄》。二、式：公文程式，例如《封診式》。三、法律問答：以回答的方式解釋法律條文，例如《法律答問》。四、例：以案例作為斷獄的原則，可見於《法律答問》。五、文告：地方官在管轄區內發出的文告，例如《語書》。六、課：檢查、考核的法規，例如《牛羊課》。七、程：官營手工業生產的法規，例如《工人程》。不過，睡虎地的竹簡並非秦的所有法律，其後各地續有發現。近年武漢大學出版社的《秦簡牘合集》四冊，既修訂《睡虎地秦墓竹簡》的整理，加添各家學者的意見，近於集釋；並有《龍崗秦墓簡牘‧郝家坪秦墓木牘》、《周家臺秦墓簡牘‧嶽山秦墓木牘》、《放馬灘秦墓簡牘》。我對秦簡本來一無所知，依靠學者的整理、討論，總算略識皮毛，打開了對秦代生活的眼界。

秦簡所載的法律條文，屬行政法，其中農事經濟的《田律》，看來汲取了戰國以來的經驗，能順應天時。但其他則薄罪重罰，動輒得咎。最特別的是《為吏之道》（據說與王家臺秦簡《為政之常》、北京大學藏秦簡《從政之經》、嶽麓書院藏秦簡《為吏治官及黔首》，內容相同或相近，尤其嶽麓簡），試舉起首兩段為例：

凡為吏之道，必精潔正直，慎謹堅固，審悉毋私，微密纖察，安靜毋苛，審當賞罰。嚴剛毋暴，廉而毋刖，毋復期勝，毋以忿怒決。寬容忠信，和平毋怨，悔過勿重。慈下勿陵，敬上勿犯，聽諫勿塞。審知民能，善度民力，勞以率之，正以矯之。

　　要做官的毋私、毋苛、毋暴、毋刖，而且「寬容忠信，和平毋怨」、「聽諫勿塞」，能夠做到的話，真好。還提出吏有五善、五失。不過這些美言，並無法律約束力，而且出在焚禁詩書之前。其中「善度民力」，何謂「善度」？並無指標。儘管我們知道，這不是秦能夠貫徹的善政，更不可能是嬴政引以為誡的行政之道。這反而令人懷疑，是否一如入伍的年齡，不過官樣文章？「公正清廉」的牌匾，不是高懸在後世所有公堂之上？另一面，這又是否說，要求官吏是一回事，卻不能同樣要求君主？睡虎地秦簡的整理學者認為這些四字句式，與秦字書《倉頡篇》、《爰歷篇》、《博學篇》相似，「推測是供學習做吏的人使用的識字課本」。修訂的《秦簡牘合集》的編者則以為「除害興利」一段恐不能僅以「識字教材」視之。朱鳳瀚〈三種《為吏之道》題材之秦簡部分簡文對讀〉一文指出這類題材絕非一篇文義貫通、體例完備的文章，而是文義相近的「雜抄」。其中〈凡治事〉部分，運用了成相體的句式。高敏則認為這是儒法融合的表現。

嬴政在統一前以至統一之初可能真的並沒有排儒，《為吏之道》充滿儒家精神，加上東巡的石刻，儼如儒家的理想社會。但言和行明顯並不相副，落差極大，其中必有一個是假；要是兩頭都真，那麼只能解釋秦是分裂的社會，某些竹簡、石頭上的秦是一個看似和諧、幸福的烏托邦（Utopia）；另外一些竹簡，以至生活上的秦則是推行連坐，信神信鬼、沒有安全感的敵托邦（Dystopia）。

　　嬴政用儒，但一直以法家為主導，墨家也用一點，因為墨家明鬼：《墨子·公孟》斥儒家云：「**儒以天為不明，以鬼為不神，天鬼不說，此足以喪天下。**」墨子以為天下之亂，是由於「無鬼者」質疑鬼神之有，不明白鬼神能賞賢罰暴。換言之，他的鬼神論其實寄寓了對統治者賞賢罰暴的勸誡，並希冀藉以規範民間的活動；他講的〈天志〉，目的也是一樣。但墨家更重要的「非攻」、「尚賢」、「尚同」、「節用」、「節葬」、「非樂」等等，則一概摒棄不用。尤其是「非攻」，反對不義之戰，指斥大國以強凌弱，甚至組織起弟子門人，劍及履及，為保衛弱國（例如宋國）而戰，頗有打抱不平、行俠仗義的精神。說到底，墨家終究是近儒而遠法。儒家學者中，嬴政也只偏重那些專習祭祀禮儀的儒生，畢竟重刑法，不重道德教化，但取其實用性。統一後則覺儒生連封禪祭禮也並無所知，再而受了點刺激，乃貶逐《詩》、《書》、禁私學，所留下的博士儒者，大抵只屬周青臣之屬阿諛者流，

或者兼習方仙道。

不少學者指出，法家之法，和西方近代所崇尚的法治精神不同，後者建基於平等人權，沒有人可以凌駕於法律之上。前者，雖以法為治，但法不過是駕馭臣民的「**帝王之具**」（《韓非子‧定法》）。這是所謂「以法治國」與「依法治國」的分別。其實古代的歐美，在法國大革命之前，何曾是依法治國？法國國王路易十四的名言「**朕即國家**」即是代表。陳義不必太高，也無需外求，法家之法無論理念與實踐，本身即頗多矛盾。

睡虎地秦簡《法律答問》其中一條解答何謂犯令、廢令，云：

> 律所謂者，令曰勿為，而為之，是謂「犯令」；令曰為之，弗為，是謂「法（廢）令」也。
>
> （律文的意思是，規定不要做的事，做了，稱為犯令；規定要做的事，不去做，稱為廢令。」）

律與法，本意相通，奉為常則之意。令，一般法律行文，往往也跟律或法互通或共用，構成「法令」或「律令」一詞。上述專家譯文，不分律令；實則法或律與令是有分別的。睡虎地秦簡《語書》云：

> 法律未足，民多詐巧，故後有閒令下者。凡法

> 律令者，以教道（導）民，去其淫避（僻），除其惡
> 俗，而使之之於為善毆（也）。

整理小組專家解「故後有閒令下者」的「閒」：「讀干，
《淮南子・説林》注：『亂也。』」似不如池田知久的解讀，
「閒」，訓「加」：「南郡守騰進而指出，僅靠『法律』來實
現矯端民心之目的是不夠的，所以『法律』之下又追加了
『令』。」（〈睡虎地秦簡語書與墨家思想〉）這樣，《語書》緊
接的下句出現「法律令」就順適得多。否則，既説「法律未
足」，這未足再無補救之法。法、律與令並舉，分別之一，
是先有法、律，而後有令。其次，是令高於法、律。換言
之，秦法律種種形式之外，還有一種，權力最大，官吏都心
知肚明：令。

《史記》載漢武帝時廷尉杜周善於窺伺皇帝的心意，皇上
想排斥的人，他就加以陷害；皇上想寬釋者，就長期囚禁待
審，暗中揭露這是冤情。有人批評他辦案並沒有公正地根據
律文，而是揣摩皇帝的心意，他答：

> 三尺安出哉？前主所是著為律，後主所是疏為
> 令。當時為是，何古之法乎！

三尺，借代成文的法律，漢法律寫在三尺長的竹簡上，
故稱「三尺法」。這位酷吏，指出法律要以皇帝後出的令為

準。(《史記‧酷吏列傳》)

一度被柳宗元斷為偽書的《鶡冠子》，因馬王堆漢墓出土的材料，學者終推定成書約在戰國末至秦初，其〈度萬〉篇云：

> 化萬物者，令也；守一道制萬物者，法也。法也者，守內者也；令也者，出制者也。夫法不敗是，令不傷理，故君子得而尊，小人得而謹，脊靡得以全，神備於心，道備於形，人以成則，士以為繩。

「法」處理的是形而下的「是」，「令」處理的是形而上的「理」，一守內，一出制，二者有別，不敗是，不傷理，則人民自然以之為守則，士人以之為規矩。好像有點虛玄，這是楚地黃老刑名之學的特色。

再舉《韓非子‧問辯》為例，刻削落實得多：

> 明主之國，令者，言最貴者也；法者，事最適者也。言無二貴，法不兩適，故言行而不軌於法令者必禁。

指出「令」是君主的言辭，「法」是行事的法律準則；兩者都重要，句末乃合成「法令」，不符合法令的就要禁止，因表面上二者並不對立。然而，「最貴」與「最適」，高下自見。《漢

書‧宣帝紀》注也云:「天子詔所增損,不在律上者為令。」令乃帝王所發,這才是真正不容犯,不能廢,是最高的、絕對的指示。

說了這許多,目的是要指出,君令隨時隨意發施,不用程序,好處是君主可以因應事態靈活地更訂,或者廢止律法。這是常則的成文法一大活口,卻也是缺口。雖說「**君臣上下貴賤皆從法**」(《管子‧任法》)、「**人主離法失人**」(《韓非子‧守道》)、「**明主之道,忠法**」(《韓非子‧安危》)),君主究其實並不受法的約束,可以為所欲為。嬴政的「逐客令」就是例子,這非秦律所原有,忽爾通告,並且改變了以往孝公的「求賢令」;最後,又朝令夕改,撤回了。

然則說法家「一切斷之於法」,不確,實則「一切斷之於令」,再明確些,一切由帝王說了算。律文即使寫得如何完備,都不及帝王隨時的一聲詔令;帝令高於國法,國君大於國家。更明確些,國君根本不受法律約束。這是歷來中國法制的大病。帝令在秦的數量,由於史料不足,並不清楚。在漢朝則可見令的不斷增加,遍及政治、經濟、文化、軍事等各方面。清沈家本《歷代刑法考‧漢律摭遺自序》云:「諸書(指後人輯錄漢律)所引律、令往往相淆,蓋由各律中本各有令,引之者遂不盡別白。如《金布律》見於《晉志》,而諸書所引則《金布令》為多。今於律、令二者亦不能詳為區別;若二鄭注之所稱『今時』,固難定其為律為令也。」

從漢高祖到武帝，詔令增至 359 章，國祚越長，增令越多，到成帝更達百多萬言，連「明習者不知所由」，於是需分門別類，編為令甲、令乙、令丙等等，見張明、于井堯合著的《中國法制史》；張、于兩位著者總結時也不得不承認：「是統治階級者手中靈活的武器。」真正能下令的「統治階級者」，只有權力金字塔頂尖的一個人。

9　「貧富異刑而法不一」

曹魏時代清廉正直的司馬芝說：「夫設教而犯，君之劣也；犯教而聞，吏之禍也。君劣於上，吏禍於下，此政事所以不理也。」（《三國志‧魏書‧司馬芝傳》）教，相當於令。君主設教立令，卻不一定能使官吏不犯。下了教令仍有人違犯，這是君主的劣政。「君劣於上，吏禍於下」，他指出前因後果，歸結為政事「不理」。設教而能犯教的，歷來都是也只能是君主本人。秦王漢武，歷代那些雄才大略之君莫不設令而犯令，代價卻由其他無辜的人付出。

沈家本《歷代刑法考》云：「自商鞅變法相秦孝公而秦以強，秦人世守其法，是秦先世所用者，商鞅之法也。鞅之法，受之李悝。悝之法，撰次諸國，豈遂無三代先王之法存于其中者乎？」三代先王之法渺不可知，其中李悝（前 455 年－前 395 年）曾加以繼承活用，可以理解，但到商

鞅（前390年－前338年）接手，何以秦國獨強？商鞅到李斯，相距又不少於一百二十年，時移世易，從治理一地，到一統天下，從內而外，法豈能不變？商鞅云：「**禮法以時而定，制令各順其宜。……治世不一道，便國不必法古。**」（《商君書‧更法》）商鞅改法為律，律之外也有令，如《分戶令》、《墾草令》等，我反覆細讀，未見明定君主自己可以隨時犯律、廢律。相反，他批評當時的君主，捨棄法制而依從個人的智慧，不計功勞而看個人的名譽（〈修權〉：「**君好法，則臣以法事君。**」〈君臣〉：「**今世君不然，釋法而以知，背功而以譽。**」）〈畫策〉篇云：

> 凡人主，德行非出人也，知非出人也，勇力非過人也。然民雖有聖知，弗敢我謀；勇力，弗敢我殺；雖眾，不敢勝其主；雖民至億萬之數，懸重賞而民不敢爭，行罰而民不敢怨者，法也。

這說明人主並無過人之處，的確是普通人一個，其所以能服民，依靠的就是法治。商鞅當然強調君主至高無尚，且為專制獨裁開路，但並未見明言君主對律法可以隨時更棄。他見太子犯法，由於太子是儲君，不能刑罰，但不表示儲君就可以枉法，更應該以身作則，所以要定罪，不過由人代罪罷了，代罪的是失責的老師；後來公子虔犯法，就受刑割鼻。他說：

法之不行，自上犯之。（《史記‧商君列傳》）

法之不行，自於貴戚。君必欲行法，先於太子。（《史記‧秦本紀》）

法之不明者，君長亂也。（《商君書‧壹言》）

因此《史記‧商君列傳》云：「秦人皆趨令」。《商君書‧修權》云：

國之所以治者三：一曰法，二曰信，三曰權。法者，君臣之所共操也；信者，君臣之所共立也；權者，君之所獨制也，人主失守則危。君臣釋法任私必亂。故立法明分，而不以私害法，則治。權制獨斷於君則威。民信其賞，則事功成；信其刑，則奸無端。惟明主愛權重信，而不以私害法。

法、信、權三者是國之所以治的支柱，其中強調「法」和「信」是君臣共操、共立，要彼此協作。只有「權」由君主獨自控制，君主失去權力就危險了。「信」何以立？是君臣明確共守一個「分界」：不能「釋法任私」。這一段，「不以私害法」一語，提而再提，這正反映他對大權一人獨攬的危機感。

栗勁《秦律通論》認為法家推行的是「法治」，儒家則是「人治」。倘法律能平等貫徹，不以私害法，沒有人得享

特權，則的確是法治。如果你把帝王豁免在法律之外甚且置諸法律之上，而他可以隨時加以竄改，那麼做為被治之人，即使在其他眾民之上，仍然心滿意足地認定這就是法治，這又是否僭越了僅僅屬於帝王一個人的話語，因為只有他才配說：法治？

再者，君主以下，秦法其實也並非一視同仁，貴族、官吏是有特權的。卜德和莫里斯（Clarence Morris）合著的《中華帝國的法律》（*Law in Imperial China*, 1967）一書指出秦以後中華帝國的法律是禮和法結合，他們引瞿同祖「法律儒家化」一詞，然後分別法家的法與儒家的禮，二者對立：法，按普通原則，**「不允許任何人或團體具有法律以外的特殊身分」**；禮則照等差原則，**「主張根據人的身分、地位及所處的特殊環境，而給以區別性對待。」**等差誠然是儒家的原則，問題在由等差開出的社會秩序，包括宗法制度的繼承權，行之於古今中外，我不知道有哪一個地方待人可以不講「身分、地位及所處的特殊環境」？換言之，禮同具普遍性。至於法家之法，君主固然在法律之上，權貴在法律上也是受到優待的。秦律有所謂「贖刑」，犯人可付錢免罪，從輕判的肉刑以至死刑，都可贖，不過可贖之人，一來要是權貴，二來也得有錢。這是開給權貴富人的活門。而其他犯人則無此免刑權。舉秦簡《司空律》一例：

公士以下居贖刑罪、死罪者，居於城旦舂，毋赤
其衣，勿枸櫝欙杕。

（公士以下的人以勞役抵償贖刑、贖死的罪，要服
城旦、舂的勞役，但不必穿紅色囚服，不施加木械、黑
索和脛鉗。）

公士乃秦二十等爵位中最低等（一公士，二上造，三簪
裊，四不更，五大夫，六官大夫，七公大夫，八公乘，九五
大夫，十左庶長，十一右庶長，十二左更，十三中更，十四
右更，十五少上造，十六大上造，十七駟車庶長，十八大庶
長，十九關內侯，二十徹侯；留神：右庶長爵位高於左庶
長），功績是砍敵一個頭顱；犯了死罪，可以從事城旦、舂
的勞役抵償，而且可以不像一般犯人那樣穿上紅囚衣，更免
去加上木枷、頸繫黑索、脛套鐵鉗等肉刑。最低等的爵位尚
且如此，其上的十九等可想而知。秦簡下文續云：

鬼薪白粲，群下吏毋耐者，人奴妾居贖貲責
（債）於城旦，皆赤其衣，枸櫝欙杕，將司之；其或
亡之，有罪。

（鬼薪、白粲，下吏而不加耐刑的人們，私家奴婢
被用以抵償貲贖債務而服城旦勞役的，都穿紅色囚服，
施加木械、黑索和脛鉗，並加監管；如讓他們逃亡了，
監管者有罪。）

所謂耐，指刑罰中剃去鬍鬚，是刑罰較輕者。鬼薪、白粲、不加耐刑的下吏，以及被主人用以抵償貰贖債務的私人奴婢，這些人服城旦勞役，都要穿紅囚衣，戴刑具，受監管；倘逃走了，則監管者有罪。西漢元帝的老師蕭望之評說：「**富者得生，貧者獨死，是貧富異刑而法不一。**」（《漢書》）

　　秦簡也見列明對「葆子」頗有優待，葆子相當於漢代的「任子」，是指憑藉父蔭而獲得官職之人，黃留珠〈秦仕進制度考述〉云：「**葆子這種世官制的遺存是受到當時法律的保護的。**」楊聯陞另有一說，認為葆子即以子作擔保，也就是「人質」。（《中國文化中報、保、包之意義》）他說葆子的行動雖受約束，可也享有一些特權。無論如何，《法律答問》裏有好幾條，說明對葆子法外施恩：當葆子犯了罪而當刑（施加肉刑），「**勿刑，行其耐（髡其鬚）**」。秦法最可怕的其實就是各種肉刑。

　　此外，于豪亮指出為了籠絡少數民族的上層人物，也讓他們享有特權，即使犯了嚴重的「群盜罪」，也可以用錢贖買，廣大的庶民則無此優待。（〈雲夢秦簡研究：秦王朝關於少數民族的法律及其歷史作用〉）

　　秦獻公「**止從死**」（〈秦本紀〉），始皇死後卻強迫大量無辜的人陪葬，他們的先祖穆公死時以三良殉葬，《左傳》君子評之曰：「**秦穆之不為盟主也宜哉！死而棄民。**」始皇也死而棄民，但生時已先棄法。

10 專制逐步走向絕對

世諷商鞅「作法自斃」，豈知這反而體現早期秦法的客觀性，並不因為你曾任或者仍任高官甚至是帝王而可以徇私，更不管這是你自作的法。從商鞅（孝公時期）到李斯（始皇時期），其間秦經歷四個君主：惠文王、武王、昭王、莊襄王，法律的條文容有改定，但四王大致能承繼商鞅的法治理想，連車裂商鞅的惠文王，也並不廢鞅法。《呂氏春秋·去私》記載了一則墨家鉅子殺子的故事，墨家稱領袖為鉅子：

> 墨者有鉅子腹䵍，居秦，其子殺人，秦惠王曰：「先生之年長矣，非有他子也，寡人已令吏弗誅矣，先生之以此聽寡人也。」
>
> 腹䵍對曰：「墨者之法曰：『殺人者死，傷人者刑。』此所以禁殺傷人也。夫禁殺傷人者，天下之大義也。王雖為之賜，而令吏弗誅，腹䵍不可不行墨者之法。」
>
> 不許惠王，而遂殺之。子，人之所私也。忍所私以行大義，鉅子可謂公矣。

故事發生在秦惠王時，去嬴政不遠，不可能是假的。呂不韋把它收編，說明秦在統一前，仍然認定法律不能徇私，要公正地「忍所私以行大義」。這鉅子自己執行私刑，把兒

子殺了,並非今人的法律所能接受,這是另一問題。秦惠王的故事還說明當時雖以法家治國,可並不排斥其他學說,呂氏也是如此,更表揚了「墨者之法」。

到了昭王,更以為堅持立法,就要摒絕私愛,堅持到了泥執的地步。《韓非子·外儲說右下》記昭王生病,民眾買牛祭神,為他祈福,他知道後,罰民眾每人兩副甲,他說:「夫非令而擅禱,是愛寡人也。夫愛寡人,寡人亦且改法而心與之相循者,是法不立,法不立,亂亡之道也。不如人罰二甲而復與為治。」下文再寫下去,韓非補充另一說法:有人把昭王比喻為堯舜,也要受罰,昭王再解釋,民眾之為我所用,並不是由於我愛他們,而是因為我有權勢;要是我放棄權勢而與他們結交,我偶然不愛他們,他們就不為我所用了。這是對法治的一種理解:法不容愛。說到底當然仍是為了要民眾服從權力,但至少法並沒有淪為他一個人可以獨享可以踐踏的工具。

從商鞅到李斯,秦的專制逐步走向絕對,到了嬴政統一天下,終於確定了帝王一個人的絕對權力,帝國成為帝王一己之私。法家之法,是愈變愈狹,最終成為極端獨裁專斷,為帝王的私法。這方面,迷信權力的帝王固然是一大因素,說客、文士,以至輔政者加以鼓吹與教唆,也責無旁貸。昭王時的范雎是其中一個,他獲得信任,尚未為相,已對昭王解說何以為王,要旨是王權必須獨擅,此說商鞅說過,分別

在范雎一再強調權力要單一獨攬，變成私有：

> 臣居山東時，聞齊之有田文，不聞其有王也；聞
> 秦之有太后、穰侯、華陽、高陵、涇陽，不聞其有
> 王也。夫擅國之謂王，能利害之謂王，制殺生之威
> 之謂王。今太后擅行不顧，穰侯出使不報，華陽、
> 涇陽等擊斷無諱，高陵進退不請。四貴備而國不危
> 者，未之有也。為此四貴者下，乃所謂無王也。然
> 則權安得不傾，令安得從王出乎？臣聞善治國者，
> 乃內固其威而外重其權。（《史記·范雎蔡澤列傳》）

能獨掌國家大權才叫王，能獨掌利害大權才叫王，能獨掌生
殺大權才叫王。如今王權分了出去，既輸了風頭，又讓他們
擅自不顧、不報、無諱（斷罪判案毫無忌憚）、不請，就稱不
上王了。他針對的是太后、四貴，但貶逐這些擅權者，卻同
時建立更大的擅國者。范雎並沒有法學著作。到了秦一統天
下之勢形成，法家出了個集大成的韓非，云：

> 法，所以禁過外私也；嚴刑，所以遂令懲下也。
> 威不貳錯，制不共門。威，制共，則眾邪彰矣；法
> 不信，則君行危矣；刑不斷，則邪不勝矣。……故
> 以法治國，舉措而已矣。法不阿貴，繩不撓曲。法
> 之所加，智者弗能辭，勇者弗敢爭。刑過不避大

臣，賞善不遺匹夫。（《韓非子·有度》）

同樣說「威」說「制」（權），卻說君臣不能共同樹立、共同擁有。「刑過不避大臣，賞善不遺匹夫」，不避大臣而已，所謂「一斷於法」的法治，終於網開帝王一面。

栗勁說：「商鞅變法以後，王權不斷地擴大，相權不斷地縮小，不斷地沿着君主專制向前發展。但是，相職還是被保存下來，並在一定的條件下，仍然能夠發揮很大的作用。」（《秦律通論》）統一時，李斯任廷尉，掌管司法部門，其任相職，最早要等到前218年，且任期很短，下文再詳述。然則，他在什麼的條件下發揮了什麼的作用呢？這是我要追問的，他其實是後世不少讀書人的縮影。

因此，我必須同時思考秦世統治的問題。

11 秦民對法不同的反應

再舉一例，說明獨裁者的令，其後果既破壞法制，更足以亡國。〈蒙恬列傳〉說：

> （趙）高有大罪，秦王令蒙毅法治之。毅不敢阿法，當高罪死，除其宦籍。帝以高之敦於事也，赦之，復其官爵。

趙高犯了什麼大罪，已不可考，但蒙毅不過受令執法，卻因此與趙高結怨。犯法的元兇毋寧是嬴政，既先下令，後又改令，引狼入室，遂致國亡家破。

此外，刑法又落入酷吏之手。曾備受尊寵的方士侯生與盧生私下論政，說：

> 始皇為人，天性剛戾自用，起諸侯，并天下，意得欲從，以為自古莫及己。專任獄吏，獄吏得親幸。博士雖七十人，特備員弗用。丞相諸大臣皆受成事，倚辨於上。上樂以刑殺為威，天下畏罪持祿，莫敢盡忠。上不聞過而日驕，下懾伏謾欺以取容。秦法，不得兼方不驗，輒死。然候星氣者至三百人，皆良士，畏忌諱諛，不敢端言其過。天下之事無小大皆決於上，上至以衡石量書，日夜有呈，不中呈不得休息。貪於權勢至如此，未可為求仙藥。（〈秦始皇本紀〉）

這段話後世史家多所傳引，並未以人廢言，如說始皇日夜勤政，審閱文件，但勤政，是由於不信任人，「天下之事無小大皆決於上」，丞相大臣等只好「皆受成事，倚辨於上」。又更專任、親寵獄吏，博士七十人不少，卻備而不用，而樂於刑殺，於是人人害怕得罪，沒有諫諍之言，失去反省的能力，到頭來「上不聞過而日驕，下懾伏謾欺以取容」。漢初

曾「學申商刑名」的晁錯這樣評説：

> 法令煩憯，刑罰暴酷，輕絕人命，身自射殺，天
> 下寒心，莫安其處。姦邪之吏，乘其亂法，以成其
> 威，獄官主斷，生殺自恣。上下瓦解，各自為制。
> （《漢書・爰盎晁錯傳》）

「輕絕人命」、「生殺自恣」云云，看來並不始自秦二
世。而上行下效，豈是「嚴剛毋暴」、「安靜毋苛」、「寬容
忠信」？

秦法可畏，概如上述。當然，另有一種意見認為，
史遷所傳方士之言根本不可信，始皇並沒有尋求長生的想
法，像柯馬丁（Martin Kern）在《秦始皇石刻》（*The Stele
Inscriptions of Ch'in Shih-huang : Text and Ritual in Early
Chinese Imperial Representation*, 2000）所舉的理由：秦石刻
並無一字涉及長生。不涉及並不等於沒有，否則柯馬丁就無
需辯解「坑儒」所坑的，方士而已。始皇迷信鬼神，實是秦
人的傳統，秦簡那許多的《日書》，不是鐵證？《史記》中真
人、徐市、侯盧二生等等記載，篇幅不少，倘純屬史遷的創
作，則《史記》毋寧更近今人所云「虛構的小説」（fiction）。
不過如果沒有反證，則寧信其有，利益應歸被告，假設《史
記》這本著作是涉嫌被告。

秦二世元年，蒯通游説范陽令徐公投降陳勝，云：「足

下為令十餘年，殺人之父，孤人之子，斷人之足，黥人之首，甚眾。慈父孝子所以不敢事刃於公之腹者，畏秦法也。」（《漢書‧蒯通傳》）徐公沒有反駁，還聽他的話。這不會是孤例。司馬遷記商鞅變法，曾甚受秦人歡迎，但必須認清推行時的環境，事在秦孝公之世，失去先祖的土地，乃有變法圖強的決心：

> 秦人皆趨令。行之十年，秦民大說，道不拾遺，山無盜賊，家給人足。民勇於公戰，怯於私鬥，鄉邑大治。
>
> 秦民初言令不便者有來言令便者，衛鞅曰：「此皆亂化之民也！」盡遷之於邊城。其後民莫敢議令。
> （《史記‧商君列傳》）

上述文字也反映變法之前秦人生活的無序。秦自襄公護送周平王東遷，取得歧、豐之地，多年來與犬戎雜處，落後、窮困，貴族專橫，盜賊眾多，而且是一盤散沙。商鞅變法，首先建立刑法，輕罪重判，打擊國內擅權的貴族。改革的實質一在經濟，一在軍事，〈秦本紀〉所云：「變法修刑，內務耕稼，外勸戰死之賞罰」，數管齊下。其中《墾草令》為變法的先導，即着眼經濟，例如：針對地廣人稀，令民有二男以上不分家者倍其賦；僇力本業耕織致粟帛多者復其身；事末利及怠而貧者舉以為收孥，等等。（詳見李劍農的

《中國古代經濟史稿》）商鞅以農業為本，商業為末。倘沒有經濟基礎，不增加人口，改革不可能成功。秦民何以「勇於公戰，怯於私鬥」？因為私鬥定罪，公戰則立功，《商君書．境內》云：「能得甲首一者，賞爵一級，益田一頃，益宅九畝。（一）除庶子一人，乃得入兵官之吏。」

秦民對變法十年後改變了態度，變得很高興。這是因為生活改善了。但他的改革並不容議論，好的壞的秦民都只能默默接受，不然盡遷之邊城。這是亂世之法，治的是所謂「亂化之民」。然而治治世，能沿用舊法，單憑嚴刑的阻嚇？法家豈不強調因時而變？

百年後，到了秦末，統一後的秦人，時移世易，對秦法卻有完全不同的反應：

> （劉邦）召諸縣父老豪傑曰：「父老苦秦苛法久矣，誹謗者族，偶語者棄市。吾與諸侯約，先入關者王之，吾當王關中。與父老約，法三章耳：殺人者死，傷人及盜抵罪。餘悉除去秦法。諸吏人皆案堵如故。凡吾所以來，為父老除害，非有所侵暴，無恐；且吾所以還軍霸上，待諸侯至而定約束耳。」乃使人與秦吏行縣鄉邑，告諭之。
>
> 秦人大喜，爭持牛羊酒食獻饗軍士。沛公又讓不受，曰：「倉粟多，非乏，不欲費人。」人又益喜，唯恐沛公不為秦王。（《史記．高祖本紀》）

劉邦入關後，與父老約定，解除秦苛法，簡化為三章。三章固然不足以辨奸，政治形象卻十分成功。這時候，已經秦的一統，治之後再亂，人民要求不同。商鞅治理的秦民，未嘗知識的禁果，既愚且亂之民而用愚民之法管理，阻力不大，最初不適應，既得益者不高興而已，故有世子犯法。百年後，關中秦人，已非當年函谷關內的愚亂之民可比，而秦政府統治的，也不止於函谷關內的秦人，更是文化水準高於秦的其他六國。要令不愚之民變愚，怎會不加反抗？

而秦民既備受徭役賦稅所苦，不少人也受強迫遷徙之勞。〈秦始皇本紀〉載始皇曾前後兩次強制移民關內，一次在統一之初（前 221 年），「徙天下豪富於咸陽十二萬戶」；另一次在三十五年（前 212 年），「徙三萬家麗邑，五萬家雲陽。」人數不少，每戶五口，即有一百萬人。但去秦亡不遠，這些移民應尚未扎根成為地方領袖（「父老豪傑」）。

至於各地強制移民，則始皇統一後十年，孟祥才〈論秦漢的遷豪、徙民政策〉計算有九次之多。按馬非百《秦集史‧遷民表》，則大小遷民，竟達三十二次。所遷者有的是刑徒，有的是地方富豪，也有的，無非普通黔首。《漢書‧元帝紀》：「安土重遷，黎民之性」，重，看重，不輕易之意。統一前好些，動之以利，統一後則是強制，調動之後也往往稍加補償，爵一級，免除徭役若干年。馬非百肯定遷民對後來的政治、經濟、國防都有正面作用，也有個別新移民

取得成功的例子，如卓氏、孔氏。但開國不久，經過許多年的戰亂、流離，以當年交通之難，是否可以為流徙的人設想一下，對，有罪沒罪，他們好歹是人，難道為了上述理由，他們不過是棋盤上流動、無根的棋子？百萬以上的人東西流徙，無疑也造成社會動盪。另一方面，黎民卻嚴禁私自遷徙，連出縣也必須獲得批准，嶽麓秦簡《亡律》可見；至於逃亡，無論刑徒、庶民，一律重罰。

此外，「苛法」的貶語或出自劉邦，民情卻難以做假，久苦秦法，唯恐劉邦不做秦王者，不是六國遺民，而是首都咸陽的秦民。這是統一後身受者對秦法最早也最具體的評斷。始皇晚年，「群盜滿山，……天下已壞矣。」（賈山上疏漢文帝，見《漢書·賈山傳》）實例之一是始皇三十一年，嬴政在關中微服出外竟也遇盜，彷彿又回到商鞅變法前的景象，甚至更壞。後來劉項爭雄，助劉取勝的，主要是唯恐他不為秦王的秦人。

還有一大分別。商鞅的法治，是以「法」取代儒家的「禮」，認定刑法的治理，比強調德性客觀，是嘗試以客觀之「法」代主觀之「人」，但這種客觀必須建立在公平之上，沒有任何人可以比其他人優勝，事實上也不比其他人優勝，故受民眾歡迎，卻不為本有特權的人所喜。齊平的結果，無論治人與被治者都不免會想到：領導的品德與才能，既無過人之處，則憑什麼可以得天獨厚？這所以，削權的貴族固然仇

視商鞅，獨權的帝王到頭來也不會滿意商鞅。

法家經過韓非集法、術、勢，一爐而治，「術」與「勢」專為人主的手段與權力而設計，是則「法」不單無意替代「人」，實不過為當權之人服務，為專制獨裁立法而已，故民眾有截然不同的反應。而其理論遂凸顯內在的矛盾。

12　法家的悖論

法家從商鞅到韓非，一直重申「尊君」之說，另一面則反對「尚賢」，前者跟儒家相近，後者卻極相遠，到了極端，則認定一切關係，包括倫常親情，悉賴利益建立，其推論的結果，親如夫妻父子固不可信，則君與臣更勢不兩立，到了「一日而百戰」的惡劣地步（《韓非子‧揚權》）。既然唯利是視，你一旦失利，或者於你再無利可圖，豈非會受其他利誘，把你拋棄？

法家攻擊最力的儒家未嘗不尊君，但主張德治，「為政以德」（《論語‧為政》），要求君主「其身正，不令而行；其身不正，雖令不從」（〈子路〉）。孔子為人詬病的「君君臣臣，父父子子」（〈顏淵〉），認為他維護統治階級，其實這是權利與責任的分別，權責要正名。若論君臣父子之防，則法家要森嚴得多，《韓非子‧忠孝》云：「臣事君，子事父，妻事夫，三者順則天下治，三者逆則天下亂，此天下之常

道也」，這是一個絕對君權父權夫權的社會。根據睡虎地秦簡、張家山漢簡的記載，父母和主人，可以以子女「不孝」，或以奴婢不聽命為由，請求官府處死他們，或者治以其他刑罰，例如流放。秦簡載：

爰書：某里士五（伍）甲告曰：「甲親子同里士五（伍）丙不孝，謁殺，敢告。」即令令史己往執。（《封診式》）

（爰書：某里士伍甲控告說：「甲的親生子同里士伍丙不孝，請求處以死刑，謹告。」當即命令史己前往捉拿。）

免老告人以為不孝，謁殺，當三環之不？不當環，亟執勿失。（《法律答問》）

（老人控告不孝，要求判以死刑，應否經過三次原宥的手續？不應原宥，要立即拘捕，勿令逃走。）

爰書：某里士五（伍）甲告曰：「謁鋈親子同里士五（伍）丙足，毊（遷）蜀邊縣，令終身毋得去毊（遷）所，敢告。」（《封診式》）

（爰書：某里士伍甲控告說：「謁官要求將兒子士伍丙斷足，並流放至蜀郡邊遠縣，令其終生不得離開流放地。」）

上述案例都並未說明何種行為為「不孝」。倒過來,秦簡云「子告父母、臣妾告主、非公室告」,則不受理;再告,就治告者。治什麼罪,沒有說明,張家山漢簡《二年律令》,告訴我們:「棄告者市」。先秦儒者重孝,《禮記》所載「父慈子孝」,可沒有秦法這種以行政手段對付不孝的極端做法。而且對孝的理解,順逆之間,絕非一成不變。《荀子‧子道》中引曾子問孔子從父為孝順與從君為忠貞的問題,孔子斥責一味從父一味從君,那是小人的孝和忠。這文章起首,把德行分三等,孝悌者,小德而已;對上順從,對下寬厚,是中德;「從道不從君,從義不從父」,才是大德。這與《論語》有子所云:「孝悌為仁之本」看似有別,但仁者則父子相隱。儒家這種父子相隱,說的是偷羊,固然與「大義」無關,說是徇私枉法,豈知這與當代法學思想不謀而合,范忠信〈中西法傳統的暗合〉一文,列舉各地法律條文,說明在德國、法國,以至亞洲的韓國、日本、臺灣等地的現行法律中,直系血親或配偶都豁免互證,都不認為直系親屬或配偶之間藏匿、包庇、隱瞞罪證為有罪。其實這也行之於香港和澳門。試舉一例,販毒頭子受審,控方苦無確證,可也不會傳召其妻或其子女作證,直屬親人應該都心知肚明他做的好事,上了庭就不能作假證供。但控方不會這樣做,因為倫常關係是社會的根基,法律不外人情,也不悖人性,若使人陷於親情與法律的兩難,一時之得,卻是永久之失。法家

要「斷於法」，根本否定倫理親情，而代之以利益、權力的關係，這所以有連坐的惡法，要互相監視、彼此頂證。

荀文繼而解說幾種看似不孝的行為，實則是孝的表現：

> 孝子所不從命有三：從命則親危，不從命則親安，孝子不從命乃衷；從命則親辱，不從命則親榮，孝子不從命乃義；從命則禽獸，不從命則修飾，孝子不從命乃敬。故可以從而不從，是不子也；未可以從而從，是不衷也；明於從不從之義，而能致恭敬，忠信、端愨，以慎行之，則可謂大孝矣。傳曰：「從道不從君，從義不從父」，此之謂也。

《韓詩外傳》載曾子「不孝」的故事，具體深刻，發人深省：曾子犯了過錯，被父親曾皙用木杖責打，暈死過去；醒來後問候父親。孝順極了，孔子知道後卻很生氣，說：你沒有聽過當年舜怎樣做人兒子嗎？「小箠則待，大杖則逃」，父親使喚他，他總在身邊；父親要殺他，卻總找不到他。曾子其實不孝，因為他「委身以待暴怒，拱立不去」，身死就會陷父於不義。孔子還指出：你難道不是天子之民嗎？殺天子之民，又犯下多大的罪？可見秦前秦後儒家對父對君並非愚孝愚忠。

總而言之，其實人要明辨是非，忠和孝都得以是非檢定。秦簡所見的秦法卻看不到這種認識。《為吏之道》云：

「敬上勿犯」。這所以偽詔指扶蘇不孝，他就乖乖自殺了。《淮南子‧泰族訓》云：「法能殺不孝者，而不能使人為孔、曾之行。」

不過法家與諸子更大的分歧，尤見於對賢士的看法。儒家固然崇尚賢人政治，韓非、李斯的老師荀子，貶斥慎到「蔽於法而不知賢」（《荀子‧解蔽》）；又說「上好禮義，尚賢使能無貪利之心，則下亦將慕辭讓，主忠信，而謹於臣子矣。」（〈君道〉）

墨家更進一步，肯定賢人是「國家之珍而社稷之佐」、「大人之務，將在於眾賢而已。」（〈墨子‧尚賢上〉）又說：

> 必且富之，貴之，敬之，譽之，然後國之良士，亦將可得而眾也。

「富、貴、敬、譽」，是對賢人層遞地加獎表揚。老子也不尚賢，但目的是「不爭」（《老子》：「不尚賢，使民不爭」），而不是由於君臣的利益矛盾。湖北郭店出土的楚墓《老子》竹簡云：「絕智棄辯，民利百倍；絕巧棄利，盜賊亡有；絕偽棄慮，民復孝慈。」肯定孝慈，其中並沒有今本抵觸孔子仁義之説。竹簡呈現的是儒道互補。這早本，或者並不完整。即使今本有「使民無知無欲」，下句是「使夫智者不敢為也，為無為則無不治也。」無為，是指不妄為。司馬遷説法家出於黃老，倘貫徹道家的理論，則「少私寡

欲」，更不會連連征戰，大興土木，大事個人崇拜。

先秦楚地黃老一派的《鶡冠子》，〈道端〉篇云：

> 進賢受上賞，則下不相弊，不待事人，賢士顯不
> 蔽之功，則任事之人莫不盡忠，鄉曲慕義，化坐自
> 端，此其道之所致，德之所成也。……是以先王之
> 置士也，舉賢任能，無阿於世。仁人居左，忠臣居
> 前，義臣居右，聖人居後。

先王置士，要四周都是賢能，然後「不蔽」。看來只有
法家，片面地強調君臣之間利益的對立，對賢智不單不敬不
譽，甚且認為賢智之臣對君主不利。可這麼一來，法家理論
顯而易見有一大弔詭：一邊尋求君主的信用，例如韓非名篇
〈孤憤〉一文，但恨權臣當道，而君主受到蒙蔽，賢智之士受
制，孤立憤激之情，溢於言表。因為君主所重所信的近臣都
不是好東西，是愚人，是敗德者，由此得出君主不可近臣，
不可信臣。〈孤憤〉中為不受重用的賢智之人申訴，值得細
讀：

> 凡法術之難行也，不獨萬乘，千乘亦然。人主
> 之左右不必智也，人主於人有所智而聽之，因與左
> 右論其言，是與愚人論智也。人主之左右不必賢
> 也，人主於人有所賢而禮之，因與左右論其行，是

與不肖論賢也。智者決策於愚人，賢士程行於不肖，則賢智之士羞而人主之論悖矣。人臣之欲得官者，其修士且以精潔固身，其智士且以治辯進業。其修士不能以貨賂事人，恃其精潔，而更不能以枉法為治，則修智之士，不事左右，不聽請謁矣。人主之左右，行非伯夷也，求索不得，貨賂不至，則精辯之功息，而毀誣之言起矣。治辯之功制於近習，精潔之行決於毀譽，則修智之吏廢，則人主之明塞矣。

……智士者遠見，而畏於死亡，必不從重人矣。賢士者修廉，而羞與奸臣欺其主，必不從重人矣。是當塗者之徒屬，非愚而不知患者，必污而不避奸者也。

（譯文：凡是法律難以推行的，不只是大國，小國也是這樣。君王的近臣不一定都有才智，君王要聽取有才智之人的意見，然後與近臣討論他們的言論，這是和愚人討論才智；君王的近臣不一定有品德，君王要禮待有品德之人，然後與近臣討論他們的品行，這是和品德不好的人討論美德。智者的計策由愚人來評判，賢者的品行由品德不好的人評斷，那麼賢士、智者就會感到羞恥而君主的論斷也必然與事實相悖。想要得到官位的臣子中，那些品行好的人會以精純廉潔來約束自身，那

些有才智的人會以做好事務來發展事業。品行好的人不會用財物賄賂討好他人，秉持精純廉潔的更不會違法辦事；因此品行好、才智高的人不會奉承近臣、也不會聽取他人的請託。君王的近臣，品行不如伯夷，索取的東西沒有得到，財物賄賂沒有送達，那麼精明能幹者的功業就會受打壓，而誣陷詆毀的話也就出籠了。治事所建立的功業受制於君王的近侍，精純廉潔的品行取決於近侍的毀譽，那麼修養好才智佳的官員被廢黜，君王的明察就會被堵塞了。

……才智之士看得遠，怕犯死罪，必然不會追隨權臣；賢德之士潔身自愛，恥與奸臣共謀欺騙君王，必然不會追隨權臣。因此掌權之眾，不是愚蠢而不知禍患，便是腐敗而不避奸邪。）

作者肯定賢智，賢智卻受制於愚不肖的「當塗之人」，由他們評定品德才智（日人太田方認為這意思來自荀子〈君道〉篇，「**韓子述師說也**」），當然不會有好結果：排斥、毀誣。賢智也恥與他們合作。這些，韓非明顯是自況。看來這是韓子早期之作，所以述師說，通篇並不「法家」，只其中一句，這一句，很重要，他在後來的文章再大加發揮：「**臣主之利與相異者也。**」由於君臣利益不相同，於是認為君主重臣信臣根本就是「大失」。君與臣利益不相同，再而對立，再轉而

君主不可尚賢任智，實是法家諸子一貫的看法。倘要統治者推行愚民的政策，的確不宜任賢用智。

問題在這種二元對立的思維，是只見君臣利益之異，而不見君臣利益之同。而〈孤憤〉中不是汲汲要求君主用賢任智、愚不肖誤國麼？你教我不信人，我為什麼要信你？你怎麼看待你自己：賢人抑或愚民？你對我喋喋勸誡，到底是為我的利益抑或是為你自己的利益？例子多不勝舉：

> 上與吏也，事合而利異者也。……夫事合而利異者，先王之所以為端（保）也。……故遣賢去智，治之數也。（《商君書‧禁使》）

> 立君而尊賢，是賢與君爭，其亂甚於無君。（《慎子‧佚文》）

> 愛臣太親，必危其身。（《韓非子‧愛臣》）

> 人主之患在於信人，信人則制於人。……夫以妻之近與子之親而猶不可信，則其餘無可信者矣。（《韓非子‧備內》）

> 田氏奪呂氏於齊，戴氏奪子氏於宋，此皆賢且智也，豈愚且不肖乎，是廢常上賢則亂，捨法任智則危。（《韓非子‧忠孝》）

夫民智之不足用亦明矣。舉士而求賢智，為政而期適民，皆亂之端，未可與為治也。（《韓非子·顯學》）

人主有二患：任賢，則臣將乘於賢以劫其君；妄舉，則事沮不勝。（《韓非子·二柄》）

由於片面而短視地解讀歷史，以為賢且智之臣就會像田齊（春秋末田常殺齊簡公呂任奪取政權）、戴宋（戰國時戴氏劫殺宋桓侯子氏自立），謀朝篡位，於是認為用愚用不肖，國君就可安享尊位；求賢智之士，且適應民意，則是亂亡之源。

賢智不用，因為有嚴刑峻法為治。韓非在〈有度〉說：「峻法，所以禁過外私也；嚴刑，所以遂令懲下也。」嚴刑峻法可使愚智齊等，「刑過不避大臣，賞善不遺匹夫」，不避大臣而已。「法審，則上尊而不侵」，目的仍是鞏固君主的權力。

但遣賢去智，真的有利於國君一個人的統治，國家就會富強？倘上行下效，如是類推，則如何選用官僚？不賢不智的準則如何量度？恐怕只有不賢不智之人才會以為這比選賢選智容易。這種反賢反智的理論，就算撇開〈孤憤〉一文的矛盾，其實也不可能實踐，不可能貫徹。用不賢不智之人治國，則舉國皆不賢不智。國家封閉，也許可以暫治苟安，一

旦遇上外來衝擊，又將如何？不用賢智，是由於不信人，妻與子也不信，天下間的確再無可信之人。彼此不信任的惡果，這是個沒有安全感、滿懷敵意的國家。

13 救世的情懷

法家中獨《管子》有求賢之說，書中〈君臣下〉云：

> 下不戴其上，臣不戴其君，則賢人不來；賢人不來，則百姓不用；百姓不用，則天下不至。

〈小匡〉中說管仲向齊桓公建議設立「三選制」選拔人材，先由地方鄉長推選，經過官府試用，表現出色的向國君上報，最後國君再廣泛徵詢意見，然後加以任用。地方初選，條件是什麼呢？「為義好學，聰明質仁，慈孝於父母，長弟聞於鄉里者」，概括而言，是才和德；並不容投機分子、諛媚小人混水摸魚。有司不上報才德兼備者，則是「蔽賢」，是要追究責任的。三選制頗具前瞻性：讓仕途向庶民開放，貴族從食邑改為量能賦祿。

〈形勢解〉說：「君臣親，上下和，萬民輯，故主有令則民行之，上有禁則民不犯。」這是說君主的令和禁能行之有效，是建立在君臣上下的親和，否則令不行，禁不止。再看《管子》著名的「四維說」：禮義廉恥，國之四維，「四維不

張，國乃滅亡」（〈牧民〉），以道德價值作為立國的綱領。加上主張「愛民」、「富民」，其根本精神絕不類後來的法家，甚至反法家。《漢書‧藝文志》把《管子》歸屬道家，《隋書‧經籍志》始列為法家。其實此書內容博雜，世傳是管仲的後學之作，成於稷下學宮，不成於一人，倘如是則必然反映各種思想，與其標籤為法家道家，不如說並不專屬某一家；而管仲生於春秋初期，士人尚未分宗立派。這所以，〈法禁〉中羅列種種禁臣事項，以防臣子侵奪君權；〈七法〉又會說：

治人如治水潦，養人如養六畜，用人如用草木。

這是從統治者着眼，所謂「賢人」，也無非「六畜」、「草木」而已，這是工具論，可見此書不純。管仲一如後輩李斯，是楚人，但在齊地成長，東西兩地，就算是法家吧，對道德與人材的看法並不相同。《史記‧老子韓非列傳》說韓非痛疾韓王沒有致力「富國強兵而以求人任賢」，這是史遷對韓王一廂情願的誤會，豈知不任賢智，不正是遵行韓非自己這種悖論麼？

　　法家的理念框架源自商鞅，而商鞅的出身，後來的李斯多少是一個複製，而且是劣版。他本名公孫鞅，衛人，故又名衛鞅，後受秦封於商，遂通稱商鞅。《史記‧商君列傳》載公孫鞅赴秦前曾在魏相公叔痤門下，公叔痤病重時向魏惠王推薦他做自己的接班人，如果不用，就不要被其他人所用，

把他殺了。（「王即不聽用鞅，必殺之，無令出境。」）真是奇怪的薦人法。同樣奇怪的是，這位公叔痤召公孫鞅來，把推薦的話一五一十向被薦人披露，並警告他快快逃跑。公孫鞅也答得妙：那位大王既然不聽你的話用我，又怎會聽你的話殺我？（「彼王不能用君之言任臣，又安能用君之言殺臣乎？」）可見作法自斃的商鞅，老早洞悉這種話語的弔詭。他最終沒有逃跑。魏惠王果爾不用他，可也沒有把他殺掉。公孫鞅後來聽到秦國的求賢令，才到了秦國。然而，商鞅不是主張君主「遺賢去智」麼？

《史記》下文記商鞅到了秦國，通過秦孝公的寵臣景監引薦，前後三次晉見孝公。第一次，他議論了許久，孝公可是呵欠頻頻，全聽不進去，事後景監還受責罵何以找來這麼一個「妄人」。景監埋怨公孫鞅。第二次稍好，可孝公仍然不滿意，又怪責景監。最後一次，終於令孝公大感振奮。原來改變的不是孝公，而是公孫鞅，他換了腦袋。他游說孝公，先以帝道，不聽；繼之以王道，也不行；最終說之以霸道，這，孝公有興趣了。然則法家的祖師，何異於蘇秦、張儀者流？元曲所云：「學成文武藝，貨與帝王家」，他一囊雜貨，投買主之所好。這與李斯後來有名的「倉鼠論」，心態相彷彿。

孝公任用公孫鞅變法，但不無疑慮，怕貴族以至天下人的議論。這時候的秦國，還是關心輿論的。公孫鞅教帝王

別管民眾，他說了一番話，概括了早期法家治國的理念：獨裁、愚民、漠視民意：

> 愚者暗於成事，智者見於未萌。民不可與慮始，而可與樂成。論至德者不和於俗，成大功者不謀於眾。

李斯並沒有法家理論的發明，卻是法家理論最徹底的執行者。中國歷史的發展分久終合，紛爭五百年，就在統一的前夕，韓非的法家理論完成，被嬴政讀到，讚歎不已，這是悲劇。而李斯與韓非既友且敵，他不過把公孫痤的話顛倒過來說嬴政：王必殺非，而用其言，無令出境。韓非議論縱橫，卻期期艾艾，拙於實踐，還是李斯，更能體現申商韓的法家精神。當然，法家是這樣，秦統一後嬴政是否仍徹頭徹尾的以法家治國？這是另一個問題。

前文似乎盡在說法家的缺點，也應讓精研中國傳統法律的卜德為法家說幾句公道話，他和莫里斯在《中華帝國的法律》中云：

> 法家是一群真正的極權主義者，對於民眾，總是考慮如何從整體上加以控制。與其相反，儒家則認為個人、家庭或者地方共同具有極其重要的意義。如果以為法家是一些不講道德、只追求權力的政治

家，而也是不公平的。因為他們真誠地相信，只有通過極權主義手段，才能在四分五裂、互相殘殺的世界上最終實現和平與統一。誰要是問他們為什麼這樣做，他們無疑會重複子產的名言：「吾以救世也。」

此前，兩位學者引了子產在鄭國鑄刑書，公佈成文法，他在晉國的朋友叔向寫信批評他，認為刑法並不能解決問題，法公開了，人民就會知道怎樣利用法去爭論，而放棄禮（「民知爭端矣，將棄禮而徵於書」），從此多事，國家會因此淪亡。子產回信，解釋是為了「救世」。一個要維持舊社會體制，另一個要開創新秩序。政見不同，無損兩位的友情；世而要救，也可見對世局的憂慮，兩位是一致的。

學者認為叔向表現了他們所謂「古往今來保守主義的一貫精神」，另一面，他們卻予人感覺，子產如果不是法家同一血脈的前輩，至少後來的法家跟他是同一情懷。我認為這是不倫不類的配對。公孫鞅、李斯、韓非赴秦，是為了實現和平、統一的救世理想？對公孫鞅、李斯而言，他們毋寧更歡迎四分五裂、互相殘殺的世界，這樣的世界是他們可以牟利可以發展的大好機會。而韓非，其筆下是全為君主的獨裁服務。

何況，子產與後世的法家有兩大分別：第一，他是第

一位把成文法公諸民眾的人，目的是讓大家有法可循，拒絕愚民。第二，他歡迎異見，肯定異見，我們都知道「子產不毀鄉校」的故事，事見《左傳·襄公三十一年》（公元前542年），何妨再看一次：

> 鄭人游於鄉校，以論執政。然明謂子產曰：「毀鄉校，何如？」
>
> 子產曰：「何為？夫人朝夕退而游焉，以議執政之善否。其所善者，吾則行之；其所惡者，吾則改之，是吾師也。若之何毀之？我聞忠善以損怨，不聞作威以防怨。豈不遽止？然猶防川：大決所犯，傷人必多，吾不克救也。不如小決使道，不如吾聞而藥之也。」

他聆聽眾議，以眾議為師，拒絕拆毀公眾發表意見的地方，這是泱泱大度的政治家風範，跟法家多麼不同，子產覆信云：「若吾子之言，僑不才，不能及子孫，吾以救世也。既不承命，敢忘大惠？」既謙虛又憂鬱，豈會同意法家剽竊他的名言。

14　秦人樂於為統一而戰？

我一直思考兩個問題：秦人樂於為統一而戰？六國人民

渴望秦的統治？兩個其實互相關連。

　　商鞅定首功制，以獲取敵方首級計爵，秦顯然實行徵兵制，即全國皆兵，秦人要改善生活，要升官發財，唯有打仗殺敵，殺敵後還得把敵人的頭顱割下上報，這是血淋淋的軍國主義，所以「**勇於公戰**」，私鬥除了宣洩個人仇怨，並無利可圖，更且有罪。秦行首功，別國逐漸也無功不祿。頭顱有價，因此產生爭奪、冒充等事件，秦簡《封診式》列出兩則案例，正反映這類案件並不少見：

　　奪首　軍戲某爰書：某里士五（伍）甲縛詣男子丙，及斬首一，男子丁與偕。甲告曰：「甲，尉某私吏，與戰刑（邢）丘城。今日見丙戲䢭，直以劍伐痍丁，奪此首，而捕來詣。」診首，已診丁，亦診其痍狀。

　　（軍戲負責人某爰書：某里士伍甲捆送男子丙，及首級一個，男子丁同來。甲報告說：「甲是尉某的私吏，參加邢丘城的戰鬥。今天在軍戲駐地道路上看見丙故意用劍砍傷丁，搶奪這個首級，於是將丙捕獲送到。」檢驗首級，隨即驗視丁，並檢驗丁受傷情況。）

　　□□某爰書：某里士五（伍）甲、公士鄭才（在）某里曰丙共詣斬首一，各告曰：「甲、丙戰刑（邢）丘城，此甲、丙得首殹（也），甲、丙相與爭，來詣之。」診首□䰒髮，其右角痏一所，袤五寸，深到

骨，類劍跡；其頭所不齊戔戔然。以書讀首曰：「有
失伍及菌不來者，遣來識戲次。」

（某爰書：某里士伍甲、公士鄭縣某里人丙，一起
送到首級一個，分別報告說：「甲、丙在邢丘城作戰，
這是甲、丙獲得的首級，甲、丙互相爭奪，把首級送
到。」檢驗首級，小髮，左額角上有創傷一處，長五
寸，深到骨，像是劍的痕跡，其被割斷的頸部短而不整
齊。用文書徵求辨認首級說：「如有掉隊遲到的，派來
軍戲駐地辨認。」）

戲，指偏師，三軍之偏，非主帥所領的軍隊。邢丘城的戰鬥
在秦昭王時。第一則爭的還是敵人的首級。第二則爭的竟是
自己人的首級，那是自相殘殺；可怕，卻絕非意料不及。利
誘公戰，則公戰也不過是為了私利。從孝公到嬴政，百年戰
鬥，如果說秦人打仗是為了擴張國家領土，是為嬴姓統一而
戰，頗成疑問；前文引王翦征楚，一再要求良田美宅即是例
子。秦統一之戰最慘烈的長平之戰，動員了全國精壯，到了
後期，當秦昭襄王得悉趙食道斷絕，親臨前線河內，「賜民
爵各一級，發年十五以上悉詣長平」（《史記・白起王翦列
傳》），這是連少年也全部遣上戰場，而必須以爵位一級為
弭。

至於沒上戰場的秦民又如何呢？試舉〈秦始皇本紀〉一

段所記贏政統一戰爭的過程：

> 十五年，大興兵，一軍至鄴，一軍至太原，取狼
> 孟。地動。

> 十六年九月，發卒受地韓南陽假守騰。初令男
> 子書年。魏獻地於秦。秦置麗邑。

> 十七年，內史騰攻韓，得韓王安，盡納其地，以
> 其地為郡，命曰潁川。地動。華陽太后卒。民大饑。

> 十八年，大興兵攻趙，王翦將上地，下井陘，端
> 和將河內，羌瘣伐趙，端和圍邯鄲城。

> 十九年，王翦、羌瘣盡定取趙地東陽，得趙王。
> 引兵欲攻燕，屯中山。秦王之邯鄲，諸嘗與王生趙
> 時母家有仇怨，皆阬之。秦王還，從太原、上郡
> 歸。始皇帝母太后崩。趙公子嘉率其宗數百人之
> 代，自立為代王，東與燕合兵，軍上谷。大饑。

五年之間遭兩次地震（十五年、十七年），又兩年大饑
荒（十七年、十九年），仍然年年出兵攻略，這是不管人民死
活。民所以大饑，半為天災（地震），半屬人禍（征戰）。此
外，據〈秦始皇本紀〉另載：

> 始皇三年，歲大饑。
> 始皇四年十月，蝗蟲蔽天；天下疫。

始皇九年四月，寒凍有死者。

始皇十二年，天下大旱，六月至八月，乃雨。

最好問問秦人，但秦人豈敢公開申訴，事實上至今也沒有這方面的文獻。有說睡虎地的喜就肯定秦的統治，不見得。馬雍〈讀雲夢秦簡編年記書後〉指出，喜對秦國的先王不甚尊重，往往直書曰「死」而不稱「崩」或「薨」，對孝文王曰「立即死」，尤其大不敬；對自己父母呢，反而稱「終」。秦人的態度，睡虎地 4 號秦墓出土兩枚木牘，或者可以提供間接的訊息。這是兩位兄弟戰士的家書，字體為墨寫秦隸，兩兄弟黑夫和驚當屬秦人，他們請人代筆（可能自己不識字），再託人捎信回家。信一乃黑夫和驚兩人共同寫給衷，信二則是驚寫給衷。衷即是中，應是 4 號墓墓主。什麼時候寫的？秦武王之後，秦王政稱帝之前，即兄弟倆參加的是統一的戰爭，信中提到「用垣柏錢」，大概是攻取了垣地所用的貨幣；垣乃魏地，今山西垣曲東南。柏，通百，即垣的一百錢。據秦簡《編年記》載：「（昭王）十七年，攻垣。」秦昭王十七年，即前 288 年。這場戰役，領軍的是戰魔白起，司馬遷的祖先司馬錯也參加了，史遷記白起時，提到：「**明年，起與客卿錯攻垣城，拔之。**」白描直述，對上陣的戰士而言，卻甚慘烈。寫些什麼呢？向家人要錢，要布，要衣；此外是問候家人：母親、姑姊、丈人、新婦等等。木牘乙云：

願母幸遺錢五六百，布謹善者毋下二丈五尺。

……用垣柏錢矣，室弗遺，即死矣。急急急。

錢五六百數目不少，據張伯元《出土法律文獻叢考》引證秦
律中《司空律》，指出：用勞役來抵償債務的，每勞作一天
抵償八錢，如果官府管飯食的，則抵償六錢。由此可知，一
般食用，每天不過二錢。替官府做工每天得六錢，一月共得
一百八十錢。衣服既另寄，則還要向家人討五六百錢，是否
太多？抑另有內情？張氏說：從另一角度看，黑夫和驚家裏
的經濟情況應該不錯。秦兵衣服是否由國家供應，學者有不
同意見；一說是臨時召募征戰的野戰軍則自備（李秀珍：〈秦
俑服飾配備問題試探〉，見《文博》，1994 年第 6 期）。是戰
情吃緊，兄弟倆被臨時募集的麼？這兩信則明確表示：請家
人寄錢、寄衣布。第一信云：「**直佐淮陽，攻反城久，傷未
可知也**」，可見攻城久攻不下，戰況慘烈，生死難料；第二
信驚則已「**居反城中**」。無論如何，征人的生活殊不好過，
不饋即死，連用「**急急急**」，急極之情，如雷貫耳。下文收結
還有「**急急**」。至於留守家中的，多是老人、女性，他們逐一
問候，也可見思親之苦。

　　兩信並無一語肯定統一之戰。

15 六國人民渴望秦的統治？

研究秦史，有的專家認為戰國時久經戰火，人民普遍要求和平，而秦的統一，正符合這種要求（此說一度相當流行，奇怪指的尤其是六國人）。結論是，人民渴望且歡迎秦的統治。人民厭戰，殆無可疑，好戰的只是野心家；但由此推論渴望秦的君臨，則屬倒果為因。法家既漠視民智民意，統一之前，秦為遂一統的野心，何曾以人民為念？至於別國「歸義」之民，其實也只是政治上的籌碼。從商鞅變法開始，即嚴刑峻法，倘說秦民已慣於秦的統治，覺得比之前盜賊如毛、貴族專橫的好，則六國不盡如此。

春秋時，諸侯接戰，戰勝即止，戰國後，則崇尚殺敵滅國，秦尤以此立為國策，范雎獻計云：「**毋獨攻其地而攻其人**」（《戰國策・秦策》）。七國之中，秦最有雄心，往往主動出擊，早期經常以一敵眾，後期則遠交近攻，逐一殲滅對手，總之濫殺（參雷海宗《中國的兵》）。《史記集解》引譙周云：「**是以秦人每戰勝，老弱婦女皆死，計功賞至萬數。**」（〈魯仲連鄒陽列傳〉）秦何曾善待被它打倒的對手？秦簡載俘虜被貶為奴隸。人民因秦戰而引致的飢餓、疾病、離亂，何能勝數？

統一前夕，荀子曾訪秦國，范雎詢問他的觀感，他肯定秦國的地理形勝，民風樸素，尤其有極好的吏治。「**然而，**

憂患不可勝校也」，這是因為沒有大儒。他說純用儒道可以稱王，雜用儒道則可以稱霸，完全沒有就會亡。這正是秦的短處（「粹而王，駁而霸，無一焉而亡。此亦秦之所短也。」見《荀子‧強國》）。

荀子對主人家，話說得婉轉，先揚後抑。秦充其量「駁而霸」，而且是法家為本。他在〈臣道〉說無路可走而入暴君之國，為了自保，不得不崇美揚善，違惡隱敗，言長不言短，這不會只是理論吧？戰國末，還有哪一國配得上「暴君」？原文是這樣的：

> 事聖君者，有聽從，無諫爭；事中君者，有諫爭，無諂諛；事暴君者，有補削，無撟拂。迫脅於亂時，窮居於暴國，而無所避之，則崇其美，揚其善，違其惡，隱其敗，言其所長，不稱其所短，以為成俗。《詩》曰：「國有大命，不可以告人，妨其躬身。」此之謂也。

> （侍奉聖君的人，有聽從而沒有諫諍；侍奉中等君主，有諫諍而沒有奉承阿諛；侍奉暴君，有彌過補缺，不會有強加糾正。在亂世受迫脅，無路可走身處暴君的國家，又沒有逃避的方法，那就推崇他的美德，表揚他的好處，不提他的罪惡，隱瞞他的敗行，稱讚他的長處，不說他的短處，把這些當成一般做法。《詩》云：

「國家有了重大政令，不可把它告訴別人，否則就會危害自身。」說的就是這種情況。）

同屬秦昭王時期，楚國的黃歇（春申君）使秦，游說昭王不要伐楚，轉而伐韓、魏，其中提及韓、魏與秦有「累世之怨」，描述韓、魏受秦迫害的慘況，看似誇張，卻不離事實，因為聽者就是秦王：

> 臣恐韓、魏之卑辭慮患，而實欺大國也。此何也？王既無重世之德於韓、魏，而有累世之怨矣。韓、魏父子兄弟接踵而死於秦者，百世矣。本國殘，社稷壞，宗廟毀，刳腹折頤，首身分離，暴骨草澤，頭顱僵仆，相望於境；父子老弱繫虜，相隨於路；鬼神狐祥無所食，百姓不聊生，族類離散，流亡為臣妾滿海內矣。韓、魏之不亡，秦社稷之憂也。（《戰國策·秦策》）

戰國另一公子信陵君則因魏王欲親秦而伐韓，以求故地，說：

> 秦與戎翟同俗，有虎狼之心，貪戾好利無信，不識禮義德行。苟有利焉，不顧親戚兄弟，若禽獸耳，此天下之所識也，非有所施厚積德也。……今王與秦共伐韓而益近秦患，臣甚惑之。而王不識則

不明，群臣莫以聞則不忠。(《史記‧魏世家》)

這也說明戰國末人民厭戰，並不等於嚮往秦的統一，至少韓、魏人民就極不願意。魏在黃河以西與秦交界處修築長城，是為了抗秦。趙人願意麼？長平之戰，趙降卒四十萬被坑殺，趙人不會不記得。《戰國策‧趙策》還有一例，大堪注意。秦昭王時馮亭為韓鎮守上黨十七個城邑，韓本來答應把上黨割讓給秦，但韓民既被迫放棄本國籍，在趙和秦兩者，倒寧願歸趙而不歸秦。馮亭於是暗中派人向趙國請援，他說：

> 韓不能守上黨，且以與秦，其民皆不欲為秦，而願為趙。

這是史上少有能順應百姓意志的做法，是兩害不得不取，取其輕。馮亭後來助趙抗秦，在長平之役戰死。秦始皇的將相馮去疾、馮劫即其後人。武安君白起挾詐而坑降兵，其理由也是：「前秦已拔上黨，上黨民不樂為秦而歸趙。趙卒反覆。非盡殺之，恐為亂。」(《史記‧白起王翦列傳》)長平戰後，蘇代為韓、趙厚禮賄賂范雎，挑撥范雎對白起的妒火，面對秦相，其中有句：「天下不樂為秦民久矣。」(同上)

楚人呢，楚懷王囚死於秦時，「楚人皆憐之，如悲親

戚；諸侯由是不直秦。」（《史記·楚世家》）楚國的南公就誓言「楚雖三戶，亡秦必楚」（〈項羽本紀〉）。楚的三戶是貴族，或有不同的解釋，但最先揭竿而起的平民陳勝也是楚人。西周時秦楚同被視為未化之民，秦為夷狄，楚為南蠻。其後楚逐漸發展出獨特的文化，文學音樂都有出色表現，成為南方文化大國，而自視甚高。睡虎地秦簡中的《語書》南郡守騰的文告可見，楚地在秦佔領後仍然不大聽話；即使統一後，仍然有楚地官員向李斯問難（〈零陵令信〉，已佚）。此證文學藝術的凝聚力，併入秦國後，反而被邊緣化。

燕的高漸離本是平民音樂家，要隱姓埋名而不可得，於是冒死行刺始皇。至於孔孟鄉親的齊魯人民，會誠心歡迎法家的管治嗎？《史記·魯仲連鄒陽列傳》記齊人魯仲連對魏將力數秦的暴政，並稱自己寧投海死也不做秦民：

> 彼秦者，棄禮義而尚首功之國也，權使其士，虜使其民。彼即肆然而為帝，過而為政於天下，則連有蹈東海而死耳，吾不忍為之民也。

魯仲連對秦的指責是：棄禮義、尚首功、以權術來駕馭士人、以人民當奴隸。平原君要封他官爵，他拒絕了，隱居起來；許多年後，他出來勸降燕將，又拒受田單的封爵，再又隱居海上。他難道對秦也有偏見？

統一之後，始皇要是措意令六國遺民樂於融入這個一統

之國，則後來六國貴裔要倒秦，也不容易一呼眾和。要是以為遍刻名山大川以確立一統的地位，又或者推行迷信的「五德終始」，即獲得合法的認同，其實並無實質幫助。「五德終始」同時成為嚴刑峻法的依據（「刻削毋仁恩和義，然後合五德之數；於是急法，久者不赦」，見〈秦始皇本紀〉）。始皇是否推行「五德終始」，頗有論者質疑，但其種種實際操作，刻削而乏恩義，並不與民休息，則是不爭的事實。秦孝文王以及莊襄王登位時，都曾「赦罪人」（〈秦本紀〉）；始皇統一前，打倒了嫪毐、呂不韋，曾赦免流放到蜀地的嫪毐舍人返回原籍，是少有的恩赦；此外，他也赦了一個不容赦的侍臣：趙高。他還赦了一個高漸離，因為要聽這位音樂家擊筑，卻先把高弄盲了（〈刺客列傳〉）。據〈老子韓非列傳〉載，他還想赦免韓非，但韓已被迫死了；說來諷刺，韓死在一個真能落實其理論的國度。

除了荀子這個訪客的美言，我沒有再讀到民間對始皇的稱頌，稱頌是有的，卻來自官方，那是周青臣的諛詞、李斯的文章，或者刻在石頭上表功的篆書。後世也是有的，卻已隔岸觀火，已遠離肇事現場，血和肉化作抽象；並且認定歷史的走向早已命定：七國分久，必合於秦。讚美秦朝的人，要是回到西元前二百多年的秦朝，做一個普通的「黔首」，試想想：你不用打仗，也不用築城建墓之類，出於難以解釋的原因，你的兵役和徭役都豁免了；你身家清白，慎守秦法，

你的親朋戚友也是這樣，所以不會連累你，你們互相監視，不，是彼此配合，守護良好的法治，但你必須交稅，由於軍費與工程建設開支龐大，你必須繳交過半已夠微薄的入息，別人不好過，不知為什麼你可以置身事外，且問問自己：我願意嗎？

16　世傳李斯在不同時期不同處境寫給帝王的七篇

　　秦治天下只有十五年，開國之大，國祚之短，肯定空前，兩方面，李斯都有功有過（許多人會改訂說，是大功大過；竟或有人會說，是大功無過）。區區十五年，一如夜空上橫過的彗星，掃過即逝。不管死活而建立起來今已大多不存的工程，當年的秦民會樂見其成麼？當然，我們也不會忘記，它留下一個統一的國家規模，建立一套有效的行政體制。

　　但就文章而論，客觀上實難以留下什麼，主觀上竟也不容許留下什麼，結果只有六七篇原本在幾個山頭歌功頌德的石刻，世傳出自李斯之手；只有李斯這個人在不同時期不同處境寫給帝王的七篇文章。五篇俱見於《史記・李斯列傳》：一、〈諫逐客書〉；二、〈議焚書〉；三、〈督責書〉；四、〈言趙高之短書〉；五、〈獄中書〉。此外，列傳中另載一篇〈矯

詔扶蘇書〉，作者化名皇帝，是秦二世、趙高、李斯三個的合作，不足 140 字，對象是始皇的長子，卻是芸芸偽書中最厲害的一篇，改變了中國歷史的命運，未必出自李斯一人之手，李斯也寧可放棄著作權。偽詔本有兩封，給扶蘇之外，另一為以李斯名義立胡亥為太子，應同屬趙李胡三人合編，由李斯執筆，但史遷不錄，後世也再無流傳。

《史記》之外，李斯另有兩篇書信，竄入了同學韓非的專集裏，《韓非子·存韓》一文收了三封信，第一封是韓非入秦後上書秦王嬴政，勸他伐趙而緩韓；第二封則是李斯的反駁，主張伐韓，文中好幾次自稱「臣斯」，對手則為「（韓）非之言」；第三封則是李斯出使韓國，但韓王拒見，他上書軟硬兼施。《韓非子》為後人所編，在「存韓」問題下，收了相關的正反意見，李斯之作，是附錄。三篇都平庸乏味，只有史料的價值，並無文學色彩可言。比較作法，則李仗勢而已，不見得勝於韓，這或者也是魯迅並不考慮的原因。至於其他片語隻言見於《史記》，尚有〈平津侯主父列傳〉中引述他諫止伐匈奴，但並非完整的文章。茲表列李斯之作如下：

作品		年份	對象	身分
見《史記·李斯列傳》	諫逐客書	秦王政十年（前 237 年）	秦王政（未統一）	客卿
	議焚書	秦始皇三十四年（前 213 年）	秦始皇	左丞相
	督責書	秦二世元年（前 209 年）	秦二世	左丞相
	言趙高之短書	秦二世二年（前 208 年）		
	獄中書			囚徒

見《韓非子》	議存韓書	約秦王政十四年（前 233 年）	秦王政（未統一）	客卿
	上韓王書	約秦王政十四年（前 233 年）	韓王	秦使

李斯最好的文章，其實寫於秦統一之前。統一之後，他的〈議焚書〉、〈督責書〉都是議政的書奏。〈議焚書〉一篇，〈李斯列傳〉與〈秦始皇本紀〉所記略有不同，前者是口述，逕直向始皇帝提出；後者則是「上書」，內容較詳，更嚴厲激烈。〈督責書〉則顛倒黑白，推崇君主放縱享樂，堪稱古今佞詞之最。至於〈言趙高之短書〉則近乎清代的密折，但二世窮奢極侈，立志暢所欲為，之前不是受李斯督責之文的鼓唆麼，當然不會聽他的。這三篇都無修飾技巧可說，遑論文采了。到了最後的〈獄中書〉為自己垂死辯白，純用反語，多少回復最初縱橫家的修辭特色。但這文章，疑點不少，下文當再析論。總括而言，秦統一之後，除非面對死亡，連李斯也沒有文章。

李斯筆下所有作品，石刻不計，約 2700 字，再加〈議存韓書〉和〈上韓王書〉中 1260 字，合計不足 4000 言，就量來說，甚少，而且大都寄寓在別人名下，尤其收在司馬遷的《史記‧李斯列傳》一文裏。張中義等人曾編出《李斯集輯注》（中州古籍出版社；2002 年版），把《史記》中李斯的文章、石刻的文字、司馬遷在其他地方引述李斯的說話，以及〈議存韓書〉等一併收輯，再加上每篇的前言、注釋，也不過 91

頁，仍以《史記》所載為主。然則我們應該感謝史遷，為後人留下這些珍貴的文獻。李斯種種，《戰國策‧秦策》記載韓非之死與《史記》有所不同，應予參考，近年出土的秦簡，對認識秦政、秦人生活尤為重要，但仍然沒有比《史記》更完整且貼近李斯時代的紀錄。而司馬遷這篇宏文，也不過 9000字，順序寫來，儼如俄國民間的套公仔，大李斯之內，讓我們發現六個不同處境精神狀態越益縮小的李斯，還兼有活生生的趙高、秦二世。司馬遷此文的引錄，也與《史記》其他各篇的引錄不同，不是簡單地為了保存文獻，而是融入全篇敘事，成為有機的組件，這裏那裏讓人物自己表述，呈現人物心路的變化。讀〈李斯列傳〉，加上〈秦始皇本紀〉，幾乎已通讀李斯全集。量少，其影響卻極深遠。

李斯寫作的對象，先後只是一個讀者，這讀者至高無上，分別是秦始皇、秦二世（外加一個韓王），一世比一世殘暴，而寫讀二者的地位絕不對等（〈上韓王書〉則仗秦王以自重）。早期法家論述，各有側重，商鞅重法，申不害重術，慎到重勢，大致在建立君主權威之外，尋求的是富國強兵，仍以國家為重，較少處理君臣兩者的關係；到了戰國末期，韓非集法術勢之大成，再加以發展，轉而純為帝王一個人建立絕對的權力效忠，大量篇幅強調君與臣之間的矛盾，成為徹頭徹尾一整套駕馭臣民的手段。讀者既是絕對權力的帝王，作者為帝王鞏固絕對的權力而出謀畫策，這本來就是

不對等的對話，搬到朝廷之上，遂變成主與奴的話語：上方訓話，上奏合意則曰：「可」。下方要麼聽話，要麼冒死請諫；即使不是逆旨，也照文書規格說「臣昧死言」。言而昧死，這是先秦讀書人不見的措詞。先秦時代，法家之外的諸子，在權勢之前，並非如此奴顏卑骨的，儒家的孔孟且能表現君臣對話的互動關係。法家為諸子眾說之一，還不妨事，《莊子‧天下》篇云：「皆有所長，時有所用。」當成為不論時勢的治國最高法則，即成中國政治一大悲劇。尉繚對嬴政有深刻的觀察：「誠使秦王得志於天下，天下皆為虜矣。」（《史記‧秦始皇本紀》）嬴政固然如此，後世其他得志於天下的什麼王，何嘗不如此？對待僕虜，不過有嚴苛與寬善之別而已。而尊君至於不容議，不許評，則為法家的基本理論，從商鞅到韓非，其說越趨極端，李斯大權在握後，更變本加厲，且大搞個人崇拜。

17　七篇儼如一個長篇小說

李斯自己的文章，因應一己宦海的浮沉，從客卿、外使、廷尉、左丞相，最後淪為囚徒，身分遷變，論調於是不同，情態更有天堂與地獄之別，可見他並沒有一套堅守的原則與立場。但置身天堂，也只能是為天帝謳歌的鸚鵡，而沒有獲得獨立自主的生命。

不朽的，到頭來還是「文章」。但李斯顯然無意以文章名世，細讀他這七篇，加上時而穿插的石刻頌文，──如果真是他的手筆，幾次不同的嘆息，和韓非的隔空論辯，儼如一部長篇小說，有起始、機遇、爭鬥、逆轉、高潮、結局；又或者是七回不同處境的戲劇式獨白（如果也算〈矯詔扶蘇書〉，則是全國三個迷戀最高權力之人的合誦），由主人公李斯第一身自我表述。這七篇，輔以其他的對話，與不同人物的互動，同時見證了一個龐大帝國從興盛到敗亡。本文即以〈李斯列傳〉中李斯諸作為主軸，仔細研讀，並參照其他〈秦始皇本紀〉、〈呂不韋列傳〉、〈蒙恬列傳〉、〈存韓〉，以至秦簡、先秦學者名流的論述等等，既互見互補，又有矛盾扞格，從而思考知識分子在時代洪流裏變化的角色。歷來《史記》選家，大多不選〈李斯列傳〉。我以為不對。如果理由是厭惡李斯此人，則史遷的記載正是極佳的反面教材，對讀書人是警惕，是啟示。

我少年時讀《史記》，已對李斯這人物深感興趣，近年重讀，把他放回中國歷史文化的發展去看，再對照現實社會，感受更多。這人物有多方面的才能，是大才，而不是小才，從好的一面說，他當然是很會寫文章的作家，是能審時知機的政客，是頗能出謀畫策的行政副總裁（其最高職位為左丞相，低於右丞相），是大書法家，──真正有書有法的書法家而不是曾灶財式書寫家，但另一面，他也有文人的懦弱、

傾軋同行、游士說客的讒巧、政客的搖擺、奴才的阿諛，以及所有人的缺點：貪戀名利、權勢。他這一個人，處身大時代的轉捩點，通過史遷細緻的刻劃，若干融入人物的主觀想像，加上眾多其他人物的烘托，形象而立體，反映宮廷爭鬥的黑幕、讀書人的脆弱，許多問題至今仍然發人深省。司馬遷的寫作，曾參考秦官方的《秦記》（《史記‧六國年表》），《秦記》久佚，秦代得失的討論，於是絕不能繞過〈秦本紀〉、〈秦始皇本紀〉，而〈李斯列傳〉此文，同樣絕不可缺。至於知識分子從秦王到秦帝的轉變，從馴化到屈從，最後淪為幫兇，結果連自己也族滅，尤足以為鑑。這些，史遷寫來雄健沉鬱，堪稱大手筆。漢有文章，但無過司馬遷一人。清吳見思《史記論文‧李斯列傳》美稱此文「一篇一樣，又有一篇幾樣」，儼如今天某些相體裁衣的小說家（「說襄王」則為「說嬴政」之誤）：

> 一篇文字，幾及萬言，中間包藏許多文字，如逐客書、焚書書、賜扶蘇書、公子高從葬書、責問李斯書、督責書、言趙高書、獄中書。於說襄王處、謀立胡亥處、趙高譖李斯處，俱以文詞勝。乃一篇一樣，又有一篇幾樣，讀之不厭其多，反惟恐其盡。文章至此，可以無遺憾矣。

我閱讀李斯之文，主要通過司馬遷的閱讀，再加上歷

世對他們重重的閱讀，乃構成層層閱讀的網絡，形成某些定見，後人既得益，多少也受困，如果讀而不思、不辨的話。近世因秦墓竹簡出土，擴大了若干異見，這很好，我必須邊讀邊想，一面嘗試融入歷史的觀照，並且借助專家的考證，追溯文字背後的思維意蘊，參考不同的看法，前後比對。另一面，我這個讀者分明生活在二十一世紀，我既不能回到二千多年前去，誰又可以呢，我不能擺脫今人的心眼，其實也無需擺脫；以為可以有一種撤除主觀意識、泯除時空差異的客觀歷史，本身就是反歷史。誠如詮釋學的學者指出，他們看柏拉圖，有別於笛卡兒和康德，這種不同，卻肯定是由於笛卡兒和康德。我看李斯，不可能跟司馬遷盡合，卻絕對是由於司馬遷的緣故。

李斯處於大時代的十字路口，每篇文章都舉足輕重，我因此自然而然想到讀書人的良知與責任等問題，在堅強或懦弱之間的選擇。一位法國史學家談及法國大革命沒收土地的問題，說：「在遠離斷頭臺的地方猛烈抨擊當年的政策，這只能令人發笑。」（馬克・布洛克 [Marc Bloch]：《歷史學家的技藝》[*The Historican's Craft*]，1953），我在前文也曾批評某些史學家隔岸觀火。然則對李斯是否苛求呢？李斯又是否無可選擇呢？我的答案是否定的，即使在李斯的年代，以至任何年代，我認為也是可以選擇的。下文不避繁瑣，列舉在統一前後有過不同的人作過不同的選擇，而他是在怎麼的

一種文化氛圍裏做的決定。其實，即使當時無此文化氛圍，沒有前賢的典範，要求他像史上的諤諤之士，是否就不合情理呢？我想再補充一句：「在遠離斷頭臺的地方強烈歌頌當年的政策，這只能令人發抖。」

我使用的材料都屬現成易找，人所共見，我不想寫成學究式的論文，但也嘗試言而有據，點明大略出處。我也不懂考證，我的有據，只是通過不同的閱讀，盡量大量的閱讀，反覆參照，從中思考、判斷，我也有我的選擇，其中有所異議，那是「疑義相析」的意思。我的確也有些異議，但以為包容異議是社會文明的表徵，在獨裁專制的秦朝，提出不同的意見，哪怕是微不足道，來者可追，仍有珍貴的意義。

18 李斯從未官至右丞相，各種規畫並非都由他主持

世傳秦統一後書同文，車同軌，平度量衡，都是李斯之功。大部分華文的教科書、史傳都這樣認定，我少年時即受此影響，深信不疑。及後逐漸接觸原始史料，開始懷疑，近年努力閱讀，仔細梳理，發覺舊說全無實據，唯一確證的只有主張廢封建行郡縣，但也不無爭議之處。

從統一文字說起，並釐清李斯的相位。所謂秦「書同文」，再加簡省，是秦統一後一大德政，歷受推崇，這裏不

需在泰山上添土，問題有二：究竟書的是何種文字？傳世這是李斯的建議，從何證明？這方面，今存文獻，最早見於東漢許慎（約 58 年－約 147 年）《說文解字‧序》：

> 秦始皇帝初兼天下，丞相李斯乃奏同之，罷其不與秦文合者。斯作《倉頡篇》，中車府令趙高作《爰歷篇》，太史令胡毋敬作《博學篇》，皆取《史籀》大篆，或頗省改，所謂小篆也。

這段文字歷來受史家與書家轉輾抄引，但許慎其實失慎，有一處不是史實，另有一處，又未必是史實。問題出在承接「初兼天下」的一句「丞相李斯乃奏同之」。首先，秦統一之初（始皇二十六年，前 221 年），推行「書同文字」，李斯的官職是廷尉，尚未為相。《史記》就是證據之一：

其一，最初討論皇帝稱號之類時，寫明「丞相綰、御史大夫劫、廷尉斯」。綰即王綰；劫乃馮劫。

其次，「丞相綰等」，首度提出分封，「廷尉斯議曰……」。

其三，統一後二年，種種統一規畫大致確定，行郡縣、書同文字、車同軌、平度量（琅邪頌詞云：「器械一量，同書文字」），始皇然後巡行，以示一統。先西巡，再東巡泰山、琅邪山（始皇二十八年，前 219 年），李斯也仍然是九卿之一。琅邪刻石記載隨行官員，相當詳細：

維秦王兼有天下，立名為皇帝，乃撫東土，至於琅邪。列侯武城侯王離、列侯通武侯王賁、倫侯建成侯趙亥、倫侯昌武侯成、倫侯武信侯馮毋擇、丞相隗林、丞相王綰、卿李斯、卿王戊、五大夫趙嬰、五大夫楊樛從，與議於海上。

名字職銜一清二楚：「丞相隗林、丞相王綰」，一右一左；然後是「卿李斯」。李斯為相，始於何時，史無明文，《史記》明確記載李斯為相，是議焚書的時候，那是統一後八年，始皇三十四年，前213年。再過三年，始皇即死於沙丘；又再過二年（前208年），李斯被趙高秦二世腰斬。稍加計算，他的相位，其實坐得不久，少者五年（前213年至208年）；多者，從琅邪刻石之後立即升遷計算，也不過十年（前218年至208年）。後世稱李斯，大多稱「秦相」，他當然曾任秦相，但有兩點誤導：

一、他在秦統一之初即任此職。

二、此職彷彿只在一人之下。於是秦種種統一規畫，都由他主持。

始皇最後一年出遊會稽，按照〈秦始皇本紀〉所載：「三十七年十月癸丑，始皇出遊，左丞相斯從，右丞相去疾守。」李斯隨從，當時仍為左丞相，右丞相馮去疾則留守。秦尚右卑左，左、右丞相，地位以右高於左。馬非

百《秦集史·丞相表》云:「予作《秦始皇帝傳》,曾主張秦人左尊於右之說。後查二十等爵,右庶長及右更在左庶長、左更之上,始知前說之非。」並說:「其權力實集中於右丞相之手。」《史記·齊太公世家》:「景公立,以崔杼為右相,慶封為左相。」是則不獨秦為然。《史記·田叔列傳》有云:「毋出其右」。〈陳涉世家索隱〉云:「(秦時)凡居以富強為右,貧弱為左。秦役戍多,富者役盡,兼取貧弱者也。」於是有論者認為秦發無可發,連貧下的閭左也要徵集,是倒臺的一大原因。丞相之上,根據秦簡,有時還有相邦,漢人為避劉邦的諱,稱相國。呂不韋做過相邦,但不韋之後已成絕響。二世二年李斯死後則左右丞相俱廢,另以趙高為中丞相,獨攬大權。近年若干秦漢史認為秦左丞相高於右丞相,並無佐證。

總而言之,倘認定秦的種種立國規模,都由李斯謀畫,查無實據,而李斯也從沒有贏得秦始皇的最高信賴,終秦兩朝,以統治階層而論,他充其量排行第三。始皇雖不斷破格用人,但三公之位,顯然還是論資排輩。當然,能否揣摩及緊隨帝意,是最大的考量。這所以李斯升遷甚速。至於李斯何以沒有贏得始皇的最高信賴,後文再分析。到秦二世僭位,李馮好像忽爾易位,事見二世添加的石刻排名:「丞相臣斯、臣去疾、御史大夫臣德昧死言」云云(〈秦始皇本紀〉),原因好像不說自明。但即使如此,最後兩年,趙高隻

手遮天，李斯已無實權，而且不久下獄。此外，當他處在權力的巔峰時期，自稱「當今人臣之位無居臣上者，可謂富貴極矣」，這兩條資料是否足以說明李斯在二世朝終於官至最高的右丞相？

我以為是否定的，上引兩例，都不是確鑿之詞，二世加添石刻之辭，也許是李斯首倡。《史記》另有兩條反證：

一、「夫沙丘之謀，丞相與焉。今陛下已立為帝，而丞相貴不益，此其意亦望裂地而王矣。」（〈李斯列傳〉）這是趙、李、胡合謀矯旨之後，趙高向二世中傷李斯之言。沙丘政變時，李斯已為丞相，卻並沒有因此得到好處，獲得晉升（「丞相貴不益」），成為有意作反的理由。倘已升為右丞相，則此說不成立。自然可以解釋為已尊貴至極，想再升級，則唯有封王。但裂地封王並不是秦制；李斯也不見招兵買馬。這一條尚未明確，更明確的，是下一條：

二、「於是二世常居禁中，與高決事。……右丞相去疾、左丞相斯、將軍馮劫進諫……。」（〈秦始皇本紀〉）這是更有力的反證，事在二世二年，東方已然失控，三個最高級的官員一同進諫，結果二世把他們收監。分明是右馮左李，職位不是很清楚麼？難道李斯會被貶？後來兩馮自殺，李斯則最後受五刑。

《李斯集輯注》（中州古籍出版社；2002 年）附錄「李斯年表」，在二十六年（前 221 年）主要活動中，編者云：「（李

斯）秦請始皇統一文字」，在注釋中也引許慎序言，惟標點與別不同：「秦始皇帝初兼天下，丞相李斯乃（奏）同之，罷其不與秦文合者，斯作《倉頡篇》，中車府。令趙高作《爰歷篇》，太史令胡毋敬作《博學篇》。皆取《史籀》大篆，或頗省改，所謂小篆者也。」當中「中車府」一詞了無掛搭，句號應是多出。

秦統一之初，李斯更並不是丞相。《史記》之外，還有實物證據，這是王國維著名的「二重證據法」，地上材料和地下文物相結合。例證是秦初統一度量衡，向全國頒發文告，為了讓法令流通，文字既刻在銅版上，也刻在民間日用的鐵權（即秤砣）、量（即升、斗）的表面。金屬較能保存，出土不少，隋唐時已有發現，而文字內容相同，書寫風格相似。試看刻於商鞅方升底部的秦詔書：

秦二十六年銅版詔書

字體大小不一，也不見垂腳，結構亦方亦長，應是剛統一天下、書寫規範化之前的大篆。其文云：

> 廿六年，皇帝盡并兼天下諸侯，黔首大安，立號為皇帝，乃詔丞相狀、綰，法度量，則不壹，歉疑者，皆明壹之。
>
> （二十六年，皇帝盡併列國諸侯，百姓大大安定，立尊號為皇帝，於是令丞相隗狀、王綰，統一度量衡的標準，有疑惑的地方，都要明示劃一。）

廿六這一年很重要，眾多的統一規畫上場；也許統一度量衡後，就同時推出「書同文字」，更大的可能是，秦早在佔領區已經推行了，只是其他地區則「欲罷不能」，才出制令。這詔版明確顯示，丞相狀、綰。統一度量衡的法令，不提李斯，主事者無疑是隗狀、王綰兩位。〈秦始皇本紀〉書「隗林」，乃隗狀之誤。這是法家循名責實的做法。秦統一度量衡承自商鞅，〈商君列傳〉云：「（商鞅）平斗桶權衡丈尺」。秦始皇詔書刻於商鞅方升底部，證明統一後仍沿用商鞅的標準。至於商鞅方升，今藏上海博物館，銘文 32 字大多為篆體，也明書大良造商鞅所製；大良造是商的官銜，秦二十等爵中第十六級，「爰積十六尊（寸）五分尊（寸）壹為升」，爰乃副詞，即以十六又五分之一立方寸的容積定為一升。

19 「書同文字」之議

李斯統一之初既尚未為相，則「書同文字」之議，是否出於李斯，原來只是東漢人許慎的說法，相距已三百年，《史記》無此明確記錄，許慎之前，至今也未見任何記錄。《史記》記的，不無舛誤，有的，或竟是刻意為之，不可盡信；後人當然可以補記、勘誤，——《史記》也不可能盡記。又有的，甚或經無名氏的竄入，後人更可以提出質疑，卻需提出佐證。然則許慎何所據而云？但奇怪從此就認定是李斯的倡奏。許慎提到的《蒼頡篇》，根據的是東漢班固（32 年－ 92 年）的《漢書 · 藝文志》：

> 《史籀篇》者，周時史官教學童書也，與孔氏壁中古文異體。《蒼頡》七章者，秦丞相李斯所作也；《爰歷》六章者，車府令趙高所作也；《博學》七章者，太史令胡毋敬所作也：文字多取《史籀篇》，而篆體復頗異，所謂秦篆者也。是時始造隸書矣，起於官獄多事，苟趨省易，施之於徒隸也。

三篇有時統稱《蒼頡篇》，都是統一文字的字書，用作小篆的範本，算不得文章。三篇已佚，漢人另外續作，反覆增益，仍叫《蒼頡篇》，為資識別，稱秦版本為《秦三蒼》。但增益太多，已失啟蒙之旨，結果連漢人的《蒼頡篇》也亡

佚了。近年漢簡在各地出土，學者逐漸拼出若干內容，因發現《爰歷》的首章文句：「爰歷次虵，繼續前圖」，「虵」，古通「迤」，延續之意。於是知道其中以李斯的《蒼頡》最早。但李斯作《蒼頡篇》時，並不是丞相。而擅書的，還有中車府令趙高和太史令胡毋敬。秦代官制，有所謂三公九卿，公卿是指官職，人數並不限定，廷尉是九卿之一，職責是司法部門主管，地位次於三公（丞相、太尉、御史大夫），《史記集解索隱正義》引東漢應劭云：「聽獄必質諸朝廷，與眾共之，兵獄同制，故稱廷尉。」秦刑獄極多，文書浩繁，連簡省籀文大篆的小篆也嫌不夠便捷，要再加以簡化、草化，遂成隸書，或稱古隸。秦既不分封，疆土之大，刑罰之多，聽獄而必質諸朝廷共議，實不可能，也許僅指極重大的案件。秦法瑣細，訴訟程式並不簡易，閆曉君併合睡虎地秦簡及漢史游編撰的《急就篇》，復原秦漢時期一般訴訟審理的程式，包括：報案、偵破、訊問、詰問、驗問、讀鞫、乞鞫、議罪、論、報、執行。（《秦漢法律研究》）鞫，指審訊。廷尉這個最高法官未必劍及履及，但工作畢竟繁重不堪。後人把秦朝一籃子的政革歸之於李斯這個廷尉，顯然大有問題。始皇理應讀過韓非的〈難一〉：「明主之道，一人不兼官，一官不兼事。」或者〈用人〉：「人臣安乎以能受職，而苦乎以一負二。故明主除人臣之所苦，而立人主之所樂。」他重用方士時，也訂下法令，每個方士只能從事一種方伎（「秦法，

不得兼方」，見〈秦始皇本紀〉）。當然，也有例外的，始皇最後一次東遊，「中車府令趙高兼行符璽令事」（〈李斯列傳〉），秦即亡於這個兼行。

至於秦同的所謂小篆，只見於讓人供奉的刻石，或者符信、詔版鐵權，真正流行的卻是隸書。連後期詔書也半篆半隸（例如始皇詔十二斤鐵權）；各地出土的秦簡，也莫不如此，誰敢違抗書同文字之令？可見這是御准的書寫。至於太史令胡毋敬是史官，乃九卿之一奉常的屬官；中車府令趙高則主管車輿，出入內廷，也是太僕署下。

李趙胡三人，以李氏官階最高，但統一文字，反而不屬於廷尉的專責，三人不過都是因為擅書而獲派編寫小篆教本的任命罷了。何況，在專制政體中，司法從來就不獨立，既要聽令於君主，又受三公的約束。沈剛〈漢代廷尉考述〉指出漢初廷尉的權力同時得與三公分享。分享，就要講官階了。此外，提議與執行，不必同屬一人。所以，誰請奏統一文字，不能坐實歸功於李斯此人或是李斯一人。秦世的朝議程式，劉勰《文心雕龍·章表》云：「秦初定制，改書曰奏」，僅指奏議的定名，但奏議的形式細節並不清楚。秦早有廷議之制，這是肯定的，較著名的廷議，是穆公時百里奚、丕豹等討論應否借糧給旱荒的晉國；孝公時商鞅和甘龍、杜摯論辯應否變法；惠王時張儀與司馬錯就先伐韓抑伐蜀爭辯。朝臣在廷上議論，最後由君主決議。廖伯源〈秦漢朝廷之論議

制度〉一文說:「朝會之中,百官各就所掌,奏事皇帝,事決即決,有所疑,皇帝乃諮詢參與朝會之群臣,群臣得各言其見解。」(《秦漢史論叢》) 至於議政地點,不必限定在廷,有時甚至「議於海上」。後來,大小事皆決於上,臣子已不容議,不過按王令辦事,再加上聽從方士盧生之言,皇帝成為「真人」,以為不露行藏,方取得不死藥,於是把咸陽二百里內二百七十座宮觀以復道甬道連接,安置帷帳、鐘鼓和美女,誰洩露他的行蹤,治以死罪。從此,看報告、決策,都在咸陽宮內(〈秦始皇本紀〉),廷議遂廢。復道,裴駰《集解》引如淳云:「上下有道,故謂之復道。」這是指建於樓閣上下的通道,上道是達官貴人走的,可以俯瞰下面的民眾,近乎如今的天橋。甬道,則張守義《正義》引應劭云:「謂於馳道外築牆,天子於中行,外人不見。」這是皇帝的秘密通道,由兩邊牆遮蔽,漢末爭雄時,劉項倒用作行軍輸糧。復道與甬道,俱以咸陽為起點,始皇動用民力連接,目的卻是把自己隱匿起來,以為這樣就可以長生不死。

照史遷所寫,始皇疑忌,惟當初事關國策,或者事有不明,讓大臣廷議,他再作決定,這所以登泰山時向儒生查問封禪儀式,博士之官一直未廢,其後又先後有王綰、淳于越的倡議重行封建。其中淳于越之言,措詞有點冒犯。不獲接納也未見入罪。當然,未見入罪,是未見於史書而已。趙高游說李斯參與矯旨政變時,曾自言:

管事二十餘年，未嘗見秦免罷丞相功臣有封及二世者也，卒皆以誅亡。（〈李斯列傳〉）

這是否又是謊話，只能存疑，功臣的下場李斯只有更清楚，然而這是趙李的密談，讓史官在旁秉筆直書？真是謊話，那恐怕出自史家。再說回來，長子扶蘇數次上書勸諫焚書坑儒，就被北調到上郡監軍。

也許，這也正是法家治術的運用，「術者，藏之於胸中，以偶眾端而潛御群臣者也。故法莫如顯，而術不欲見」（《韓非子·難三》）；「術者，因任而授官，循名而責實，操殺生之柄，課群臣之能者也」（《韓非子·定法》）。例子之一是，統一後討論皇帝稱號，眾臣建議「泰皇」，他則決定用「皇帝」。他開初不表示意見，不等於沒有意見；他有自己的意見，更不一定就是好意見。肯定的是，他愈來愈不聽朝臣不中聽的意見，官位愈高的臣子也變得愈不敢說自己的意見。

20　不必書同一種文字

照常識看，統一文字，出於實際需要，無可爭議，當由丞相上奏。倘由李斯倡議，照他司法的切身體驗，反而應該建議用更便捷實用的隸書；事實上，統一之前，據秦簡所

見，隸書已經開始了近一個世紀的序幕。這跟最初討論推行封建抑或郡縣有別，那是丞相及眾臣提出，始皇「下其議」，讓大家討論。

還有一點思考。李斯下獄後上書秦二世，自責七宗罪，用的是反語，其實是自我表功，可沒有明確地提出自己倡議「書同文字」之罪。其中第五罪：「更剋畫，平斗斛、度量、文章，布之天下，以樹秦之名。」剋畫，即刻畫。漢初陸賈的用語可資參考：「無膏澤而光潤生，不剋畫而文章成。」（《新語‧資質》）陸賈是從帝秦走過來的人。此篇說的是賢才，而以美善的樹木為喻，上承佳木如何如何，顯見「剋畫」並不指「文字」。《史記會注考證》引江戶時代日本漢學家岡白駒（1692-1767），指出「剋畫」，謂器物制度的儀飾；春秋戰國以來，列國的器物徽飾不同，李斯此文自言曾加以統一，更新制定。至於「文章」，可指古代的文獻典籍，例如李斯的老師荀子在〈堯問〉篇說正身之士，能令「天下之紀不息，文章不廢。」又可指紋章，荀子〈富國〉篇：「古者先王分割而等異之也……故為之雕琢、刻鏤、黼黻、文章，使足以辨貴賤而已，不求其觀。」這裏應指紋章，而不指文字，更不可能是魯迅的所謂「文章」。何況，自責七罪的「文章」由動詞「平」遙領；平，意指均齊、劃一。

按前文所引秦權詔版，說明由李斯平斗斛、度量固不可信，則「更剋畫」，就說是更定文字吧，也同樣是吹噓。自

罪之文我不認為是李斯之作，當再分析。「更剋畫」云云，《史記》專家韓兆琦語譯為「我改革了文字」，認為「剋畫」指文字，即更改大篆為小篆，恐怕是將就既有觀念的意譯。卜德在《從李斯生平看始創統一的秦朝》裏也把「文章」當成文字，譯為「the written characters」。許慎所云「罷其不與秦文合者」，從秦的本位立論，其實也說不上是「更」？秦篆是否高於其他六國的書寫，這是另一問題，官方語文的選定，往往出於政治的考量。剋畫既指文字，韓兆琦於是下文斷讀為「文章布之天下」，即甚牽強。李斯寫了什麼公佈天下呢？

其實，所謂「書同文字」，也並非不說自明的。秦本身並無文字創製，不過取締六國的異體字，經過一番統一、整理的工夫，用的是減法。但是否像許慎所言「皆取史籀大篆」，裘錫圭認為並非如此，籀文並非秦統一前所用的文字，他說：「小篆是由春秋戰國時代的秦國文字逐漸演變而成的，不是由籀文『省改』而成的。」他稱小篆為秦文字的正體，隸書為俗體。（《文字學概要》）

文字，豈能由一人創製，而且創製得那麼神速？更遑論文字符號所承載的文化內涵。文字表現思維與社會的實踐，約定俗成，不能憑個人的主觀意志取捨。西周青銅器出土，南北都有，銘文可以通讀；而文字語言的分合，正是政治局面的反映，其流動變化，深受地區文化的影響。東周時禮壞樂崩，時代劇變，中心既去，久而久之，書寫難免分化異

形。到了秦，則中央重新集權，書寫又勢趨整合。秦建立在宗周之地，文化保守、滯後，秦篆反而最古舊。所以，「書同文」的文字倘如許慎所言僅指秦小篆，即使再加簡省，統一的理念雖無可非議，且可能是秦統一最有深遠文化意義的措施，實踐起來則已不合時宜。至於李趙胡三位寫手分別書寫範本，事前一定經過協商統一，需由更高層主持。

古人讀書不易，查檢尤難，不少但憑記憶印象，加上一般行文並不求精確，籠統、含糊，傳抄又時有失誤，於是往往以訛傳訛。當然，也可能本來言而有據，只是證據後來失去了。但誠如魯迅所說，我們只能「由現存者而言」，而新發現的證據，又會取代「現存」。舉這個例子，是想說明李斯種種，不少誤解與訛傳，更多的是未經證實。這是明代郎瑛所云：「苟無佐證，亦徒言也。」（《七修類稿‧奇謔》）

這些誤解，或由於司馬遷〈李斯列傳〉中兩段文字引起，其一，他引完〈諫逐客書〉，即說：

> 秦王乃除逐客之令，復李斯官，卒用其計謀，官至廷尉。二十餘年，竟并天下，尊主為皇帝，以斯為丞相。夷郡縣城，銷其兵刃，示不復用。使秦無尺土之封，不立子弟為王、功臣為諸侯者，使後無戰攻之患。

這是總結前文，概乎言之；下文已轉入始皇設宴咸陽宮

的大戲。「二十餘年，竟并天下，尊主為皇帝，以斯為丞相」云云，予人統一後，李斯即為丞相的錯覺。從李斯上書諫除逐客計起（前 237 年），至兼併天下（前 221 年），不過十六年。倘說這是指嬴政登位後計算，則應是二十五年，而登位之初，李斯仍為呂不韋郎官。史遷句式，例少主詞，要從上文下理去解讀，這句承接主人公「官至廷尉」，指李斯無疑；下文兩個「使」動詞，也屬李斯。尊嬴政「為皇帝」，之後「為丞相」，無疑是縮短時間的跳接，我們確實知道，嬴政尊為皇帝後，李斯尚未為丞相。

其二，是當李斯上書禁私學，焚《詩》、《書》等等，司馬遷說：

> 始皇可其議，收去《詩》、《書》百家之語以愚百姓，使天下無以古非今。明法度，定律令，皆以始皇起。同文書，治離宮別苑，周遍天下。明年，又巡狩，外攘四夷，斯皆有力焉。

「斯皆有力焉」，這是說李斯都出過力，概而言之，出過力，並不等同主力，所出之力各有輕重。更大的問題是：在史遷筆下，這是正力，還是負力？文字是接着李斯焚書之議寫，「同文書，治離宮別苑，周遍天下。明年，又巡狩，外攘四夷」，一股腦兒歸之於「斯皆有力」的結語。但味外有味，愚百姓、無以古非今、治離宮別苑、外攘四夷，實含

貶意。後世指秦「同文書」，《史記》是最早的紀錄，但並無確指是一種文字，也一如治離宮別苑、巡狩、外攘四夷，並沒有坐實是李斯一人之力。四次巡狩，李斯還不是丞相。「離宮別苑」之治遍天下，豈是一時可成，又豈是李斯能為主力？

收《詩》《書》在始皇三十四年，所謂「外攘四夷」，都在這一年之前，擊匈奴為三十二年，平百越為三十三年。五次巡狩，日期恰恰都不在收詩書之後的「明年」（三十五年）。明年，這裏是回到統一後的第二年？尤其奇怪的是，史遷在《史記‧平津侯主父列傳》記主父偃引述李斯諫始皇不可攻打匈奴，李斯是這樣說的：

> 夫匈奴無城郭之居，委積之守，遷徙鳥舉，難得而制也。輕兵深入，糧食必絕；踵糧以行，重不及事。得其地不足以為利也，遇其民不可役而守也。勝必殺之，非民父母也。靡敝中國，快心匈奴，非長策也。

可是始皇不聽，仍使蒙恬出征。出兵匈奴，據〈秦始皇本紀〉記載，實是方士謊言「亡秦者胡」之故。是後來李斯改變想法，奉承出征麼？問題在這絕不類李斯：「勝必殺之，非民父母也」，這豈是奉行「毋獨攻其地而攻其人」的虎狼之國的本色？而「靡敝中國」，則秦陵、阿房、離宮等

等，靡敝更甚，卻無此諫言，而何獨遠征匈奴為然？結果要付出沉痛代價，〈平津侯主父列傳〉云：

> 闢地千里，以河為境。地固澤鹵，不生五穀。然後發天下丁男以守北河。暴兵露師十有餘年，死者不可勝數，終不能逾河而北。是豈人眾不足，兵革不備哉？其勢不可也。又使天下蜚芻輓粟，起於黃、腄、琅邪負海之郡，轉輸北河，率三十鍾而致一石。男子疾耕不足於糧饟，女子紡績不足於帷幕。百姓靡弊，孤寡老弱不能相養，道路死者相望，蓋天下始畔秦也。

李斯的諫言不見於〈本紀〉、〈列傳〉，反而見於主父偃的轉述，本就可疑，而主父偃的目的是藉以諫漢武帝不要重蹈覆轍。至於司馬遷，對漢天子匈奴之政的態度我們其實也很清楚：深惡痛絕。然則所云「**外攘四夷**」，豈是指李斯對秦的一種貢獻？

此外，據說始皇曾以和氏璧研磨製成傳國璽，由李斯書魚蟲篆書「受命於天既壽永昌」八個字，事見唐張守節《史記正義》引北魏崔浩之說：「**李斯磨和璧作之**」。傳國璽的故事，後世一直輾轉流傳，至南宋還加上玉工孫壽的名字。〈秦始皇本紀〉的確提及御璽，那是嫪毐竊用秦王御璽和太后璽作亂，不過秦漢文獻卻未見說明這御璽是和氏之璧，更沒

有指認書法乃出自當時仍為秦王客卿的李斯。

先秦文字，在二千年後出土，今人解讀為難，乃產生種種爭辯。裘錫圭從字形寫法分析，戰國時文字劇變，不但六國文字跟秦不同，六國彼此也有差別。（《文字學概要》）錢穆有另一種意見，認為秦統一前各國字體異形，有誇大之嫌，據他的觀察，六國文字有別，卻並非大別，並沒有阻礙溝通、交流。他解釋並舉了例子：

> 六國文字，雖稱各自異形，然其時交通頻繁。文學遊士，或朝秦而暮楚，或傳食於諸侯，如稷下先生，平原賓客皆廣羅異材，不止一地。田文兼相秦魏，荀卿遍遊天下，呂不韋著書，大集諸侯之士，均不聞有文字異形之礙。則七國文字，同為時體，雖有異形，實無大乖異也。（《秦漢史》）

我的疑問是，嬴政讀韓非的文章，大為讚賞，看的不會是譯本吧？李斯上書韓王，似也無勞翻譯。《漢書‧藝文志》提到「古制，書必同文，不知則闕，問諸故老，至於衰世，是非無正，人用其私。」那是東漢人的想法和做法。「人用其私」，可惜並沒有因私造而引起誤會的例證。不過文字統一，事所必然，可不等於説多一二種寫法就法令不行，溝通不易。這毋寧跟當前漢語繁簡二體在兩岸四地並存相似，對讀書人來説，並沒有解讀之苦；即使沒有電腦的繁簡

互換之便。

統一文字，除了政治因素，主要還是為了實用，但秦篆實用的功能，馬上就自我消解，它只能供奉在神壇上。出土的秦簡，無一不是墨寫的古隸。總而言之，「書同文字」云云，書同的如果是小篆，要上下同書，肯定並不成功；小篆只有特殊場合的演出，這種演出，很樣板，沒有權力的支撐，就失去光環。

照具體史實看，所謂「書同文」，不必是書同一種文字，《史記》並沒有說是統一於一種文字，而是書秦的文字，秦實行的顯然是兩種字體：重要文件，如法令，或者頌功德的石刻、作用是紀念性的，用小篆。一般公文以至民間用作記錄、文牘，則是隸書。許慎所云「秦書八體」，而不是一體：大篆、小篆、刻符、蟲書、摹印、署書、殳書、隸書。真正明確指字體的只有大篆、小篆、隸書、蟲書四種，其他則是因應不同載體的美術字。蟲書大抵用於印章，隸書是日用品，小篆則是神壇上供之物。一道大門，內有兩個房間；一個出入較方便，另一個，只存放貴重物品。房間之內，當然可以有一些小書櫃。

始皇每晚要清理大量公文，看得他昏頭昏腦的文字，未必都是供品，更可能是秦統一前已流行一百年到漢代後遂成主流的隸書。

21 製造程邈

　　1980 年四川「青川木牘」出土，專家斷定是戰國中期秦武王二年（前 309 年）的墨跡，比始皇統一天下要早八十八年。那是秦武王命令丞相甘茂更修田律，以古隸書寫，筆畫有曲有直，有粗有幼，破圓轉為方折，空間錯落，可見隸書在戰國時期已經產生，說是在秦統一後由程邈研創，在獄中上呈始皇獲得免罪云云，並不可信。自 1975 年以來，各地出土的秦簡牘，包括湖北睡虎地、天水放馬灘、雲夢龍崗、江陵楊家山、江陵王家臺、沙市關沮、湖南龍山里耶，等等，無一不亦篆亦隸，與篆有連繫，但更近隸法。至今未見秦隸的字書流傳，供人學習，所以由程邈整理之說也不可靠。

　　而程邈的種種傳說，也始自許慎。許氏《說文解字》的貢獻豈能否定，他說的書史卻有種種問題，不能無疑。這裏岔開一筆，稍加序列程邈其人其事的起源與演變，真可說是越傳越訛，對我們談論李斯，也有啟示。從班固、許慎、衛恆、張懷瓘，到康有為，都出生得太遲，沒有看到《秦記》；另一面又出生得太早，沒有看到秦簡出土：

一、東漢班固（32 年－ 92 年）：「是時（秦始皇時）始造隸書矣。起於官獄多事，苟趨省易，施之於徒隸也。」（《漢書・藝文志》）

　　這是東漢最早指出隸書的起源，秦簡、木牘證明，

不符史實；於是起源於官獄多事之説也成問題，那只能説是流行的結果。班固並沒有提到程邈其人。

二、東漢許慎（約 58 年－約 147 年）：「**秦始皇帝使下杜人程邈所作也。**」（《説文解字·序》）

許慎稍遲於班固，程邈開始出現在他筆下，距秦朝已過三百多年。程邈其人容或真有，但奇怪文字學家會相信一種字體，可以由皇帝下令一人創作，更而在各地風行，又並不見公文強制推行？是始皇對小篆不滿意嗎？倘屬實，則所書同文，應是隸書。問題在，隸書行之已久。

三、東漢蔡邕（133 年－192 年）：「**程邈刪古立隸文。**」（《聖皇篇》）

蔡承許説，距秦朝已過四百年。蔡書不傳，僅止此一句，轉引自張懷瓘《書斷》。

四、西晉書家衛恆（？－291 年）：「**秦始皇帝初兼天下，丞相李斯乃損益之，奏罷不合秦文者。斯作《倉頡篇》，中車府令趙高作《爰歷篇》，太史令胡毋敬作《博學篇》，皆取史籀大篆，或頗省改，所謂小篆者。或曰下杜人程邈為衙吏，得罪始皇，幽繫雲陽十年，從獄中改大篆，少者增益，多者損減，方者使圓，圓者使方。奏之始皇，始皇善之，出為御史，使定書。或曰邈所定**

乃隸字也。……　秦既用篆，奏事繁多，篆字難成，即令隸人佐書，曰隸字。」（《四體書勢》）

衛恆距蔡邕又一百年，距秦朝五百年。李斯一段，抄自許慎，精彩之處在下面程邈一段，先「或曰」，並點出程的籍貫、職位、坐牢原因、地點、年期、結果。再「或曰」他所定的乃隸書。「或曰」即是有人說，誰說的？或竟就是他自己。程邈不再是受令研創，而是自發，上奏，改的是大篆，不是小篆。我頗懷疑秦罪犯在獄中可以不用做這做那的苦差，既容許又有餘裕，更有必須的工具做研究？今存竹簡不見這方面的記載，秦簡《內史雜》倒有這麼一條：「下吏能書者，毋敢從史之事。」（下吏即使能夠書寫，也不准作史的事務。）另一條《置吏律》則云：「除吏、尉，已除之，乃令視事及遣之；所不當除而敢先見事，及相聽以遣之，以律論之。」睡虎地秦簡整理小組的譯文：「任用吏和尉，在已正式任命以後，才能令他行使職權和派往就任；如有不應任用而放先行使職權，以及私相謀劃而派往就任的，依法論處。」也有學者認為這是針對犯了罪被除名的官吏。無論如何，是不容沒有職權的人任事。試想想，法家之國既已明令「書同文字」，犯人竟敢私下加以改造、修訂，十年

來也竟不受干涉，有人不怕連坐更冒大不韙而替他「奏之始皇」，是否有違常識？

五、南朝庾肩吾（487 年 － 551 年）：「尋隸體發源秦時，隸人下邳程邈所作，始皇見而奇之，以奏事繁多，篆字難製，遂作此法，故曰隸書。」（《書品》）

庾肩吾距衛恆又二百年，距秦朝七百多年。再無「或曰」，程邈作隸已成眾口一辭。籍貫或是傳抄有誤，下杜變為下邳，前者在陝西，後者在江蘇。

六、張懷瓘（生卒不詳，開元人）：「案隸書者，秦下邽人程邈所造也。邈字元岑，始為衙縣獄吏，得罪始皇，幽繫雲陽獄中，覃思十年，益大小篆方圓而為隸書三千字，奏之，始皇善之，用為御史。以奏事繁多，篆字難成，乃用隸字，以為隸人佐書，故名『隸書』。蔡邕《聖皇篇》云：『程邈刪古立隸文。』……。秦造隸書，以赴急速，為官司刑獄用之，餘尚用小篆焉。」（《書斷》）

張懷瓘是書評大家，他豈能沒有哪怕是一得之見？他繼承衛恆之說，加上年期（「覃思十年」），然後收穫具體的隸書數目：「三千字」。他還告訴我們一個小小的私密，程邈的字：元岑。唐開元距秦朝約九百五十年。籍貫從下杜變為下邳，再遷為下邽，

在陝西省渭南市。

七、清劉熙載（1813 年－1881 年）：「凡隸書中皆暗包篆體，欲以分數論『分』者，當先問程邈是幾分書。雖程隸世已無傳，然以漢隸逆推之，當必不如《閣帖》中所謂程邈直是正書也。」（《藝概》）

劉氏所論「分」，指篆隸劃分的討論，這裏不贅。他指出，程隸已不傳，但我們同樣可以逆推之，追問真看過程隸者，上述有誰？

八、清末民初康有為（1858 年－ 1927 年）：「程邈作隸，秦隸也。」（《廣藝舟雙楫》）

康氏始用秦隸之名，以別於劉熙載所說的漢隸。

從班固、許慎到康有為，認定隸書在秦始皇時產生，是秦始皇時人程邈改大篆而作；一種書體，一個作書體的人，是這樣逐漸塑造成形的，已成傳統書史的共識，充其量為了保險，程邈頭上冠以「傳說」。一提歷史，古人不免浮想聯翩，融入許多猜度與傳說，最終成為定案。裘錫圭引錢玄同《章草考·序》指出近人康有為、梁啟超認為隸書是自然形成，不是個別人所創造。康說顯然跟《廣藝舟雙楫》所言不同。

隸者，古時的衙役；隸書之名應與隸者有關，這是他們運用的字體，但不等於說，創製者必然是隸者；至於程邈或

真有那麼一個人，又或者隸書曾經這麼一個人整理，不過全屬假設，尤其不可能成於嬴政時期。李斯在秦統一後即任丞相，他提倡書同文、遍書秦石刻、統一度量衡，庶幾就是這麼一回事。劉勰《文心雕龍‧練字》云：「李斯刪籀而秦篆興，程邈造隸而古文廢。」這話出自古代文評的大家，份量不輕，但秦篆未因李斯而興，隸非程邈所造，而六國古文的確廢了，但並非由於隸書。

《三輔黃圖》記秦十二銅人銘，說「李斯篆，蒙恬書」，以至《水經注》再加轉引，大概也覺蒙恬作書不妥，但云「李斯書也」，銅人不存，銘文此前又沒有記載，類近秦隸之作。

另一唐代書法史大家張懷瓘在《書斷》談到李斯，說：「始皇二十年，始併六國，斯時為廷尉，乃奏罷不合秦文者，於是天下行之。」前兩句截取自史遷，卻算錯了，不過他看到李斯時任廷尉，修訂了許慎之誤，但接受了更重要而未經證實的訊息：

一、這仍然是李斯的上奏。

二、天下通行。

天下通行的，其實是秦隸，不是小篆。始皇二十年，六國未併，嬴政頭痛的問題不在統一文字，而是怎樣打天下，而是燕太子派來荊軻的行刺。

22 「與魯諸儒生議，刻石頌秦德」

　　再細看秦的石刻。秦始皇統一後十年內出巡五次，第一次在統一後翌年，巡視西北邊防，此後由西而東、而南，登山過海，路既難走，又頻繁至極，來回不少於八千公里，在輼輬車內，可以臥息，有窗牖，閉之則溫，開之則涼，但畢竟舟車勞頓，且條件遠遠不如後世的隋煬帝、乾隆的南遊。而所到名嶺高山，據〈秦始皇本紀〉所載，東巡先後刻石七次，除了最初的嶧山石刻，史遷悉數記錄全文。嶧山石刻不錄，這反而奇怪了，是以不少論者認為《史記》有所脫落，並不完整；今人所見的，為宋人鄭文寶據南唐徐鉉的拓本翻刻，現存西安碑林。

　　石刻的內容主要是歌功頌德，證明天下已為朕所有，彷彿一朝大富，急忙點算新的財富。西巡而沒有刻石，那是既有的不動產，可見主要的目的是政治上宣示主權。此外也說明統一後推行各項改革的成果。過去論者大多以為，他同時想尋仙求不死藥，徐市（徐福）曾上書云東海之中，有蓬萊、方丈、瀛洲三座神山，山內住着仙人，可往求不死藥。他三登之罘，也三登琅邪。

　　山上一般並不久留，頌文寫了就刻，內容當然是早有設想，經過討論，最重要的是，必須獲得始皇的接受，並且照應君臨的實地環境。甚至他出遊的先後路線，不會是隨興之

所至，而是經過策劃，問卜。

　　只有巡琅邪山時，始皇大樂，在山上流連三個月，並築琅邪臺。他一高興，就徙三萬戶黔首到臺下，以一戶五口計，都十五萬人。此山最受寵愛，這所以琅邪石刻也寫得最詳細。

刻石名稱	年份	文辭	原石
嶧山石刻	始皇二十八年（前 219 年）；琅邪石刻，有說立於始皇二十六年	《史記》不錄	已佚
泰山石刻		見於《史記》	尚存 6 字，惟受爭議
琅邪石刻			尚存 86 字
之罘石刻	始皇二十九年（前 218 年）		已佚
東觀石刻			
碣石石刻	始皇三十二年（前 215 年）		
會稽石刻	始皇三十七年（前 210 年）		

　　先說石刻的書法。石刻的年期、次序，以至文字的配置，有不同的說法，但歷來書法家的興趣似乎遠高於文學家。刻石表功，目的是要存之永久，可秦亡後不久即破損殘泐，如今大多不存。嶧山石刻只見宋人摹本。碣石、東觀、會稽石刻久佚；之罘則或沉於海，今存摹本乃錢泳偽作（容庚〈秦始皇刻石考〉）。泰山石刻，宋代時已僅見秦二世加刻的拓本，只有四十七字，乾隆年間遭火，只存十字；再然後，移藏於山東岱廟，只餘六字。而泰山石刻的拓本是否原石，頗受質疑，容庚就認為是翻刻。最可靠的唯有琅邪石刻，那是二世加刻的詔文，也只有八十六字。

這些石刻，或拓本，或摹本，例如嶧山石刻，大致上結體勻整，粗細劃一，藏頭護尾，富於裝飾性，彷彿秦俑列陣，向皇帝敬禮；充分體現秦法的苛嚴，反映秦的精神面貌。可這麼一來，所得另有一失：變得了無人氣，失去以往的自由變化，拙樸的情趣。而且立體縱長，昂首垂腳，一副高懸的神氣，黔首不得不仰首。不過歷代的書藝家都用盡最好的頌詞，唐張懷瓘認為是「傳國之偉寶，百代之法式。斯小篆入神，大篆入妙也」(《書斷》)。晚清楊守敬美稱云：「無上神品」(《平碑平帖記》)，康有為也說是「極則」(《廣藝舟雙楫》)。「神」與「妙」、「無上」、「極則」，好像都經過比較的工夫。

嶧山石刻，宋人摹本

我對書家這些稱頌很感困惑。一來，說得泛浮，甚少具體分析，最多的是印象式的類比（例如康有為的〈碑評〉，則通篇類比），這自是古代藝評的習慣；所謂印象式，與西方畫壇的印象派Impressionism截然不同。印象派講究畫家的筆觸，情景的變化，但出發點倒相當科學化，畫家離開沙龍，到外間寫生，得光學的啟發，分出色彩的細微變化。書法家的評斷，看來依賴評者與被評者的名氣，遠多於作品本身。

　　二來，更重要的，秦篆那種規行矩步，連空間的距離也嚴格限定的書寫，追求的是整齊、劃一，只能說是技術的極致，然而這是有代價的，代價是個性的泯滅，是對藝術生命力的扼殺。藝術，如果有所謂戒條，即要求獨立而自由的個性。書法可說是中國最獨特的藝術，為西方所缺乏的，正是書法家在點畫提按，線條粗幼遊走的過程裏流露感情，字裏其實有人。王羲之〈蘭亭序〉、顏真卿〈祭侄稿〉、蘇軾〈黃州寒食帖〉被稱為「天下三大行書」，即表揚其個性的流露。如果強為之辯說石刻的篆書何嘗不表現個性？那個性可不是一般人的，更不是藝術家的，要不是屈從於權貴則本身就是權貴。

　　伊斯蘭世界也推崇書法，書寫《可蘭經》以裝飾清真寺，反對基督教的為神造像。但既為宗教崇拜，則書法家的個性並不崇尚，而是收藏。試看我們如今使用的電腦字，各體都有，美觀勻稱，但只是工藝而已。倘有人把這些字裝裱起來

當成藝術，必成笑柄。再設想秦祚要是有那麼五六百年，跨越魏晉，中國的書史可以怎樣寫？這樣追問並非沒有意義，因為書評家既有幸可以看到其後多元的發展，回過頭來，看到秦篆不過是眾體之一，而不是廢盡其他的唯一。另一方面，書評家又不幸沒有看到後來的電腦書寫。

23　石刻作者、內容

或說李斯要是甘於做一個書法家甘於無權無勢，應只聽到掌聲。但這並不是他的選擇，書法家當時並沒有特殊身分地位可言；而沒有宮廷的關係，這種政治任務也輪不到他。問題在，書同文字之議，未必由他提出；巡行的石刻，是否真的李斯手筆，《史記》何曾明言？石刻作者本不署名，奇怪的是，最早指認那是李斯的書法、李斯的文章，是劉勰（約465年－520年），是酈道元（466年或472年－527年），一個是文學家，另一個是旅行家，兩人並非史家，同樣距秦約七百年，奇怪他們對歷史的想像得以坐實。李斯既擅小篆，寫過小篆的字書，一直隨侍，如此而已，並無史據，從石刻的內容看，甚或可以推斷不是他的主意。

推想是李斯之作，也許源自〈秦始皇本紀〉一段文字，那是秦二世登位後覺效始皇，巡行他老子去過的山頭，以示自己能踵武前修，並在各石刻旁加上詔文，一世與二世，其

成就差距豈能以世代計：

> 二世東行郡縣，李斯從。到碣石，並海，南至
> 會稽，而盡刻始皇所立刻石，石旁著大臣從者名，
> 以章先帝成功盛德焉：
>
> 皇帝曰：金石刻盡始皇帝所為也。今襲號而金
> 石刻辭不稱始皇帝，其於久遠也如後嗣為之者，不
> 稱成功盛德。丞相臣斯、臣去疾、御史大夫臣德昧
> 死言：臣請具刻詔書刻石因明白矣。臣昧死請。
>
> 制曰：可。

二世詔文說：這些金石全是始皇帝刻立的，如今由我繼承帝號，這些石刻不稱始皇帝，日子久了，就好像是後世皇帝所為，不能表彰始皇帝的豐功大德。丞相李斯、馮去疾，御史大夫德冒死上奏，請求把詔書刻上，二世許可了。重新刻石，是為免後世混淆，於是乾脆把重臣的詔書刻上，以資識別。從這段惺惺作態的文字猜想，可能出於李斯所為，再往上推想，之前的石刻文字也可能出於李斯。其中李斯排名在馮去疾之前，李斯好像終於位極人臣，好像而已，前已有所論。二世東巡，獨提李斯隨從，顯見去疾並未隨行，一如始皇時留守京師；又或重刻之議，由李斯提出，去疾和議。至於石刻作者，其實有兩重：文本作者，以及書法家（刻工已經不算，漢以後才取得地位，儘管先秦工具器銘，往往附

有工師之名）。兩者可以由一人兼任，也可以分工。過去一直說都出於李斯，此人擅書，又會寫文章，因此可能。這是撇除了皇帝身邊同樣擅書的趙高和胡毋敬。可能，英文是possible，因其有此能力（having the potential），但possible是一種假設assumption，不等於probable，兩詞中文不易分別，例如天陰雲厚，你會説：可能下雨，但也不一定（Rain is possible but not probable）。

合理的推想，還不是確定的證據（probable evidence），不能定案；若拿到法庭去，恐怕不獲接納為法證（forensic evidence）。我的質疑，並非全無根據，〈秦始皇本紀〉載始皇第一次刻石，云：

> 二十八年，始皇東行郡縣，上鄒嶧山。立石，與魯諸儒生議，刻石頌秦德，議封禪望祭山川之事。乃遂上泰山，立石，封，祠祀。

始皇在孔子的故鄉跟魯儒生商議，然則頌德之詞，與其説出於李斯，更大有可能出於這些博士儒生。

先看石刻的內容。這方面，每刻雖例必強調建立法度（只碣石石刻沒有，這是廣義的法制，而非指狹義的刑法），其意涵毋寧近儒而遠法。沈剛伯説：「始皇刻石凡六，在泰山，則曰：『男女禮順，慎遵職事』；在碣石，則曰：『男樂其疇，女修其業』。這些話都與儒家理想中的社會境象

相合。」(〈秦漢的儒〉) 這會是李斯理想的社會景象麼?社會和諧,各安本分,是因為推行仁和義,李斯以至始皇,真相信這一套嗎?李斯對荀子說實行仁義會諸多不宜(《荀子·議兵》)。略舉如下:

- 泰山石刻(始皇二十八年;前 219 年):「祗誦功德」、「大義休明」。

- 琅邪石刻(始皇二十八年;前 219 年):「聖智仁義」、「黔首是富」、「黔首安寧,不用兵革;六親相保,終無寇賊;歡欣奉教,盡知法式」;「人跡所至,無不臣者;功蓋五帝,澤及牛馬」。

- 之罘石刻(始皇二十九年;前 218 年):「大聖作治」、「義誅信行」、「振救黔首」。

- 東觀石刻(始皇二十九年;前 218 年):「永偃戎兵」、「作立大義」。

- 碣石石刻(始皇三十二年;前 215 年):「黎庶無繇,天下咸撫」、「惠被諸產,久並來田,莫不安所」。

- 會稽石刻(始皇三十七年;前 210 年):「秦聖臨國,始定刑名」、「貴賤並通,善否陳前,靡有隱情」、「黔首修絜,人樂同則,嘉保太平」。

其中會稽石刻為始皇臨終最後的告示,近乎總結。要之,皇帝功高勤政,並且以黔首黎庶茲茲為念,因此天下安

寧、百姓富足，沒有隱情，沒有寇賊（三十一年，皇帝微服出遊咸陽，他自己就遇到盜賊），永遠停止戰爭⋯⋯。皇帝告訴你這些，你就相信這些，是否天真了些？張文立《秦始皇評傳》對石刻的分析，可概括為：一、否定舊制度；二、頌揚新秩序；三、塑造一個絕對權威。破舊立新，自然要塑造這麼一個絕對權威，他說刻辭：

> 展開了造神造聖的文字活動，把始皇粉飾一番，成為由泰古到秦的唯一的一位大智、大聖、大勇、大仁的神聖人物。此類文字，在刻辭中比比皆是，而且逐步升級。

不同時期的石刻，內容略有分別，早期強調滅除六國，以仁義統一；然後是推行統一的措施，建定法度，令民安寧、富足，不再打仗。東觀以後，已無仁義之說，到了會稽則針對當地民風，責成貞誠。其中琅邪石刻指斥五帝三王名實不副，法度不明：「假威鬼神，以欺遠方」。難道鬼神只欺遠方？

李斯則表揚五帝三王，鬼神降福，其〈諫逐客書〉說：「地無四方，民無異國，四時充美，鬼神降福，此五帝三王之所以無敵也。」對鬼神態度也有別，對五帝三王褒貶不同，如果頌詞出於儒生，多疑的人不免猜疑有諷議之旨；倘出自李斯，則前言不對後語。

至於一再提及安定太平，二十八年云「人跡所至，無不臣者」，二十九年云「永偃戎兵」，卻於三十二年北逐匈奴；三十三年南攻百越。三十五年大建自己的阿房宮，並續建皇陵。秦朝後期，整個國家如暴日下的火藥庫，尤其是東方。有些論者卻據此引證秦世社會和諧安寧；誰知那樣的社會，不數年即土崩瓦解。

24 形式化、套語化

石刻有幾句，令人費解：

> 大聖作治，建定法度，顯箸綱紀。外教諸侯，光施文惠，明以義理。（之罘石刻）

> 方伯分職，諸治經易，舉措必當，莫不如畫。（琅邪石刻）

方伯乃西周時期一方諸侯之長，也稱侯伯。秦從未外封諸侯，天下實為郡縣，從何而對外教化諸侯、讓方伯分職？秦的侯，是封而不建，如呂不韋為文信侯，只食邑，並不駐外，李斯尤其獨排眾議，一再反對分封，且得始皇肯定。嶧山石刻前文不是歌頌天下一統，斥責分封：「追念亂世，分土建邦，以開爭理，功戰日作，流血於野……乃今皇

帝，一家天下，兵不復起，災害滅除」？

石刻的文字令解讀秦史陷於兩難：這畢竟是原始史料，若干論者據此而斷定秦的社會和諧，至少其社會理想是這樣，於是以為秦政暴虐、無道之說，純是後人的妖魔化。據此，秦甚至曾行封建。

學者柯馬丁（Martin Kern）把這些石刻的文本跟秦統一前的青銅器、石磬銘文等等對照，再加上周代的《詩經》的雅頌，就結構、韻律、四字詞等細加分析，認為七篇是一個整體系列，既照應實際環境，又互相關連，沿襲了周人傳統禮儀的作法，是所謂文本互涉（intertextuality），形式上規範化、公式化，旨意則是踵武帝舜的祭祀，分別是，帝舜是開啟鴻蒙；始皇則是重建傳統，把自己跟古代文化偶像的功德聯繫起來。

此前，饒宗頤在〈論戰國文學〉（1977）已指出「石刻的發展，相反地便是金刻的衰落及銘辭之型式化與套語化」。可這麼一來，當禮儀變得公式化、套語化，其形式往往大於內容，甚且無視現實。柯馬丁對之罘石刻「外教諸侯」、「方伯分職」的解釋是「傳統政治修辭的時代錯置（anachronism）」。試看與匈奴大規模作戰，又征伐兩越的漢武帝，把漢前期七十年累積的國庫消耗殆盡，犧牲過半人口，元封元年（前110），他前往泰山封禪，〈泰山刻石文〉卻云：

事天以禮，立身以義，事父以孝，成民以仁。四海之內，莫不為郡縣。四夷八蠻，咸來貢職。與天無極，人民蕃息，天祿永得。（漢應劭《風俗通義‧正失》）

「四夷八蠻，咸來貢職」云云，當然是自我感覺良好。元光元年（前134年），武帝即拒絕匈奴和親，翌年開啟戰鬥；從元光到元封，二十四年之間連場大戰，人民並未蕃息，終其一世，並未解除匈奴的威脅。至於重用酷吏，動輒殺戮，絕對說不上「成民以仁」。

嶧山石刻有一句云：「刻此樂石，以著經紀」。柯馬丁引顏師古之言，說「樂石」可能就是「磬石」。鐘、鼓、石磬都是傳統禮儀樂器。他沒有實指石刻銘文之所以協韻、套語化，像《詩經》那樣可唱，因而受音律的約束，不過功德是要傳頌開去的，這有賴聽覺而多於視覺，從宮廷的嘴巴到民間的耳朵。名山豈易登，且一定有兵守護，所以二世可以再來逐一加刻。

研究套語對中國古典文學的作用，當以詩人王靖獻（楊牧）為首創，套語的理論（oral-formulaic theory），由美國學者柏里（Milman Parry）研究荷馬的口述史詩時提出，柏里英年早逝，稍後有洛德（Albert Lord）為之踵武。王靖獻的博士論文即轉借套語理論來考察《詩經》的寫作方式，並加以

修訂、擴充，對《詩經》研究極多精彩之見，後來出版了*The Bell and The Drum：Shih Ching as Formulaic Poetry in an Oral Tradition*, 1974（《鐘與鼓：〈詩經〉口述傳統的套語創作》），既有量化的表列數據，又有示例分析。套語有兩種，一是文辭短句的套用（formulas），另一是「主題」（theme），或是「典型場景」（type-scene）的套用。其中他對「興」的解說，發前人所未發，突破二千多年來對賦比興的習見。傳統以為「興」是因物起興，詩人看見實景實物，因而觸發創作的靈感。王靖獻認為並非如此，「興」不一定來自實見，——事實上，風雅頌裏，不少詩句的興，或者比興，與緊接的內容不見得有必然的關係，甚至沒有關係。王靖獻認為這是詩人累積了許多現成的文學資產，當他要表示棄婦的哀怨，就想到「習習谷風」的句子；要詠新婚，就套用「有鳴倉庚」。思歸則是「黃鳥」。再例如泛舟的詩句，發愁的時候他泛的是「柏舟」，高興的時候泛的是「楊舟」，一陰一陽；至於情緒中性，則並不指明，但稱「舟」。其實詩人何曾真的泛舟。這類句子，在不同的詩裏反覆迴增，成為套語的主題結構；興不是因，而是果。這和我們所理解的「原創」不同，和陳陳因襲也有分別。《詩經》的套語詩句流動，隨環境而變化，彷彿「同分異構」體（Isomer）的化學作用：組合的原子相同，但因鍵結排列方式有別，就形成不同的物質。王靖獻喜歡借用一個比喻，像「鑲嵌圖案」，嵌出不同的畫。此外，從口述

到書寫，還有一個「過渡期」，即既口述創作，其後又通過書寫，可都要依從音樂的韻律。王靖獻的創見，別開生面，對我們了解中國古典文學極有助益。他曾中譯老師陳世驤的名篇：〈原興：兼論中國文學特質〉，陳氏以為「興」是貫通《詩經》這獨特文類的一個重要手法，「興」是初民群體「上舉歡舞」（uplifting）的呼聲，與舞蹈和音樂結合，他說：

> 但論「民歌」的「群體」因素，只能適可而止，因為在那「呼聲」之後，總會有一人脫穎而出，成為群眾的領唱者，把握當下的情緒，貫注他特具的才份，在群眾游戲的高潮裏，向前更進一步，發出更明白可感的話語。如此，這個人回溯歌曲的題旨，流露出有節奏感有表情的章句，這些章句構成主題，如此以發起一首歌詩，同時決定此一歌詩音樂方面乃至於情調方面的特殊型態。此即古代詩歌裏的「興」，見於《詩經》作品的各部份。

王靖獻從套語的角度解釋「興」，無疑是進一步的闡發。始皇東巡石刻的套語化、形式化，即是從口述終於過渡到文士的書寫。而這個書寫者，柯馬丁說：「幾乎可以肯定，這些文本是帝秦宮廷官方任命的博士在皇帝巡狩期間利用其禮儀、文本知識的專長而撰寫的。」於是他幾乎可以肯定作者不是李斯。

再看看石刻的修辭技巧。魯迅曾稱讚琅邪石刻為「質而能壯，實漢晉碑銘所從出也。」所謂「質而能壯」，轉化自劉勰《文心雕龍・封禪》：「秦皇銘岱，文自李斯。法家辭氣，體乏弘潤，然疏而能壯，亦彼時之絕采也。」劉勰很周到，「絕采」之前加上「彼時」，但說文章出自李斯，倒是他的發明。照柯馬丁的研究，則漢晉碑銘的源頭不是秦石刻，而是《詩經》的雅頌。

石刻之詞，司馬貞《索隱》云：「其詞每三句為韻，凡十二韻，下之罘、碣石、會稽三銘皆然。」（按琅邪石刻則二句為韻）。石刻文字，押韻已四聲分用，容庚在《秦始皇刻石考》有仔細的分析；二世的詔文則是散體，而且說不上是好的散文。這是劉勰、魯迅所稱美的「疏／質而能壯」，卻只是修辭工夫而已。柯馬丁把文本融入先秦整個祭禮的頌詞傳統，上至雅頌，例如〈楚茨〉的複調，——錢鍾書的說法：這是巫的一身二任，「『神』與『神保』是一是二，猶《九歌》中『靈』與『靈保』亦彼亦此。」（《管錐篇》）這兩位的分析，很有啟發。不過，別忘了魯迅自己的界定：「文章之事，當具辭義，且有華飾，如文繡矣。」華飾之外，是要有「辭義」的，從文學作品的角度看，我追問的是：作品的好壞，是否只看形式修辭，不管「辭義」，哪怕是諛詞？

至於刻石頌功，乃秦人傳統，之前實物可見的有〈守丘石刻〉、〈石鼓文〉、〈詛楚文〉，始皇無疑大開後世風氣。石

頭的壽命，龔自珍認為比金屬長壽（〈説石刻〉），唐蘭也説石刻「**不怕風雨，不怕熔毀，不怕掠奪，可以保存永久**」（〈石鼓年代考〉）。「真相」並非如此。風雨固然是自然界發出的抗議，熔毀、掠奪則是人為的破壞，人心背向，則任何實物也不保證能夠永久保存。事實説明，秦石刻並沒有恆久的生命，例如嶧山石刻，「**為魏太武帝推倒，邑人聚薪其下，野火焚之。**」（唐封演〈封氏聞見記〉，轉引自叢文俊《中國書法史》）泰山石刻也毀於火，只存翻刻十個殘字。之罘石刻或沉於海；碣石石刻則下落不明；東觀、會稽俱失傳。

論者又謂這些石刻突破了青銅的器銘，開出遼闊的天地云云。這是載體的問題，和秦篆本身沒有關係。石鼓與詛楚，刻石年期尚爭論不息，〈守丘石刻〉在 1935 年河北省平山縣出土，則斷定年期是戰國時中山國王死後中山國滅亡之前（前 310 年至前 296 年），這塊河光石，長九十厘米，寬五十厘米，上刻清晰的十九個字，大篆體，作者自稱公乘得，是守陵的小官，難得刻石是自發的，並非長官意志，他大概説為國王守園、捕魚，國王死了，就為他守墓；如今自己老了，刻石留告後人。這石刻反而得以保存至今，長駐河北省博物館（《文物‧河北省平山縣戰國時期中山國墓葬發掘簡報》，1979 年 1 期）。

25 所謂「歷史真相」

獨裁專權者不僅操控人民當下的生活，還要操縱過去的記憶，秦石刻就是範本。柯馬丁從套語出發，再進而質疑史遷的「歷史真相」。但真能有完全、絕對的「歷史真相」？

西方史學一頭在追求客觀靠向科學，另一頭則強調主觀靠向文學，兩者之間不斷擺盪也不斷爭論。上世紀六十年代以來因解構主義、後現代主義的思潮衝擊，歷史一如文學，並無「真相」之說好像佔盡勢頭。然而後現代的史家抗拒科學入侵，卻同時自絕於「真相」，所得恐怕抵償不了所失。柯馬丁有一段話，本無新意，但提醒我們：在宗廟裏的青銅器銘文，不是歷史「發生何事」，而是掌權者「要我們記住什麼」、「如何記住」；另一方面，則暗含「要我們忘記什麼」。易言之，官方裁決我們要相信什麼是「真相」。始皇的石刻就是這麼一回事，尤有甚者，一再強調「一」、「齊」，宣稱這是唯一的文本，不容另外選擇，也別無選擇：

> 石刻銘文的歷史敍事徹底消除了各個地方統治者的多視角紀錄，並代之以一個最高統治者的單一的中心視角。這種敍事壓制了歷史的多重聲音，壟斷了記憶，在前敵國聖山上頒布的規範化的歷史版本，如今則成為一種單一的、統一的版本。從青銅

器銘文傳統及其假定功能的角度來看，李斯請求焚毀秦以外其他各國的著名奏議——意在徹底清除所有競爭性記憶——不過是順理成章的事。（劉倩譯，楊治宜、梅麗校）

倘從後現代史學懷疑論的角度，則這種把一切他者消滅，壟斷為單一的話語，尤其不可置信。然則司馬遷的敘事，反而是另類、民間的聲音；中國歷史，的確需要一種薩義德（Edward Said）在《文化與帝國主義》（*Culture and Imperialism*, 1993）之中所說的「對位觀點」（contrapuntal perspective）。而且，他比官方視角「公平」，因為他並沒有把官文勾消，我們還得借重他的收錄，方才看到秦最高統治者的話語。中心與邊緣互為消長，後世反而有人憑官方的銘文以證史遷的編造。陳寅恪〈順宗實錄與續玄怪錄〉云：

> 通論吾國史料，大抵私家纂述易流於誣妄，而官修之書，其病又在多所諱飾，考史事之本末者，苟能於官書及私著等量齊觀，詳辨而慎取之，則庶幾得其真相，而無誣諱之失矣。

如果史遷的記載誣妄，厚責秦政，只能怪李斯倡議焚書，因為再沒有列國史乘的參照，簡略而獨一的《秦記》官書亡後，《史記》縱然「可惡」，也是後人要認識秦史的「必須」

（necessary evil）。

最後，善疑的柯馬丁到頭來不得不承認：

> 無論是石刻銘文還是司馬遷，都沒有告訴我們秦
> 國歷史的「真相」，這二者都是建構出來的理想化敘
> 事，都只提供了經過篩選的、有限的資訊。

這結論是各打五十板，貌若公正，其實提升了石刻而貶
低了《史記》。無待二千多年後，即在當年我們也只能就「篩
選的、有限的資訊」裏選擇，盡可能不是從單一的資訊裏
選擇，而是多方比對、參照。儘管是這樣，並不等於說，我
們並無可信，地下的秦陵、地上的長城等等俱在，加上北伐
南征，用民力殆盡，迅即倒臺，都不是歷史的虛幻。以為長
平之戰坑趙降兵四十萬為誇張，這純是後人對數字的主觀印
象，然則減為二十萬，就變得不再血腥？評價來自事實，但
事實與評價畢竟有別，石刻的內容，是價值判斷，與事實並
不相副。據此，則 1937 年南京大屠殺也可以不是真相，因
為某些日本人先是質疑死亡人數，再而認定這是中國人的主
觀臆造；看看廣島，日本人才是受害者啊。

解構主義對於想像的文學，創見不少，如瓦解英美新批
評（New Criticism）把作品孤立起來「細讀」的傳統，超越邏
各斯中心主義二元對立的霸權，再發展出新歷史主義（New
Historicism），好處是讓文學與歷史重新結合。新歷史主義

的名家海登・懷特（Hayden White）認為歷史的書寫，只是「文本」（text），如果真實，也只是一種假設的真實，他說：

> 歷史事件或者其他什麼，都是真的發生過，或者被認定真的發生過，但已不再可以直接觀察。這些事件，為了反映，必須構建成客體，以語言描述，以某種自然或專門的語言。後來的分析或解釋，不論是思辨科學性的還是敘述性的，都總是對先前描述的分析或解釋。這種描述是語言各種過程的成果：凝聚、置換、象徵，以及二次修訂，並宣示文本的產生。單憑這一點，就有理由說歷史是文本。（〈新歷史主義：評論〉，"New Historicism: A Comment"）

這種說法，深受福柯、德里達等人的影響，用於史學，用到極端，卻成「絕對相對主義」，所謂「歷史真相」，充其量變成相對的，暫時的，而且只是作者一面之詞，是作者的論述，假借知識來操作權力。可這麼一來，史學家要不是無意中註銷了本行的身分，也變得尷尬、曖昧，從何界定其社會職能？「絕對相對主義」推而廣之，對倫理道德，再無客觀準則，每個人都自備一套判斷，結果是解而不構，再無是非可言，誠如李斯誇誇其談的「在所自處」而已。懷特的名著《後設史學：歐洲十九世紀的歷史想像》（*Metahistory: The Historical Imagination in Nineteenth-Century Europe*,

1973），孜孜論述史學以轉喻（tropes）的形式書寫，一如文學，包括詩、小說等虛構的元素，重修辭，輕史實，或者根本不信史實，那麼史學著述的成績，是好是壞，恐怕要由文學評論家裁決。而早在二千多年前，司馬遷就做到了，但即使最激進的史學家，也不會認為司馬遷寫的是「歷史小說」。魯迅稱頌《史記》云：「**史家之絕唱，無韻之離騷。**」（《漢文學史綱要》）分別是他當仁不讓，寫的仍是繼承祖父輩以至所有太史之職的歷史，造次如是，顛沛如是，這的確是他的一家之言，相信述往事，可以思來者，歷史裏有好人，有壞人，有是，有非，有他相信的，而不是相對的，真相。

孟子說「**盡信《書》，則不如無《書》**」（〈盡心下〉），是《書》不可「盡信」，不是說「盡不可信」。歷史家和「真相」，那是天主教式的婚姻，大不了是情人的吵嘴，柴米油鹽，畢竟難以仳離。同床異夢還好，真的不再廝守，何異於叛教？歷史之作，也終究不同科學，不可能完全客觀。完全客觀的歷史，是帳簿，記的更是別人的帳。孔子、司馬遷何曾說要寫的是客觀的歷史？倘以「全盤歷史真相」之名審判，則所有歷史家都有罪，因為我們不可能全盤記錄過去。弔詭的是，「過去」其實是永恆的現在式，即「現在」無時無刻不在過去，它並且不會複製再貼上，它自己也不會走進一個個分門別類的檔案盒子裏，只有狂妄之人才自以為掌握並且表現的就是「全盤」。不過這難道說，真假之間可以和稀泥，再

無分野？

　　石刻的修辭與實踐的歧異，不免令人懷疑，嬴政對石刻的內容可能並不如後世史家那樣認真，我的意思是，石頭的話語並沒有成為他的限制，一如秦的先祖，他並不那麼在意歷史的細節。他祭泰山，誰也不知道怎麼祭法，反正魯儒生也不知道，就用自己的方式。自己的方式，也沒有記錄，所以史遷也不得而知。他重視的是，說明他的功績，大聖作治、黔首安寧，這是傳統的程式，行禮如儀；他重視的是，他是受讚美的，通過祭祠、刻石，他可以接通過去的遠祖，和周代的禮儀彌合，並且，他比他們優勝。

　　態度（信念）與行為的落差，無疑會產生「認知失調」（cognitive dissonance）。這是心理學家費斯汀格（L. Festinger）提出的理論（*A Theory of Cognitive Dissonance*, 1957）。簡單的例子是：我明白抽煙對健康不好，會致癌。但事實呢，我抽煙。因為這種情和理的矛盾，人會感覺不爽，甚至焦慮，而需尋求化解。減輕失調，辦法通常有三種：

　　一、改變態度，或者改變行為，使之統一。改變行為往往比改變態度困難。

　　二、增加新認知，以減低舊認知的力量。例如加入「科學上難以證明抽煙是肺癌唯一的成因」、「某某抽煙數十年，還不是健康長壽」之類。

　　三、調校認知。例如承認抽煙有損健康，但「人反正要

死，連這種生活小小的樂趣也放棄，則和死還有什麼分別呢」，或者「我抽得很少，既保留樂趣又不損健康」，或者「朋友都抽煙，這是分享。分煙的起源是印第安人和平的表示」之類。

秦整個統一戰爭，殺人無數，且以殺敵取首計功，我一直有這麼一個疑問：對上陣戰士的心理有否影響？這方面的研究，中國好像還沒有。美國從出兵越南，到近年阿富汗、伊拉克等戰爭，美國大兵回家後產生不少問題，難以適應正常生活，他們名為Posttraumatic stress disorder，「創傷後心理壓力緊張症候群」，簡稱PTSD，人遭遇龐大壓力後，會產生心理失調，再引發其他。荷里活以此為題材的電影多不勝數。這其實也是一種認知失調，一方面是知道殺人是不對的，另一方面是在殺人，而且是殺到外國去。除了瘋子，沒有人會對殺死另一個人感到舒服。殺人是要理由的。美國政府不是一直宣傳是為世界和平、為自由民主而戰麼？為你們清除這個清除那個，是為你們好。現代戰爭，基本上是遠距離的，甚至看不到敵方真人，將領更只安坐辦公室裏，面對熒屏，按動鍵盤而已。秦的古代戰爭，則大多近身格鬥，血腥得多。法家並沒有為正義為和平而戰的理論——看似是包袱，實有減輕心理失調之用，情緒最受困擾的美兵，是那些回家後發覺參戰的「真相」，原來與公義無關，而自己絕對不是國家英雄。法家的方法是：動之以利，先對個人，後及國家。

臨陣時還有不殺人就會被殺的問題，而秦法對逃兵又特別嚴厲。在利益的前提下，殺人的感覺，開初不舒服，然後，因為麻木，習慣了。然而，習慣了，就等於平衡了心理？

我想，嬴政統一後宣言興的是「義兵」，推行「五德終始」（因此也證明嚴刑峻法的合理性），行周禮的封禪，以「寬厚和平」為治理之道，正符合秦先祖認同的正面形象，也同樣是亟求認知的彌縫。他沒有改變行為，而是既調校又增加新認知。秦的石刻運用了諸夏的修辭套語，也是這麼一回事。

然則秦的統一規畫，確證由李斯倡議的，其實只有廢封建行郡縣。但封建的廢黜是否必然有利於秦朝，值得斟酌。這裏為世傳李斯為相，或出諸李斯的規畫，做一小結：

一、李斯為相：為期甚短，至始皇三十四年（前 213 年）始見稱號，少則五年，多則十年；在秦兩朝最高只任左丞相，排行第三。

二、平度量衡：實際提出、推行者乃丞相隗狀、王綰。

三、車同軌：闕疑。

四、書同文：闕疑（許慎提出李斯，許距秦三百年）；唯一依據是李斯曾書寫小篆範本。但通行的是秦隸。

五、石刻頌辭：闕疑（劉勰、酈道元推論出自李斯，兩人距秦七百年），強加折衷，書法容或出於李斯，文辭則屬儒生。可這麼一來，李斯是否書不由衷？

六、廢封建行郡縣：李斯。

26 「想像的理解」

未說李斯文章之前，且先回到司馬遷的〈李斯列傳〉。李斯第一篇見於《史記》的文章（後人稱〈諫逐客書〉）寫於秦王嬴政十年（前 237 年）。

嬴政十三歲時登位（前 246 年），仍以呂不韋為相，稱「仲父」。九年後二十二歲，開始親政（這是秦制，惠文王、昭襄王都是這個年齡行成年冠禮；比其他諸夏遲兩年），據傳與太后私通的長信侯嫪毐企圖趁機政變，失敗車裂而死；翌年，呂不韋也被罷免相職。再後一年，不韋因為仍然廣納賓客，被逐遷西蜀而自殺死。短短三年，嬴政把內宮、朝廷收拾，真正全權在握；也是這一年，他接受宗室的建議，下令驅逐所有客卿。

李斯在名單之內。司馬遷的〈李斯列傳〉起筆先寫他年輕時在祖國曾任小吏，緊接着是一則頗富象徵意味的故事：

> 李斯者，楚上蔡人也。年少時，為郡小吏，見史舍廁中鼠食不絜，近人犬，數驚恐之。斯入倉，觀倉中鼠，食積粟，居大廡之下，不見人犬之憂。於是李斯乃嘆曰：「人之賢不肖譬如鼠矣，在所自處耳。」

李斯是楚國上蔡人（今河南駐馬店上蔡縣），蔡本是周武

王弟度的封地，春秋初即為楚兼併，後轉而歸吳，至西元前
447年終為楚所滅。蔡初都於上蔡，受楚脅迫，遷都呂亭，
稱新蔡（今河南新蔡）；後再遷州來，稱下蔡（今安徽壽縣）。
如今上蔡李斯故里尚有若干遺跡，2013年我曾專訪上蔡，只
見李斯墓後大片農田，仍是鄉郊地方。

李斯生年不可考，錢穆《先秦諸子繫年》所附通表推為
前280年，純為估算。他臨刑前對中子說，想回到上蔡故里
與兒子牽黃犬獵野兔已不可得，昔年這牽犬獵兔的中子應有
七至十歲，據此計算，下刑時或已過而立之年。李斯既曾為
楚小吏，入秦時或有三十歲，至秦二世二年七月下獄（前208
年），留秦時間，約四十年。

當年的楚，國土既有湖南、湖北，還包括河南的陳、
蔡，不可謂小；再上溯二百五十年前，孔子曾在陳蔡兩地絕
糧。只是照李斯看，是「**不足事**」。當時不足事的楚王，應
是楚考烈王（約前278年－前238年），春申君黃歇為令尹，
荀子為祭酒。前241年楚曾與諸侯伐秦，無功而還，但是否
那麼「**不足事**」？

廁鼠吃的是穢物，要逃避人和犬。倉鼠則吃好住好，
不用提心吊膽，他於是感嘆：人的有出息沒出息，不過像耗
子，就看身處的環境而已。環境不同，乃有不同的表現。環
境決定人的命運，但他的賢或不肖，與品德無關，指的是地
位。這句結語，反映李斯的價值觀，他的一生，經歷不同的

處境，在太史公筆下，他的確有不同的應對，有時更不惜自我作對。然而這畢竟是一種耗子心態，自我異化，無論住在舍廁抑或糧倉，其行為仍然是偷，分別在易難與多寡，並不光明正大。我們不必深究：這句獨白，太史公從何聽得呢？英國歷史學家愛德華‧卡爾（E.H. Carr）半世紀前的《什麼是歷史？》（*What Is History?*, 1965）其中有一個提法：「想像的理解」（imaginative understanding），他認為歷史證據不免支離破碎，而且不斷流失，歷史家在重建一個歷史人物時，理解之餘，不得不借助想像，他說：

> 歷史家不能寫作歷史，除非他對筆下的人物獲得心靈的溝通。

對懷特、基恩‧詹金斯（Keith Jenkins）等人而言，卡爾已嫌過時，但對這提法，應該沒有異議。儘管卡爾認為歷史的發展總朝向進步，也未免太樂觀。《史記》中記述的人物，許多地方的確可當「想像的理解」看，最著名的例子是始皇出巡，項劉見了，各有不同的獨白。史遷的歷史敘事，喜歡直述，有時是引用，有時卻是戲劇性的代入，他自言「好學深思，心知其意」（〈五帝本紀〉）也是這個意思。錢鍾書則說：「馬遷奮筆，乃以哲人析理之真通於史家求事之實。」他讀《左傳》，又說：

> 史家追敍真人實事，每須遙體人情、懸想事勢，設身局中，潛心腔內，忖之度之，以揣以摩，庶幾入情合理，蓋與小說、院本之臆造人物、虛構境地，不盡同而可相通。（俱見《管錐篇》）

「新歷史主義」一詞乃格林伯雷（Stephen Greenblatt）所創，他認為歷史的書寫，是一種「協商」（negotiation），歷史事件只是素材，素材由史學家挑選，再經過史學家的語言建構，那既是個人的，又同時融合了複雜的社會語境，蒜皮小事，看似無關宏旨，卻往往可以發掘出象徵意義，所以有詩性，有想像，同時是文化、意識形態的交流、調協，是不同時空、不同心靈的對話。然則，歷史即使只是「文本」，這說法卻也告別了解構主義所云：文本之外，再無所有。

李斯這種耗子的心態，是史遷對他後來種種選擇的理解，見其然，解釋其所以然，而且回到最早的根源取態：那是人喪失主體、自我異化的結果。而這，並非毫無根據，試看戰國後期的社會風氣，張儀、蘇秦等人的活動可知。《史記》記蘇秦未顯達時備受親戚歧視，然後一朝富貴：

> 蘇秦之昆弟妻嫂側目不敢仰視，俯伏侍取食。蘇秦笑謂其嫂曰：「何前倨而後恭也？」嫂委蛇蒲服，以面掩地而謝曰：「見季子位高金多也。」蘇秦喟然嘆曰：「此一人之身，富貴則親戚畏懼之，貧賤

則輕易之，況眾人乎！且使我有洛陽負郭田二頃，
吾豈能佩六國相印乎！」（〈蘇秦列傳〉）

　　這個一人之身，由於在所不同，被前倨而後恭；然則
這個賢不肖的「自我」，也不是既定的，可以揚棄，可以堅
守，就看人的選擇。李斯並不懂得後世的唯物史觀：存在決
定意識。社會存在是所謂第一性，社會意識則為第二性。但
社會不會一成不變，最終社會變動會引起意識的變化。而
另一方面，這種理論也不否認，人的社會意識也有自行發展
的規律，獨立於社會存在。意識與存在的變化更不一定同
步，有時滯後，有時卻會超前。恩格斯晚年寫信給約‧布洛
赫，說：馬克思和他都並不以為歷史最終由經濟狀況決定，
經濟是基礎，但還有其他上層建築的條件起作用：政治的、
法律的、哲學的，以至宗教的。要是有人說經濟是唯一決定
性的因素，那是歪曲，令命題變得毫無意義、抽象、無稽。
（Engels to J. Bloch, in Königsberg, 1890, Sept., 21-22）

　　而李斯懂得的，是順勢：掌握時機，時機一到，就不要
放過（後文云「得時無怠」）。但時機只給與有備之人，於是
他跟荀卿學習帝王之術。注意，是帝王之術，即儒者的所謂
「外王」，而不是荀子全部的學問：

　　　乃從荀卿學帝王之術。學已成，度楚王不足
　　事，而六國皆弱，無可為建功者，欲西入秦。

當時荀子正在楚國，奉為祭酒，無疑是先秦最後一位學問大家。李斯見楚王不成器，六國俱弱，而秦則雄心勃勃，乃西去入秦。戰國後已無共主，國家觀念薄弱，所以有「楚材晉用」之說（《左傳》襄公二十六年）。廉頗曾埋怨賓客勢利，浮則來，沉則去。一個答：「夫天下以市道交，君有勢，我則從君；君無勢，則去，此固其理也，有何怨乎！」（《史記·廉頗藺相如列傳》）這反映一種順勢之客的心態，天下就是一場買賣，自己是貨品，沿市兜售，勢高者得。這是戰國的「市道」。可另有一種，則抱持「士為知己者死」。兩者其實都不問是非對錯。李斯顯然是前一種。他辭別老師時說了一番道理，司馬遷說他「學已成」，儼然是古代版的「謝本師」：

> 辭於荀卿曰：「斯聞得時無怠，今萬乘方爭時，游者主事。今秦王欲吞天下，稱帝而治，此布衣馳騖之時而游說者之秋也。處卑賤之位而計不為者，此禽鹿視肉，人面而能強行者耳。故詬莫大於卑賤，而悲莫甚於窮困。久處卑賤之位，困苦之地，非世而惡利，自託於無為，此非士之情也。故斯將西說秦王矣。」

謝辭的內容：一、當今強國爭勝，重用游士說客，正是時機，不能怠誤。二、列強中以秦王最有志吞併天下，機會

就在秦國；他自以為是布衣的「游說者」。三、這時候地位卑賤而不打算有所作為，就像禽鹿不吃肉（吃肉應是豺狼），外表像人，其實是苟且存活。所以，他的結論是：長處卑下的地位、困苦的環境，卻非議世俗，厭惡名利，標榜自己與世無爭，這不是士人的真情。因此自己要到西方秦王那裏去游說。

其中三次提到「卑賤」，指的是地位，有了地位，也就有了財富。當他指出卑賤是最大罪，窮困最可悲，真是恨之入骨。並且認定列國爭勝，正是游士說客的好時機，這毋寧更像鬼谷子的學生。對士的責備，衝着老師而來，也失敬冒犯。他這個「士」，說的坦白，實乃戰國蘇秦張儀一類游士，所表現的「情」，則是對名利的渴求。這，跟荀子的價值觀完全相反。史遷沒有寫荀子的反應，豈能沒有反應？

27　荀子對李斯的回應

荀子的回應，其實已見於《荀子》各篇。《史記·呂不韋列傳》載呂不韋食客三千，「是時諸侯多辯士，如荀卿之徒，著書布天下」，可見荀子早有著作行世。略舉二、三：

> 志意修則驕富貴，道義重則輕王公。內省而外物輕矣。……士君子不為貧窮怠乎道。（〈修身〉）

君子恥不修，不恥見汙；恥不信，不恥不見信；恥不能，不恥不見用。是以不誘於譽，不恐於誹，率道而行，端然正己，不為物傾側，夫是之謂誠君子。（〈非十二子〉）

夫仰祿之士猶可驕也，正身之士不可驕也。彼正身之士，捨貴而為賤，捨富而為貧，捨佚而為勞，顏色黎黑而不失其所，是以天下之紀不息，文章不廢也。（〈堯問〉）

荀子清楚表明：重視的是品德修養，並不嫌貧。富貴不過是外物。在同一篇〈修身〉，他區別富與貴，能恭敬忠信、禮義愛人，則「雖困四夷，人莫不貴」。恥辱又是什麼呢？是品德不好、不誠實、無能，而不是被人污衊、不受信用。因此，君子不受誘惑，也不被誹謗嚇退，行事遵循道義，嚴肅地端正自己，不被外物弄得把持不住。而士有兩種：「仰祿之士」、「正身之士」，仰祿之士，君主當然可以對他傲慢無禮。相反，正身之士，君主卻不得不尊重他，他貧賤而自重。總之，師徒對卑賤貴富的看法截然不同。荀子繼承孔子，追求的是價值，李斯呢，是價格。

較接近李斯的話，或見於荀子〈不苟〉篇這幾句：

人之所惡者，吾亦惡之。夫富貴者，則類傲

之；夫貧賤者，則求柔之。是非仁人之情也，是姦
人將以盜名於暗世者也，險莫大焉。

人厭惡的，我也厭惡。見人富貴，就對他粗暴傲慢；見
人貧賤，就對他盡量寬柔；這不是仁人的真情，而是奸邪之
人拿來盜名欺世罷了，這是最大的危險。但只學前文幾句則
是割裂，一如孔子在《論語》說：「富而可求，雖執鞭之士，
吾亦為之」，要旨是：「不義而富且貴，於我如浮雲。」

〈不苟〉前文曾指出，所謂「士」，有通士，有公士，有
直士，有愨士（愨，謹慎；音確），也有小人。荀子說：「言
無常信，行無常貞，唯利所在，無所不傾，若是則可謂
小人矣。」孔子罕言利，孟子說「何必曰利」，荀子講利，但
否定唯利是圖，他說：

榮辱之大分，安危利害之常體，先義而後利者
榮，先利而後義者辱。（〈榮辱〉）

汲汲追求富貴，並非不道德，但以貧賤為恥，看不起自
己（「如鼠矣」），並且說得振振有詞，春秋人少見，但戰國
後禮壞樂崩，已成游士的風氣。以地位低微為恥以貧賤為悲
之人，照荀子所言，根本稱不上「士」，而是小人。這所以錢
穆認為李斯這段臨別之言是後人貶視李斯而添加的。但不能
說史遷白造，因為這倒符合李斯後來的行徑。他從學荀子，

看來也是一種對名師的趨炎附勢。

28 荀子之說

《史記》的敘述兩次挪用荀子，分別在李斯名成利就的前後，彷彿荀子對李斯影響至鉅。如果荀子真曾為李斯的老師，我們不免會追問：所謂李斯「學已成」的荀子「帝王之術」為何？這問題必須清理。

荀李對帝王的治術，相通之處，一般以為乃認定人本性惡而產生的法治主張。學生對老師，即使學成，仍不免因應先天的品性後天的環境，另有選擇、偏重，以至不同的發展；而李斯則把法治推到極端。過去有一種理論，認為荀子既為韓非李斯的老師，主張性惡，其學說是中國古代由禮至法的變遷奠定基礎（郭沫若、杜國庠）。金景芳、李澤厚等並不同意，金氏否定這種傳承關係，指出彼此實則水火不容，韓李發揚的是商鞅申不害那一套（見《荀子二十講》）。學理的討論，不妨仁智互見，也應該是這樣。通觀《荀子》，禮是關鍵詞，他也講法，那是吸收春秋戰國從子產、商鞅、申子、慎子等早期法家的學說，再審時度勢，加以整合，其中有協調、修訂，也有所堅持；他的法，是受禮約束的。

戰國末期，時局劇變，荀子三次做稷下學宮的祭酒，曾總結諸子的學說，指斥他們「欺惑愚眾」（〈非十二子〉）；但

他畢竟最尊崇孔子、子弓（子貢），提出「*禮義之統*」。他認為人本性惡，故需以法管理，法治很重要，卻由禮義統攝，「*禮者，人道之極也。*」（〈禮論〉）當代科學揭示遺傳基因DNA若干謎團，指出DNA自私自利，一味尋求自我繁衍。這樣看，先秦諸子對人性的論辯，以荀子最接近遺傳基因的說法。不過倘全盤接受這種說法，但憑這一點根據，再加放大、渲染，實無助人類的演化、發展；相反，唯利是圖，再把自私自利合理化，人類根本無法生存。人類走過茹毛飲血、弱肉強食的歲月，要是以為道德價值不是先天所既有，可也不得不承認道德經過長期的積澱，形成後天的制約。而文明之能建立，即在人類吸收了經驗，會團結互助，有取捨，能超越。例如動物為了繁衍，大多一夫多妻，為了自我的繁衍，往往殘殺並非自己的骨肉，人類社會的男性可並不能據此成為濫交濫殺的藉口。

何況，動植物包括人類在演化的過程顯示，基因並非一成不變，而深受環境的影響，例如說人類失去了嗅覺受器基因，嗅覺不如其他哺乳動物，但我們獲得了色彩的視覺。基因突變，名字嚇人，好像總與疾病相關，但也不一定，人類之為人類，其實也是從類人猿經過無數次的基因突變。設使一個華人在英國出生、成長，所謂BBC，與英國人相處，膚色他改變不了，但其語言與生活方式、思維習慣已經內化，當與英國人無異。再經過兩三代的通婚，其膚色也可以改

變。

先民是母系社會，難道我們就遺留母系社會的DNA？當代社會，歧視女性的地方仍佔大多數。若干由女性掌權的社會，則難道是母系社會DNA的修復？社會先我們而存在，我們學習説話，那其實是別人的語言。人在群體裏生活，必須建立並且接受各種形式的規矩，規矩或大或小，或寬或緊，或因時因地而異。你可以不認同、反抗，那是後話。無政府主義，原來也是一種主義。就説人類的遺傳基因是自私自利吧，從功利主義的角度着眼，人求自利，也需他利；人要自尊，為長遠計，也同時要尊人，否則爭鬥不息，永無寧日，對彼此都有害。利他其實也是自利。兩位研究基因的學者孔憲鐸和王登峰合著的《基因與人性》云：

> 人性中動物性變化很小，文化性變化很大，人類可以説是以文化裝備起來的動物。文化是人性的外衣。在人類進化的初期，也即文化發展史的早期，文化是專為動物服務的，人處於主導的地位。隨着工具逐步代替並解放人力，文化也日益發達而日趨佔主導地位。人類雖然是文化的創造者，但也是被文化塑造的產品。因此文化一旦形成，就會反過來強烈地支配人的本質。

人類的演化，處境不同，塑造了多元歧異的文化、不一

樣的民族性格，是否真有所謂「本質」，這是另一問題，且存而不論。孔子孟子當然都不承認動物性為人性的主宰。孔子說：「我欲仁，斯仁至矣。」（《論語·述而》）又說：「為仁由己，而由人乎哉？」（〈顏淵〉）這是說道德價值自我主宰，要行仁義的話，無需外求。孟子為之發揚光大，認為仁內義內，人與動物只有那麼一點點的分別，這一點點的分別，卻是人禽的大別。這好歹是中外哲學一家之說，其解釋人之行善，斬釘截鐵，直接到位；把性善喻為「善端」、「微明」，都很精審，說人性裏有善，是開端而已，是晨光初露而已，絕非不勞而永逸，而必須加以鞏固，並且擴充，否則就被後天的惡雲劣霧所污染，失去了。孟子充分肯定環境的影響，是以流傳孟母三遷的故事。荀子生於戰國末期，目睹更多的欺詐、殺戮，各國無不自私，讀書人很少不自利，因而認定人本性惡。但他並沒有離棄儒家的基本立場，充其量是禮法並舉，以法援禮。禮和法即是對性惡發展的否定。

照韓非的說法，戰國末流傳最廣的是法家的《商君書》、《管子》，〈五蠹〉云：「今境內之民皆言治，藏商、管之法者家有之。」而荀子當時處身的世局，秦國已勢不可擋。荀子的〈強國〉篇載秦相范雎問荀子入秦看見些什麼。荀子美稱秦國好像已臻「治之至」，肯定秦以法治理，但仍然只能稱霸，不能稱王，他最後說：「則其殆無儒耶？」這是反詰，為什麼完全不用儒術？這是反高潮，點到即止，這其實是荀

子對當下流行學說的一種回應，用心不可謂不苦。儒術治國的效用，在〈儒效〉篇有更詳細的解說，文中記秦相之後秦昭王問他：「儒無益於人之國？」說是「問」，先已有了答案。荀子才從正面回答：

> 儒者法先王，隆禮義，謹乎臣子而致貴其上者也。人主用之，則勢在本朝而宜；不用，則退編百姓而慤，必為順下矣。雖窮困凍餧，必不以邪道為貪；無置錐之地而明於持社稷之大義；嗚呼而莫之能應。然而通乎財萬物，養百姓之經紀。勢在人上，則王公之材也；在人下，則社稷之臣，國君之寶也。雖隱於窮閻漏屋，人莫不貴之；道誠存也。……儒者在本朝則美政，在下位則美俗，儒之為人下如是矣。

儒者進退有道，絕非「無益」，倘不獲任用，則退而編戶為百姓，也會很謹誠（「不用，則退編百姓而慤」），雖窮苦，也會謹守正道。倘獲任用，則是「社稷之臣，國君之寶」，在朝能美政，在野能美俗。其典型其實是孔子。文中他根據品德與學問，分儒者為俗儒、雅儒、大儒。不過《史記》並沒有提及荀子訪秦，荀子也未必不曾訪秦，但〈強國〉與〈儒效〉還不能肯定是荀子之作。無論如何，王與霸兩者，孟荀的態度有異，孟子在戰國初期根本否定後者，在戰國末

期的荀子，不得不再退一步，不再否定「霸」，但「王」才是理想。時代畢竟不同了，孔子禁篡弒，百年後的孟子，眼見篡弒太多，已無可能重建周文，只好換一個說法，那些被誅的只是「獨夫」。

思想家議政，豈能不因應時勢而調整策略；調整，並不是公孫鞅那樣改變立場。〈議兵〉篇載荀子與李斯師徒正面的對答，李斯認為秦四朝勝利，並非仁義所致，而是「**以便從事而已**」（便其所從之事），行仁義則諸多不宜，只會礙事。荀子的答覆是：你說的便，是「**不便之便**」，是「**末**」，是「**末世之兵**」，我所說的仁義，是「**大便之便**」，是「**本**」，是「**仁義之兵**」。那是短期效用與長期治世，治末與治本之別。這其實正是秦朝興亡的癥結。他指出：「**兼併易能也，唯堅凝之難焉。**」所謂「**堅凝**」，是凝聚人心，不搞分裂，令「**士服而民安**」。這是說要取得天下不難，難在凝聚民心，獲得長治久安。然後他舉了許多兼併了土地，卻不能堅凝人心，最後失敗的例子。不過〈議兵〉也未必是荀子所親作。

荀子〈性惡〉篇云：「人之性惡，其善者偽也」，這所謂「偽」，是指借助禮義的學習，矯正其惡性，與孟子「**乃若其情，則可以為善**」不同，孟子認為人之為善，並無勉強造作。然則荀子必須回答一大問題：人為什麼會行善？或說是為名為利，或為基督教所謂贖罪，或為佛教所謂脫離沉淪苦海——好歹不失為理由，到了大匠康德，才另有說法。

對善惡的判斷，一般都視乎行為的結果，康德不同意，他認為斷定至善的行為，只看它是否來自本身善的意志。他在《實踐理性批判》中分析，事件的發展按照自然規律，人的行為選擇則遵循道德法則，兩者都以命令形式表現，前者為「假言命令」（hypothetical imperative），後者為「定言命令」（categorical imperative）。前者是「實然」，後者是「應然」。所以稱做「定言」，且是「命令」，因為這不單是先驗的、必須無條件地遵從，更是一種強制的誡命、法則，即使違背自己的偏好，也應當如此，必須如此，而不問結果，不會考慮因行善而獲得的好處，即或是為自己或者別人的幸福，那些都是把行善作為手段而已。所謂先驗，是排除了經驗的條件。他在《道德的形而上學的基礎奠定》中界定：如果善行是為了別的目的而作為手段的，那就是假言命令；如果善行就自身而言，且表現為合乎理性意志的原則，那麼就是定言命令（或作斷言命令）。所以，假言是「他律」；定言是「自律」。至於「應然」能否成為「實然」，要看人的理性意志。問題在人會因為這樣那樣的原因，做出反理性意志的選擇。

荀子貶斥思孟學派，但他對形而上的思辨，顯然遜色，他在〈性惡〉裏回答人何以行善，自我設問，其論證很薄弱，甚且站不住腳：

> 凡人之欲為善者，為性惡也。夫薄願厚，惡願

美，狹願廣，貧願富，賤願貴，苟無之中者，必求於外；故富而不願財，貴而不願勢。苟有之中者，必不及於外。用此觀之，人之欲為善者，為性惡也。今人之性，固無禮義，故強學而求有之也；性不知禮義，故思慮而求知之也。然則生而已，則人無禮義，不知禮義。人無禮義則亂，不知禮義則悖。然則生而已，則悖亂在己。用此觀之，人之性惡明矣，其善者偽也。

這是說，人之想行善，是因為性惡的緣故。薄的想厚，醜的想美，窄的想寬，窮的想富，賤的想貴。如果本身沒有，就一定會向外尋求；富裕了就不稀罕錢財，顯貴了就不稀罕權勢。如果本身有了，就一定不會向外尋求。由此看來，人之想行善，是因為性惡的緣故。人的本性，本來並沒有禮義，因此才努力學習而尋求掌握禮義；本性不懂禮義，才思考而尋求認識禮義。人沒有禮義就會混亂，不懂禮義就會悖逆。倘人只有本性，就只會逆亂了。由此看來，很明顯，人性是邪惡的，善行則屬人為。

因為性惡，人才行善，頗有詭辯的意味，單從「欲求」講人性，當然沒有超越之思，甚至可以不擇手段，荀子很清楚，這會是亂和悖之源，於是不得不引入「禮」和「義」去約束、節制。不過這種「無則想有，有則不求」的匱缺論，只

是單向思維，經不起循環論證。否則，好人豈不是會受不了引誘，要試試作惡的樂趣？轉過來也可以這樣攻擊孟子：人之作惡，是因為性善？而作惡之人，惡貫滿盈，會轉而行善嗎？

其次，他把形而下的物質、地位，到形而上的品德、學養，一股腦兒混同，彷彿都可以量化計算。但無和有，願與不願，如何釐定？且不論有人淡薄自甘；而以為富了就不求財，貴了就不求權，對證現實，可不是這樣。欲海無邊，嫌棄錢太多的有錢人，以及嫌棄權力太大的掌權人，極少。魔鬼手握多少權貴為了戀棧與貪婪而賣給他的靈魂？李斯就是其中之一。秦始皇霸佔了空間，還企圖永遠佔有時間。當然，荀子另加惡補：「人無禮義則亂，不知禮義則悖。」從而強調教育、環境的重要，人近朱者赤，見賢則思齊。荀子再說：「人之所以為人者，非特以其二足而無毛也，以其有辨也」（〈非相〉），這共有之「辨」是什麼呢？道德禮義而已，這令人想到孟子說的「人之異於禽獸者幾希」。

29 荀子與法家

偶讀王國維佚文〈荀子之學說〉（《王國維文集》第三卷），指出荀子的禮論與其性惡論相矛盾，一針見血，試為之分段：

人性惡也，禮外也，然則禮何所本乎？此當研究之問題也。

然荀子對此問題，非有積密之解答，唯曰：「人生而有欲，欲而不得則不能無求，求而無度量分界則不能不爭，爭則亂，亂則窮。先王惡其亂也，故制禮義以分之，以養人之欲，給人之求。使欲必不窮乎物，物必不屈於欲，兩者相持而長，是禮之所起也。」

然先王之制禮果何所本乎？〈禮論〉篇曰：「天地者，生之本也；先祖者，類之本也；君師者，治之本也。無天地，惡生？無先祖，惡出？無君師，惡治？三者偏亡，焉無安人。故禮，上事天，下事地，尊先祖而隆君師：是禮之三本也。」

然此所謂「本」者乃報本追遠之意，而非謂禮之所自出。考荀子之真意，寧以為（禮）生乎人情，故曰：「稱情而立文。」又曰：「三年之喪，稱情而立文，所以為至痛之極也。」荀子之禮論至此不得不與其性惡論相矛盾，蓋其所謂「稱情而立文」者實預想善良之人情故也。

「稱情而立文」，指古人制定守喪的禮文乃對應人情的厚薄，守喪三年之禮是表示對失去至親極度傷痛之情，則能與

這「人情」相稱的「本」，豈是生自惡性？郭店楚簡《語叢二》有云：「情生於性，禮生於情。」

李斯大概只接受荀子「貧願富，賤願貴，苟無之中者，必求於外」，惡願善、富求貧麼，則是逆難，不敢領教。韓非、李斯沒有道德思辨的煩惱，根本無需回答行善的問題。他們繞過荀子，或者經過斷章取義之後的荀子，回到商、申、慎去。從現存文獻看，申不害在法的前提下，強調「術」，但《申子》已亡佚，只有片斷留存。慎到強調「勢」，《慎子》也只有七篇。法家的主要源頭，仍是商鞅所反覆重申的「法」，商鞅及其後人所寫的《商君書》也保存得較完整。《商君書》每一篇無不說法，說務農，說農戰，並不講禮義，相反貶斥禮義詩書極尖刻。秦始皇、李斯統一後種種措施，都可從《商君書》找到依據，我甚至覺得，荀子的性惡論，以及「因無而想有」的理論，在早期法家思想裏，已見端倪，公孫鞅上奏給秦王的《商君書·算地》：

> 民之生，饑而求食，勞而求佚，苦則索樂，辱則求榮，此民之情也。民之求利，失禮之法；求名，失性之常。……其上世之士，衣不煖膚，食不滿腸，苦其志意，勞其四肢，傷其五臟，而益裕廣耳，非性之常，而為之者，名也。故曰：名利之所湊，則民道之。……

民之性，度而取長，稱而取重，權而索利。

（人的本性，餓了求食物，累了求安逸，苦了求歡樂，屈辱則追求榮耀，這是人的常情。求取私利，就會違背禮的法則；求取名譽就會喪失人性的常規。……至於古代的士人，穿衣不求溫暖，吃食不求飽足，為的是磨練意志，辛勞四肢，傷害五臟，使自己的心胸更加寬廣，並不是人的常性，這樣做，是為了名利。所以說：把名和利加起來，民眾就會順從。……

人的本性，量東西就會取長棄短，稱東西就會取重棄輕，權衡得失就會求取對自己有利的。）

這是性惡論的濫觴，「生」與「性」是同義互訓。下文商鞅再追溯性惡之源，遠自天地初生的母系社會：

天地設，而民生之。當此之時也，民知其母而不知其父，其道親親而愛私。親親則別，愛私則險，民眾而以別險為務，則民亂。（《商君書·開塞》）

（天地初開，人誕生了。這時候，人只知自己的母親而不知道父親，奉行的是愛親人、貪私利的法則。愛親人，就會區別親疏；愛私利，就會心存險惡。人多了，以區別親疏、心存險惡當要務，就會生亂。）

不過同樣認為性惡，荀子與商鞅、韓非也有重大的分

別，荀子認為經過後天教育，可以改善，也必須改善，所謂「化性起偽」（〈性惡〉）。商、韓則根本不認為能改，根本不需要改。

30 從舍人、郎官，再升為客卿

地位和財富真那麼重要嗎？到耗子置身糧倉，吃得最好住得最好，就會發覺，人和犬的威脅，只有更凶險。當李斯為相，曾因車馬甚眾令始皇不滿，馬上知機收斂。這是李斯最風光的日子。他的長子李由做三川郡守，其他兒子娶的是秦公主，女兒嫁的全是秦公子。當長子告假回到咸陽，李斯在家設宴，百官都來祝賀，門廷車馬數以千計，他又感嘆起來，這一次，史遷寫他想起老師荀卿的教誨：「物禁大盛」。遍查現存《荀子》一書，並無此語，最接近的是〈宥坐〉篇寫孔子對欹器「虛則欹，中則正，滿則覆」的觀察，得出「惡有滿而不覆者哉！」文中孔子說：「夫遇不遇者，時也；賢不肖者，材也。君子博學深謀不遇時者多矣。……君子之學，非為通也，為窮而不困，憂而意不衰也，知禍福終始而心不惑也。」這是儒家「知命守義」的道理。李斯但知過盛之害，而不知修養適中平正。「大盛」之說，不見荀書，荀子未必沒有說過，但更似是史遷的藝增，李斯真有這種反省？不過，秦簡《為吏之道》，明列吏有五失，第一條就

是「誇以迣」，意思是奢侈超過限度。李斯不是曾執掌司法部門麼？

之後李斯回顧了自己從布衣到發跡，最後說：「當今人臣之位無居臣上者，可謂富貴極矣。物極則衰，吾未知所稅駕也！」稅駕，據司馬貞《索隱》云：「猶解駕，言休息也。李斯言己今日富貴已極，然未知向後吉凶，止泊在何處也。」表面看，他既自詡權勢與財富已臻人臣之極；可又不禁憂慮起來，到了盡頭，不知如何收場。其實居他之上，還有一個右丞相馮去疾。這也可見法家治下君臣的關係，純粹利害而已，一旦權勢與財富太盛，就惹來猜忌。而作為下臣，就算自詡得意，終究不過是耗子而已，對人與犬還不能不防。只是李斯不知道，始皇一死，還有更可怕的人犬。

然則起首李斯對耗子那一聲深嘆，毋寧發自史學家的心底，這個「如鼠」的人，只怕吃得太飽，人與犬來時，再跑不動，也捨不得跑。李斯到了秦國，做了呂不韋的舍人。呂不韋覺得他有才能，薦他為秦王的郎官。他得以拜謁秦王，游說秦國已具備滅諸侯、成帝業的條件，千萬不要錯失時機，辦法是使用陰謀：派人出外以重金收買各國諸侯權貴，加以挑撥；買不到的，刺殺掉。離間與暗殺齊下，再出兵侵略。看來甚合秦王的胃口，因此擢升李斯為客卿。

但〈秦始皇本紀〉與〈李斯列傳〉的說法不同，以為計謀

出自兵家尉繚，李斯不過奉命「用事」（執行）。尉繚也是外來的魏國人。〈本紀〉記載較詳，寫尉繚獻計後，數落嬴政一番（見後文），然後逃跑了，但被追回來，擢為國尉，掌管軍事。統一後，史書上再沒有尉繚的消息，有兩個可能：一、他預見狡兔死、走狗烹的道理，終於逃之夭夭；二、嬴政記得並實踐了他的批評，把他「吃」了。現存《尉繚子》一書，過去被認為是偽書，但 1972 年山東銀雀山竹簡殘本出土，說明這本兵書曾在西漢流行，應屬戰國時著作。《尉繚子》繼承吳起治兵嚴飭法令的精神，即使人材，有殺敵的功勞，但因殺敵的號令不出於主帥，照斬不赦（《尉繚子·武議》）。但也有不盡符秦人作風之處，例如：

> 凡挾義而戰者，貴從我起；爭私結怨，貴以不得已。怨結難起，待之貴後。故爭必當待之，息必當備之。（《尉繚子·攻權》）
>
> （凡憑正義之名而作戰的，以由我方發動為貴；為了爭奪私利而結成仇怨，則以不得已而戰為貴。仇怨結成而生禍難，以後發制敵為貴。所以戰爭開始便應等待時機，停止了也應當備戰。）

> 凡兵不攻無過之城，不殺無罪之人。夫殺人之父兄，利人之貨財，臣妾人之子女，此皆盜也。故兵者，所以誅暴亂、禁不義也。兵之所加者，農不

離其田業，賈不離其肆宅，士大夫不離其官府，由
其武議在於一人，故兵不血刃，而天下親焉。（《尉
繚子・武議》）

（軍隊不攻擊無辜的城池，不誅殺無辜的百姓。誅
殺別人的父親兄長，奪取別人的錢財貨物，以別人的子
女為奴為婢，都是盜賊的行徑。所以戰爭是用來誅除暴
亂、禁止不義的。軍隊所到之處，農夫不用離開田地事
務，商人不用離開市場住所，士大夫不用離開官府，因
為戰爭是為了討伐不義的君主一個人，所以刀鋒不沾鮮
血，而天下人歸附。）

總結而言，尉繚還是認為發動戰爭要出於正義，並且要
以合乎正義的手段。而這可不是歷代秦國統治者的做法。理
論如此，卻與《史記》所載，他向嬴政提出統一的戰略不同。
無論統一的戰略是誰的主意，李斯則從舍人、郎官，再升為
客卿，一足已踏入糧倉的門檻了。入秦做官的外國人，其位
為卿，獲客禮接待，故稱客卿。然後，忽爾秦王下令逐客。

31 「請一切逐客」

《史記・李斯列傳》交代逐客的原由，云：

會韓人鄭國來間秦，以作注溉渠，已而覺。秦

宗室大臣皆言秦王曰：「諸侯人來事秦者，大抵為其主游間於秦耳，請一切逐客。」李斯議亦在逐中。

但時序並無確指。表面上是秦王接受宗室大臣的建議，導火線是鄭國間諜事件。鄭國來秦，早在嬴政登位元年（前246年），此前秦趙長平大戰，白起坑趙降兵四十多萬，又滅了西周。與秦接壤的韓，危在旦夕。韓乃想到派水利專家鄭國來秦，說是幫助興建灌渠，在陝西引涇水入洛水，渠長三百里，目的是消耗秦的國力，無閒東出。其間疲秦之計已被識破，嬴政要殺鄭國，鄭國辯說：

始臣為間，然渠成亦秦之利也。臣為韓延數歲之命，而為秦建萬世之功。（《漢書·溝洫志》）

「開初我是來做間諜的，但是水渠建成對秦也有利。我為韓延長數年的壽命，卻為秦建萬世的功績。」說得情理兼備，嬴政就讓他繼續工作。一言不足以興邦，卻差堪延長國祚。灌渠約十年才竣工，後人稱之為「鄭國渠」。這是秦國三大水利工程之一，此前是四川的都江堰，統一之後是廣西的靈渠，論經濟、政治效益，仍以鄭國渠最大。建成後，秦果然蒙受大利，灌溉鹽鹼地面積約四萬頃，關中從此真的成為糧倉，再不受水災旱災之患。韓偷生多十七年（前230年），終為秦所滅。

工程完成，工諜自然不需留。這時候，嬴政親政，年紀輕輕，兩年內就先後把嫪毐呂不韋兩大把持國政的權貴打倒。秦王逐客，應與嫪呂有關。因為嫪呂背後，各有龐大的智囊團，嫪養士一千；呂本是韓人，更有舍客三千，成員不少來自別國，並且集思廣益，撰成《呂氏春秋》一書，內容雜取儒道法家，儼然要成為秦以後治國的思維主導，在還政秦王前一年（秦王政八年；前 239 年），新書發佈，高調地宣稱能改一字者，賞以千金，這是古代最大膽也最有創意的政治宣傳；其用心是路人皆見。《呂氏春秋‧序意》云：

> 文信侯曰：「嘗得學黃帝之所以誨顓頊矣，爰有大圜在上，大矩在下，汝能法之，為民父母。蓋聞古之清世，是法天地。」

黃帝、顓頊是傳說人物，文信侯呂不韋自稱學得黃帝教誨顓頊的道理，喻意甚明，以黃帝自居，指導嬴政如何做皇帝：以天地為規矩，為民父母。而秦人自稱乃顓頊後人。嫪據說最初本由呂引進，終成敵手，令官員左右為難：「與嫪氏乎？與呂氏乎？」（《戰國策‧魏策》）看在嬴政和宗室眼中，絕對不是味兒。嬴政不滿呂氏幕後的黑手，還可見於呂不韋自殺後，嬴政下令凡到呂家弔喪的舍人，來自近鄰韓趙魏的，一概逐出秦國；而當時已廢逐客令（〈秦始皇本紀〉）。錢穆《先秦諸子繫年》引證前人論證，指出呂書許多地方譏嘲

秦王，並且指出嬴政懲罰不韋舍人嚴於嫪毐；至於世傳不韋乃嬴政的生父，是好事者為之，並不足信。

不過不韋被逐，在嬴政二十二歲登位十年（前 237 年），再十六年後才統一六國，嬴政後來種種可議可嘲之事是否已相當甚或充分顯露？統一前他還接受了不同的，甚至逆鱗的意見。如今請客出門，相對統一後對待異己的作風，客氣得多。名流，從政治到文學，包括李斯自己，往往一闊臉就變。尉繚曾評始皇，〈秦始皇本紀〉云：

> 秦王為人，蜂準，長目，摯鳥膺，豺聲，少恩而虎狼心，居約易出人下，得志亦輕食人。我布衣，然見我常身自下我。誠使秦王得志於天下，天下皆為虜矣。不可與久游。

且不論形相的醜化，但說他窮困時可禮下於人，得志時也會動輒吃人，就很可怕，但李斯計不及此，他上書勸止，這是他一生「賢不肖」的關頭，也是中國歷史轉折的關頭。秦一向只從功利的角度利用文士，因為李斯的文章，改變了政策。

32 「臣聞吏議逐客，竊以為過矣。」

下文細讀李斯的〈諫逐客書〉。他開宗明義，說官吏提議

逐客，錯了：

> 臣聞吏議逐客，竊以為過矣。

他當然知道，由宗室大臣提議，實由秦王定案，他不敢明言，就推給下屬官吏。這固然與戰國中期孟子的「說大人，則藐之，勿視其巍巍然」（《孟子‧盡心下》），不可同日而語，也可見君權日甚，臣位日卑，時勢漸然，但士人肯定不能卸責。荀子說得對：「仰祿之士可驕也」。

然後，他回顧秦的歷史，從秦穆公（繆公）說起，直到秦昭王，四君都重用外客，令秦國富強：

> 昔繆公求士，西取由余於戎，東得百里奚於宛，迎蹇叔於宋，求丕豹、公孫支於晉。此五子者，不產於秦，而繆公用之，并國二十，遂霸西戎。孝公用商鞅之法，移風易俗，民以殷盛，國以富強，百姓樂用，諸侯親服，獲楚、魏之師，舉地千里，至今治強。惠王用張儀之計，拔三川之地，西并巴、蜀，北收上郡，南取漢中，包九夷，制鄢、郢，東據成皋之險，割膏腴之壤，遂散六國之縱，使之西面事秦，功施到今。昭王得范睢，廢穰侯，逐華陽，強公室，杜私門，蠶食諸侯，使秦成帝業。此四君者，皆以客之功。由此觀之，客何負於秦哉！

向使四君卻客而不納，疏士而不用，是使國無富利之實，而秦無強大之名也。

據李斯所言，表列四君的外客名單如下：

君主		外材	國籍
春秋	秦穆公（？－前 621 年）	由余	原籍晉，後入戎
		百里奚	楚；原籍虞
		蹇叔	岐（今陝西岐山）；原籍宋
		丕豹	晉
		公孫支	岐，游於晉
戰國	秦孝公（前 381－前 338）	商鞅	衛
	秦惠文王（前 354 年－前 311 年）	張儀	魏
	秦昭王（前 325 年－前 251 年）	范睢	魏

上列人材都來自秦的上鄰下里，並不包括遠東的燕魯齊。其中以春秋的秦穆公重用外人最多，包括由余、百里奚、蹇叔、丕豹、公孫支，因此得以兼併二十國，開地千里，稱霸西戎。西周封建，諸侯雖高度自治，有政經以及軍事的自主權，並且世襲，但仍奉周天子為王；其後周天子權力日削，到了春秋，無力攘夷，乃產生五霸，五霸還是尊王的。秦穆公稱霸，還需周襄王的確認。天下原則上仍然只有一國。於是楚材可以晉用，朝秦可以暮楚，並不尷尬，主客並未嚴別。

此外，秦偏處西陲，文化落後，求材若渴，豈能看不起外人？〈秦本紀〉載春秋時穆公禮賢下士，可以一起「*曲席而坐，傳器而食*」；他引領戎使由余參觀宮殿、藏品，由余本是晉人，會說晉語，竟當面直率批評主人：「*使鬼為之，則勞神矣；使人為之，亦苦民矣。*」讀來令人不勝感嘆，一位夷使可以這樣批評，而且那麼直率。穆公既不以為忤，更稱許他，要留為己用。到了戰國中期，孟子見列國君主，也沒把權貴放在眼裏，只當他們是學生，說得不好聽，是心智未熟的成年，孟子時而誘哄，時而搶白，甚至面斥。讀書人沒有把自己當耗子。當然，另一方面，先秦君主，除了夏桀商紂幾個，多少都有禮下異見的胸襟，這固然是列國為了競爭、生存的需要，卻也是讀書人能夠自尊自重。但始皇一統天下，焚書前後，這種話，李斯之流開初不會說，之後已不能說，而勞神苦民則尤有過之。到了秦二世時天下大亂，李斯這才進諫停建阿房宮，結果下獄受刑。

戰國後期，周淪為無足輕重的小朝廷，再無共主，各國爭戰，外援更不得不借重。清代洪亮吉論證秦歷代掌政大臣，都是外來客卿，骨肉中只有樗里疾最用事（《更生齋詩文集》）。樗里疾（？－前300）是秦孝公庶子、秦惠文王異母弟，因居樗里，也稱樗里子。據馬非百《秦集史‧丞相表》統計，自武王至始皇，一百年間，右丞相十二人、左丞相九人（包括李斯），名字籍貫可考者，除樗里疾，俱為外人。先

秦學術，無一秦人。秦只出武將：白起、王翦王賁王離祖孫三代、蒙恬（祖父蒙驁本為齊人，入秦為將；三代後也當是秦人了）。

「西取由余於戎，東得百里奚於宛，迎蹇叔於宋，求丕豹、公孫支於晉」云云，嚴格而言，五子入秦，先後應是公孫支、百里奚，蹇叔、丕豹、由余。丕豹則是不求而自來。其中以百里奚最受秦人稱頌，事秦時已年七十，公孫支見而讓上卿之位給他，百里奚又另外引薦蹇叔，這三位算是春秋時外卿中能以正道輔佐秦王，其中最著名的是前647年「泛舟之役」：晉因嚴重饑荒，要向秦借糧，所謂借，是買入而已。穆公廷議。丕豹的父親丕鄭本為晉大夫，為晉惠公所殺，故逃亡奔秦；為了復仇，他主張趁機攻晉。百里奚則認為「救災、恤鄰，道也。行道有福。」公孫支也認為要借，理由卻是從功利着眼，以為「重施而不報，其民必攜，攜而討焉，無眾必敗。」穆公接納了，從水道運糧了晉。後來穆公不聽百里奚與蹇叔的勸告，攻打晉國，結果大敗，才自責沒有納諫。事見《左傳》，與《史記》之載略異。由余入秦，是秦的反間計，也是因為百里奚對戎狄的安撫，使「八戎來服」。

戰國後令秦一躍成七雄之首的，固然是孝公時重用商鞅。李斯此文百密一疏，沒有指出秦孝公曾公佈一條著名的求賢令。孝公求士，比穆公高調得多，孝公繼位時，鑑於前

朝的厲公、躁公、簡公、出子等失政，內憂外患，被三晉奪去黃河以西大片土地，到了其父獻公，才稍得安定。孝公因感七國並立，秦沒有優勢，甚至被蔑視，於是通令求賢，隆而重之，向國內外招聘：

> 昔我繆公自岐雍之間，修德行武，東平晉亂，以河為界，西霸戎翟，廣地千里，天子致伯，諸侯畢賀，為後世開業，甚光美。會往者厲、躁、簡公、出子之不寧，國家內憂，未遑外事，三晉攻奪我先君河西地，諸侯卑秦，醜莫大焉。獻公即位，鎮撫邊境，徙治櫟陽，且欲東伐，復繆公之故地，修繆公之政令。寡人思念先君之意，常痛於心。賓客群臣有能出奇計強秦者，吾且尊官，與之分土。（〈秦本紀〉）

言辭坦誠懇實，徵求「能出奇計強秦者」，不吝以高官和土地為餌，對象是「賓客群臣」，「賓客」尤在「群臣」之上，因為群臣正受秦俸。商鞅聽到號召，才西入秦國。商鞅兩次變法，奠定秦的規模，秦於是舉足輕重。

李斯列舉了四君倚重外來的人材，令秦國強大。至此，筆墨酣暢，他反詰：客卿何曾辜負秦國（「客何負於秦哉」）？話說得很絕。文中百里奚與五子混同，一語帶過：「并國二十，遂霸西戎」；重點在其後的商鞅、張儀、范雎三

人，分述他們的功績。這三人，都是法家、縱橫家者流。當年他的同學韓非並不在場，不然會代答：「（商鞅）無術以知奸，則以其富強也資人臣而已矣。」張儀呢，「以秦殉韓、魏」。范雎，「攻韓八年，成其汝南之封。」韓非分別點出這三人的不足，雖說助秦，但到頭來獲利的其實是他們自己（〈定法〉）。韓非論秦，不免成見，但誰是誰非，都無關「仁義」。

李斯繼而從外人說到外物：

> 今陛下致昆山之玉，有隨、和之寶，垂明月之珠，服太阿之劍，乘纖離之馬，建翠鳳之旗，樹靈鼉之鼓。此數寶者，秦不生一焉，而陛下說之，何也？必秦國之所生然後可，則是夜光之璧不飾朝廷，犀象之器不為玩好，鄭、衛之女不充後宮，而駿良駃騠不實外廄，江南金錫不為用，西蜀丹青不為采。所以飾後宮、充下陳、娛心意、說耳目者，必出於秦然後可，則是宛珠之簪、傅璣之珥、阿縞之衣、錦繡之飾不進於前，而隨俗雅化、佳冶窈窕趙女不立於側也。夫擊甕叩缶、彈箏搏髀，而歌呼嗚嗚快耳者，真秦之聲也。《鄭》、《衛》、《桑間》，《韶》、《虞》、《武》、《象》者，異國之樂也。今棄擊甕叩缶而就《鄭》《衛》，退彈箏而取《韶》《虞》，若是

者何也？快意當前，適觀而已矣。今取人則不然，不問可否，不論曲直，非秦者去，為客者逐。然則是所重者在乎色樂珠玉，而所輕者在乎人民也。此非所以跨海內、制諸侯之術也。

各種「色樂珠玉」，雖不產自秦，卻為秦王所厚愛，樂於收藏。然則異國的玩物則愛，異國的人材則棄，重物而輕人，這可不是「跨海內、制諸侯之術」啊。這一段細節更豐富，排比疊出，充分體現魯迅所說李斯的「文章」。不過寫秦王極度奢華的享受，篇幅竟比寫人材更多（寫人材 274 字，寫珍玩 349 字），而且如數家珍，則李斯顯然平素相當在意（時間緊迫，不容李斯再從容調查），秦王必然也以此炫耀（就欠遠東齊魯燕的寶物）。耽愛珍玩，李斯並沒有像孟子、墨子等加以否定、譴責，而是投其所好，充分表揚：「飾後宮、充下陳、娛心意、悅耳目」，「快意當前，適觀而已矣」，欣羨之情溢於言表。易言之，這毋寧反映李斯的心態和口味，果爾這是能夠吃好住好的糧倉。他後來上書秦二世，也鼓吹皇帝縱欲，說：「能窮樂之極矣，賢明之主也。」（《督責書》）秦二世本來就認定合該如此，當然稱心滿意，得其所哉。到了他自己位極三公，同樣要求吃好住好，只是還有所顧忌，因為自己不是皇帝。

而人材，對耽好「色樂珠玉」的皇帝而言，何異於另一

種「玩物」？這方面，他連韓非也不如，韓非在〈亡徵〉中列舉了四十七種亡國的徵兆，其一，「好宮室臺榭陂池，事車服器玩，好罷露百姓，煎靡貨財者……可亡也。」韓非更指斥這是「八奸」之一的「養殃」：

> 人主樂美宮室臺池，好飾子女狗馬以娛其心，此人主之殃也。為人臣者盡民力以美宮室臺池，重賦斂以飾子女狗馬，以娛其主而亂其心，縱其所欲，而樹私利其間，此謂「養殃」。（〈八奸〉）

李斯對此不單不「諫」，還「縱其所欲」，推波助瀾。而且，外國的人材，是自願來投的；外國的寶物，不仗暴力，或者武力的威嚇，物主又怎會割愛？半世紀前，秦昭襄王垂涎趙國擁有的和氏璧，既騙且嚇，就是著名的例子。統一後，嬴政這種物欲的追求更無限制，〈秦始皇本紀〉云：「秦每破諸侯，寫放其宮室，作之咸陽北阪上……所得諸侯美人鍾鼓，以充入之。」又如為了方便遠遊，發人三十萬修直道，〈蒙恬列傳〉云：「始皇欲游天下，道九原，直抵甘泉，乃使蒙恬通道，自九原抵甘泉，塹山湮谷，千八百里。」一如阿房宮、驪山，一直沒有修成。漢初《淮南子·人間訓》云始皇為了越地的犀角、象齒、翡翠、珠璣，發卒五十萬南征，到頭來主帥被殺，傷亡數十萬；作者認為修長城、征百越，是秦亡的主因。

這些「色樂珠玉」，後來入墓陪葬，再經過項羽等人劫掠，只留下殘餘，但為數仍然很可觀，仍足以成為亡國之徵。這話不是我說的，而是屠狗出身的樊噲，他隨劉邦入咸陽，《史記·留侯世家》記載：

> 沛公入秦宮，宮室、帷帳、狗馬、重寶、婦女以千數，意欲留居之。樊噲諫沛公出舍。沛公不聽。良曰：「夫秦為無道，故沛公得至此。夫為天下除殘賊，宜縞素為資。今始入秦，即安其樂，此所謂助桀為虐。且『忠言逆耳利於行，毒藥苦口利於病』，願沛公聽樊噲言。」沛公乃還軍霸上。

樊噲到底說了什麼呢？據《史記集解》記載，他說：

> 今臣從入秦宮，所觀宮室、帷帳、珠玉、重寶、鍾鼓之飾，奇物不可勝極；入其後宮，美人婦女以千數，此皆秦所以亡天下也。願沛公急還霸上，無留宮中。

李斯說嬴政，對重寶美女，卻是上下其手，「即安其樂」，無疑是「助桀為虐」。單就辭義而言，不僅不是好文章，而影響極壞。

再就文論文，寫人材悉從正面敘事，句多排比，語調仍較平實；寫玩物則語多反詰，純從負面着眼：「不飾朝廷」、

「不為玩好」、「不充後宮」、「不實外廄」、「不為用」、「不為采」、「不進於前」、「不立於側」、「不問可否」、「不論曲直」等等，這是出諸否定的肯定。論者大多認為後段較佳。我另提一些想法。前者歷時，順寫四君不同時期的外客，其實各有不同的作用：百里奚、由余五子功在安頓後防，讓秦再無後顧之憂。再然後是其他三子，商鞅主持內政，變法令秦成為軍事強國；張儀則設計向外擴張，破六國的合縱。作法上呼應秦戰略的發展，從後而內，再向外。到了范雎，則重新收拾權力日重的皇親國戚，再蠶食諸侯。

後者雖稍分地域物產，但共時並置，看似同樣有四個層次。起筆即一口氣列數秦王所收各種珍寶：昆山玉，隨和寶，明月珠，太阿劍，纖離馬，翠鳳旗，靈鼉鼓。繼而第二層寫夜光璧、犀象器、駿馬、金錫、丹青等玩好，以及鄭、衛美女。第三層寫簪、珥、縞等錦繡衣飾，以及趙美女。第四層寫寧取《鄭》、《衛》、《韶》、《虞》等異國之樂，而棄真秦之聲。要之，各種「色樂珠玉」，多舉一二不多，少列三四也不覺少，過猶不及，已屬意淫，而作用單一，沒有發展，且有重疊。

此文排偶多變的句式，影響漢賦之作，司馬相如的《上林賦》，直接借用李斯句子：「建翠華（鳳）之旗，樹靈鼉之鼓。」但漢賦這種鋪張揚厲的寫法，掩飾不了內容的貧乏與堆砌。《史記·司馬相如列傳》：「揚雄以為靡麗之賦，勸百

而諷一。」渲染奢靡的言辭一百句，規諷的話只有一句，目的是提倡正道，結果適得其反。不過揚雄、司馬相如還有諷一，李斯唯勸百而已。

歷史沒有「如果」，沒有「要不是」，歷史也斷不會一成不變地重複，但只有當我們入而能出，重新思考這些沒有的「如果」、「要不是」，歷史才產生意義，才成為並沒有完全過去的一面鏡子。如果讀書人沒有縱容甚至鼓勵統治者奢靡，要不是讀書人本身也汲汲於富貴，在開始的時候，在能夠說話的時候，向統治者進言：要廣納外材，可不要多貪色樂珠玉，歷史不一定悉如後來的發展。何以見得？嬴政統一天下之後，離宮建得已極多，仍想再多建一座，但經優人婉諷，也就不建了。《史記‧滑稽列傳》載：

> 始皇嘗議欲大苑囿，東至函谷關，西至雍、陳倉。優旃曰：「善。多縱禽獸於其中，寇從東方來，令麋鹿觸之足矣。」始皇以故輟止。

可見不中聽的話還是要說的，也必須說，問題在怎麼說。說了，則責不在己，而在對方。而李斯寫此文時，嬴政統一天下尚未成功，仍需努力聽諫。唆誘君主多貪色樂珠玉，貴族張良說是「助桀」，沒怎麼讀書的小民樊噲則說得更直接到位：稍留都足以「亡國」。姑且撤除這些「如果」，就照李斯的思維邏輯，撤除價值的判斷吧，則他的論述也不

是完美的。他說：「然則是所重者在乎色樂珠玉，而所輕者在乎人民也」，是要求兩者同等對待，勿分輕重。其實不對。輕重是要分的，不過顛倒過來，人不是與物同等重要，而是更重要：很簡單，秦王得以享受外來的色樂珠玉，能否繼續享受並且享受得更多，實有賴外來的人材；失去人材則不能保所得，人材能令色樂珠玉不失且能增加已得。

最後，李斯再指出五帝三王之所以無敵，是不排斥眾庶：

> 臣聞地廣者粟多，國大者人眾，兵強則士勇。是以泰山不讓土壤，故能成其大；河海不擇細流，故能就其深；王者不卻眾庶，故能明其德。是以地無四方，民無異國，四時充美，鬼神降福，此五帝三王之所以無敵也。今乃棄黔首以資敵國，卻賓客以業諸侯，使天下之士退而不敢西向，裹足不入秦，此所謂藉寇兵而齎盜糧者也。
>
> 夫物不產於秦，可寶者多；士不產於秦，而願忠者眾。今逐客以資敵國，損民以益仇，內自虛而外樹怨於諸侯，求國無危，不可得也。

「地無四方，民無異國」，話說得漂亮，但「王者不卻眾庶」，秦王卻的可不是「眾庶」，再而「今乃棄黔首以資敵國，卻賓客以業諸侯」，這是中文修辭的互文，把「黔

首」和「賓客」打通，明顯放大了被逐的名單，賓客其實有大小官職，英語的所謂expatriate，身分與待遇俱不同於眾庶，這是全體與局部、一般人民與外援之別，九卿中掌管歸義蠻夷的典客尤其清楚。黔首則是秦對眾庶的通稱，指平民以黑巾裹頭，或與尚黑有關；〈秦始皇本紀〉云這是始皇統一後「更名民曰黔首」。不過此名戰國時已見，《呂氏春秋》也用，統一後石刻仍稱「黎民」、「黎庶」（泰山石刻：「親巡遠方黎民」）。李斯既是客卿，當不用頭裹黑巾。而「眾庶」或「黔首」實卻棄不得，也不可能卻棄。《商君書‧徠民》載商鞅變法，為了誘徠三晉移民，賞賜他們良田住宅，更免除三代十年的徭役，條件相當優裕，這些從敵國來投的人被美稱為「歸義」。文章並非商鞅手筆，畢竟反映秦在戰國前期的政策。「歸義」移民已有一百多年的歷史。事實上，東周是中國歷史巨變之期，人口大量流動，秦禁「擅徙」，但不斷兼併、拓土，又時而大量移民實邊，相對原居民來說，秦人反而是外人。在中國歷史上，秦是出諸政治考量，統一前後調動民眾最多最頻的朝代。然則黔首的身分如何釐定、劃清？

《史記》載宗室大臣議，但云：「請一切逐客」，一切猶言「盡逐」，但所盡逐之客，究何所指，是否包括秦的新移民？歷來論者，多未加深究，好像不說自明，只有馬非伯《秦集史‧客卿表》指出客卿有廣狹二義，狹義的客卿，「乃一特定之官名，專為位置某種諸侯人之來仕於秦者而

設」，並引《戰國策》注云：「韓重客卿，位在相國之下一等。」秦與此同，可見官位甚高。至於廣義的客，「則不限於有無拜為客卿之事實，舉凡諸侯人之不產於秦而來仕於秦者」，然則這時李斯的身分，應屬於後者。「請一切逐客」的客，則二者俱被逐，而二者有或大或小的官職，與黔首有別。要逐所有外客，可以的；要逐所有黔首，就當是外來移民吧，則實無可能。這當然不是嬴政的本意。李斯說：「棄黔首以資敵國，卻賓客以業諸侯」，卻棄黔首與賓客，而助長敵國諸侯，這當然是致命傷。但其實李斯偷換了概念，奇怪這許多年來，竟沒有人揭穿。這之前，在描述外物時已有伏筆：「是所重者在乎色樂珠玉，而所輕者在乎人民也」，「人民」最初出現，讓讀者以為僅指外來之人，原來是指所有人。難道秦真要棄「黔首」、卻「人民」？

至於「地無四方，民無異國，四時充美，鬼神降福，此五帝三王之所以無敵也」，令人想到後來琅邪刻石：「古之五帝三王，知教不同，法度不明，假威鬼神，以欺遠方，實不稱名，故不久長」等等，統一前，五帝三王是無敵的，鬼神降福；統一後變成名實不稱，假威鬼神？

收結既肯定外來物品珍貴之多，也肯定外來人材願意效忠的也不少，再重申內自虛而外樹怨，會令國家危殆。

33 異域不拘，異端則拒

　　李斯此文，從正反立論，前人一致稱頌，例如南北朝劉勰（《文心雕龍·論說》）、明歸有光（《文章指南》）、清金聖嘆（《天下才子必讀書》）、林雲銘（《古文析義》）、吳楚材（《古文觀止》），然則這是他一生所有文章中最大的成果。

　　宋代李塗《文章精義》讚賞其「作文之法」云：

> 李斯上秦始皇書，論逐客，起句便是實事，最妙。中間論物不出於秦而秦用之，獨人材不出於秦而秦不用，反覆議論，痛快！深得作文之法，未易以人廢言也。

　　近人陳柱《中國散文史·反文學者李斯之散文》則指出其文學淵源，來自荀賦、楚風，以及後來有所變化，云：

> 李斯既學荀卿帝王之術，而荀卿擅長文學，工辭賦，其散文亦多對偶，為後世駢文之祖。故李斯之文辭亦甚華麗，為後世駢文文之宗。……然李斯此時身雖在秦，而秦尚未統一天下，故斯之文學猶是楚之作風也。及其相秦，一統天下，而其文體遂大變矣。

　　錢鍾書《管錐篇》言人之所未言，進一步指出李斯此文的內容命意，說：

按此書歷來傳誦，至其命意為後世張本開宗，則似未有道者。二西之學入華，儒者闢佛與夫守舊者斥新知，訶為異端，亦以其來自異域耳。為二學作護法者，立論每與李斯之諫逐客似響之應而符之契，其為暗合耶？其為陰承也？

鍾書先生認為李斯提出取人不應拘泥是否來自「異域」，此說為後世二西來華張本開宗，誠然；不過李斯之說，仔細想想，異域不限，異域的人材實所計較。倘認為李斯是單純地呼籲開放門戶，廣納人材，不要排外，以為這是對不同觀點對新知對異端論述的擁抱，恐怕是美麗的誤會。先要弄清楚，李斯鼓吹來自異域的，其實並非「新知」，尤其不是「異端」。議焚書時他即嚴斥私學之人「異趣以為高」。從商鞅說孝公，也只願意接受「霸道」之說，取人並非「不問可否，不論曲直」，法家之外的「新知」，尤其是「異端」，李斯知道這正是秦要排斥的東西。倘西學與佛學提早入秦，一定也要擯棄在函谷關外。就是春秋時來自西戎的由余，其輔秦之法也並非夷法。《韓非子·十過》載由余投秦，是見戎王耽於女樂，荒棄國政，屢勸不聽。穆公當年，則明知由余反對勞民，反對色樂珠玉，為了要賺得由余，女樂其實是他送去的反間計。三四百年後，嬴政與李斯，一個勞神苦民，另一個教唆縱樂；秦得形勢罷了，君臣實則每下愈況。而李斯列

舉的，明顯偏重法家、縱橫家者流，這是戰國後秦所重的人材，這些人急功近利，殊少人文學術的意趣，他們甚至反文化、反智。這些人是為秦兼併服務，物以類聚，而非可資開拓新思想、新觀念，他們根本就沒有這種想法。

其次，李斯倡議的是對舊制的繼承與恢復，並沒有立新，所以說為「異域」「張本」，卻沒有為「異人」「開宗」。他要求復舊，可又不是穆公當年的全舊，而是暗地裏加以刪削，門戶收得更窄。出於勢利，他不提真能夠廣納儒墨道的呂不韋，以人廢言者，正是李斯本人；下文再分析。他鼓勵縱樂；這方面不如由余，但由余固然也並非兼收並蓄，他告訴秦穆公，詩書禮樂是致亂之由。李斯後來提出「**偶語詩書棄市**」，論調同一，無疑更極端。事實上，他後來禁詩書的作為，說明他不是一個能夠容納異見新知的人，不，史上他是最不能夠容納異見新知的人。

更根本的，法家的治國思維，是絕對的齊一、單一，不容新知、異見。戰國後期流行的《商君書》，其中〈墾令〉一篇斷定是商鞅之作，為了重農重戰，云：

> 國之大臣諸大夫，博聞、辯慧、游居之事，皆無所得；無得居游於百縣，則農民無所聞變見方。農民無所聞變見方，則知農無從離其故事，而愚農不知，不好學問。愚農不知，不好學問，則務疾農。

知農不離其故事，則草必墾矣。

（國家的眾大臣和大夫，追求廣博的見聞，擅辯，
有智慧，閒居遊逛等等事情，都毫無益處；不許他們在
各縣閒居遊逛，則農民就聽不到什麼奇談看不到什麼異
能。聽不到奇談，看不到異能，那麼有知識的農民就無
從拋開舊業，愚昧的農民就沒有知識，也不喜好學問。
愚昧的農民沒有知識，不好學問，就會積極專注農作。
有知識的農民不拋開舊業，就一定墾耕農地了。）

這是愚民政策，整本《商君書》，即以此作為目標。韓非
說此書流行民間，如果是事實，對我來說，很費解，那麼一
位知識人，運用了自己的知識，著書立說，從治人的角度，
反覆論辯被治之人不可有知識。當然，知識人有許多種。只
是不知能讀書者有何感想？是自責愚笨不足竟能讀書，抑是
自以為是治民階層？是權力的「享分者」（shareholder）？獨
裁專制的社會，真正的統治者，其實只有一人；其他人只是
受令代理。代理者一旦因為這樣那樣的原因而失寵，即可替
換、丟棄。韓非也說：「今不知治者，必曰得民之心。欲
得民之心而可以為治，則伊尹、管仲無所用也，將聽民
而已矣。民智之不可用猶嬰兒之心也。」（〈顯學〉）這種
「嬰兒之心」的民眾，年齡可以不斷增長，心智卻不容成長。
愚民之說，本來也見於老子，《道德經》云：「古之善為道

者，非以明民，將以愚之也。」但這個「愚」，與法家的愚民有別。王弼注云：「明，謂多見巧詐，蔽其樸也；愚，謂無知守真順自然也。」「愚之」，是要使人民去除奸智，復歸淳厚、樸實之意。其立國理想是小國寡民，民眾要愚，君主也不尚智，無為而治；老子不以為文化、知識對人類有益。這與秦的愚民是同調而異曲。秦則野心勃勃，要統一天下，愚民，然後可以奴民。《商君書‧開塞》云：

> 民愚，則知可以王。

人民愚昧，那麼智者就可以稱王。這話清楚地揭示了法家整個治國思維的秘密：知識不是無用，而是太有用，所以不容擴散、提升；為了保障單一、絕對、自上而下的權力，則必須壟斷、獨有。福柯所論知識與權力密不可分的關係，二千多年前的中國法家，早有深切的了解。

至於范雎，為了秦爭逐天下，我們只記得他向秦昭王建議遠交近攻，更恐怖的是，他主張不要單獨佔地，還要殲敵（《戰國策‧秦策》），秦將乃有既沉又坑降卒的殘酷做法。近年發掘長平的古戰場，發覺骸骨是先斬殺，然後下土，或非生葬。但視人命如草芥，並沒有分別。馬雍據秦簡《編年記》，得出史家把范雎對秦的功績誇大了，秦在穰侯魏冉執政四十一年間，外交政策本來就推行「遠交近攻」，攻打最多的是三晉、楚，而不是燕、齊。秦因此大大擴展了疆土，攻

齊只是偶然一次的戰役。昭王登位時年紀小，由外戚魏冉攝政，長大後與長期掌權的魏冉不免產生矛盾，這讓范雎有機會從中挑撥，再而得以取代魏冉。秦取得天下，長平之戰是關鍵，主帥白起是魏冉起用的，與魏冉親善，白也因此與范雎有隙。最後范雎又向昭王進讒，把這個戰無不勝的戰魔殺了。范雎看來很會挑撥離間、奪取功勞，連後來的史學家也騙倒了。可是他自己任用親信的鄭安平、王稽，都成為了叛徒。馬雍的結論是：此人其實過大於功。（《雲夢秦簡研究·讀雲夢秦簡編年記書後》）魏冉是宣太后的異母弟，姊弟來自楚。

又如張儀，只憑三寸舌，在諸侯間讒巧欺詐，名聲很不好，連秦群臣也討厭他，並不以他為榮，認為他「無信，**左右賣國以取容。**」（〈張儀列傳〉）總之，所謂人材，不區一地一國，卻絕非不拘一格，可並不包括儒墨道各家，它肯定的一面同時否定了另一面。這種人材不過工具而已、草木而已，有時效性，用完即廢。這所以法家代表人物，或車裂（吳起、商鞅），或飲酖（韓非），或受五刑（李斯），都不得善終。也正因為有時效，此一時也彼一時，「**在所自處**」不同，當李斯後來進入權力高層，其他人如淳于越等在始皇面前議政，要求稍稍開放中央集權時，他斷然反對，變得殺氣騰騰，認定這些讀書人「**以古非今**」。可是當他提出過去四君重用客卿，對照秦王如今逐客，其實正是一種他後來斬釘

截鐵否定的「以古非今」。

34 很勢利，不提呂不韋

芸芸客卿，李斯很勢利，秦昭王之後不提，於是不提呂不韋。呂氏是否嬴政生父，歷來爭論不息，起因是《史記》和《戰國策》說法有別，後世學者各執一詞，再加上他與趙姬的糾葛，反而忽略了呂不韋為相的功績。客觀而言，秦的客卿，以呂不韋地位最高，在統一的過程裏，主政多年，對秦朝實有大功，何以榜上除名？據《史記·呂不韋列傳》所記，嫪毐夷族後，「（秦）**王欲誅相國，為其奉先王功大，及賓客辯士為游說者眾，王不忍致法。**」

不韋本人效法戰國四公子，養士三千，正是重客的表現，〈秦始皇本紀〉引賈誼〈過秦論〉云：「**天下之士，斐然鄉風。**」而其中一人向風而來，是李斯。不韋實是李斯的第一個知音，是把他引向嬴政的恩人。不提，是因為不韋罷相後逐客令出，遂成禁忌，可見為了投機，為了名利，人可以忘恩負義。當然，呂不韋的政見，並不對法家統治的胃口，尤其不對嬴政胃口，且有爭權之嫌。前述《呂氏春秋》多不對法家胃口，這裏試略舉一二。范雎倡議佔地殺人，呂書則大唱對臺，反覆提倡「義兵」：戰爭是為民請命，打倒不義。茲引《呂氏春秋·孟秋紀》其中幾段：

夫攻伐之事，未有不攻無道而罰不義也。攻無道而伐不義，則福莫大焉，黔首利莫厚焉。禁之者，是息有道而伐有義也，是窮湯、武之事而遂桀、紂之過也。

今不別其義與不義，而疾取救守，不義莫大焉，害天下之民者莫甚焉。……兵苟義，攻伐亦可，救守亦可。兵不義，攻伐不可，救守不可。

暴虐姦詐之與義理反也，其勢不俱勝，不兩立。故兵入於敵之境，則民知所庇矣，黔首知不死矣。至於國邑之郊，不虐五穀，不掘墳墓，不伐樹木，不燒積聚，不焚室屋，不取六畜。

最有意味的是，滅了東周之後，竟「不絕其祀，以陽人地賜周君，奉其祭祀」。他為相初年，即「大赦罪人，修先王功臣，施德厚骨肉而布惠於民。」（《史記·秦本紀》）這和法家的「刻薄少恩」迥異，而與荀子主張「堅凝」呼應。呂不韋在嬴政親政前，為相九年，仍然連年征伐，除秦王政第二年，記下攻魏斬首二萬，其他竟不存斬首紀錄。秦以斬敵計功，這方面的紀錄一直很清楚，八年空白，或是提倡「義兵」之故。這可見呂氏集團的三千門客，成員廣泛，仍以儒家為主導，而其中當有不少稷下學員，諷刺的是，不韋對李斯「賢之」，由於「在所自處」不同，《呂氏春秋》肯定還有

李斯的文章，李斯之「賢」，豈在德行？而是會做文章。錢穆說：「李斯入秦，為呂不韋舍人，《呂覽》之書，斯亦當預。」（《先秦諸子繫年》）秦王政十二年賜書不韋，云：「汝何功於秦？秦封君河南，食十萬戶。君何親於秦？號稱仲父。其與家屬徙處蜀！」（《史記‧呂不韋列傳》）把他的功勞與親緣勾消，呂氏因此自殺死。

此外，《呂氏春秋‧求人》云：「得賢人，國無不安，名無不榮；失賢人，國無不危，名無不辱。」這種求賢用賢之說，還有〈達鬱〉、〈期賢〉、〈贊能〉好幾篇，應與此時的李斯同調。當然，對「賢」的內涵，二人有別。李斯就是不提。於此足見李斯的所謂人材，以及秦王之所以接受的所謂人材，是有限定的。有論者以為李斯此文好處是不提自己，這時候的李斯豈能跟他舉列的名字相提？而且，這毋寧是不提之提：不提劃清界線以及非我族類的其他人。

漢人把《呂氏春秋》歸類為雜家，是內容博雜，對儒道法墨各有所取之故，這是成於眾手的特色，也可見不韋收集舍人，反而不拘一格，集思廣益之餘，也各有調節，捨棄激烈的主張，例如講法，肯定變法，但並不同意嚴刑峻罰，「令苛則不聽，禁多則不行。」（〈適威〉）；肯定戰爭，但鼓吹義戰；主張君主平靜無為，但要「勞於求人而佚於治事」（〈士節〉）。不過從其要求君主法自然（〈君守〉、〈任數〉）、順民心（〈用民〉、〈為欲〉、〈適威〉）、講德治（〈上德〉）、

納諫（〈直諫〉、〈壅塞〉、〈自知〉）、主張封建（〈慎勢〉）等等看來，畢竟傾向儒家。這其實較諸法家，中正平和得多，嬴政倘能貫徹實踐，未嘗不能成就好皇帝。我頗疑心，嬴政打倒了不韋，統一後的種種施為，儼然是要跟這個仲父對着幹，這是心理上的逆反。呂書其中有幾句，當年不以為怪，當君權至高無上以後，卻石破天驚：

> 天下，非一人之天下也，天下人之天下也。（〈貴公〉）

> 置君非以阿君也，置天子非以阿天子也。（〈恃君〉）

在天下一統，李斯倡議焚書之後，君權極度擴張，這樣的話，已不可能宣之於口。此前，早期法家大師慎到，其實也有相近的說法：

> 立天子以為天下，非立天下以為天子也；立國君以為國，非立國以為君也。（《慎子·威德》）

不過，他要天子摒棄私心而已，仍然強調君主專權，強調君主用勢。慎到是趙人，曾為稷下學者。他反對君主尊賢，認為「多賢不可以多君，無賢不可以無君」、「賢與君爭，其亂甚於無君。」（《慎子·逸文》）看來稷下學宮的先

生，的確各有所見，也各持己見，可以自由爭鳴。在秦統一之前，即使徹頭徹尾的法家，對天子與天下，君與國，其輕重後先，還是有分寸的。一般而言，出身齊魯的法家學者視野較寬廣、溫厚，近秦的三晉楚衛，就狹隘、急功得多。中國君主逐步走向獨裁專制，法家到頭來是自啃這惡果。

35 不諛媚權勢的讀書人，先秦所在多有，本來就有

論者喜頌先秦思想學術的百花齊放，其表徵是齊宣王、威王設立的稷下學宮。學宮設在齊國首都臨淄西門附近的稷下，我在臨淄尋訪，只見郊外遺址僅存一紀念碑。當年齊王為來自各地的學者提供優裕的生活物質，例如房舍、侍從，讓他們不治而議論。他們沒有政務之勞，可以自由地議政，討論學術文化，和其他人辯論，自由地寫作著書。宮中學者，無論政治與學術，俱無需統一觀點，也沒有什麼特定的任務。自由，真是思想家、創作人最可珍貴最重要的生存條件。由是產生各種各樣和而不同的學派。學宮之設，當然有歷史條件的作用，東周後王官失守，私學勃興，諸侯列國為了生存、擴張，不得不廣納人材。一個國家的興盛，強於農戰是其一，用於亂世；文化昌盛是其二，行於治世。長遠計，還是文化的影響最深廣，其實也是強國之為強國的底

氣。魯仲連，看來就是一個自由讀書人的佳例，其「義不帝秦」及「書說燕將」，一言一信，發揮了政治的作用，卻又不受利不受祿，功成身退，到看不過眼又會出山。史遷這樣評價他：

　　魯連其指意雖不合大義，然余多其在布衣之位，蕩然肆志，不屈於諸侯，談說於當世，折卿相之權。

「卿相」指趙平原君，仲連見這位趙公子，當面責他名不副實。世以魯仲連為人排難解紛，這需有兩大條件：一、不涉個人利益；二、主客之間平起平坐。然後才可能有真正的對話。魯仲連據說也出身稷下學宮。

余英時在《士與中國文化》第一章剖析，認為稷下學宮是士人最輝煌的時期，雖受薪俸而不做官，所以自由靈活得多，其身分近乎近世的自由知識分子。他否定文士是武士棄武從文而來，而論證文士這階層自有其禮樂詩書的傳統，這傳統最早由孔子、墨子建立，志於道，批評、橫議亂政。孔子固然反覆提倡君子「謀道不謀食」。孟子是否也屬於稷下學者，有不同說法，但他竟可以嚴詞面斥梁惠王「率獸而食人」，因為王有肥肉，有肥馬，而民有飢色，野有餓莩（〈梁惠王上〉）；又告誡齊宣王說：

　　君之視臣如手足，則臣視君如腹心；君之視臣如

犬馬，則臣視君如國人；君之視臣如土芥，則臣視君如寇讎。（〈離婁下〉）

沒有這種互相尊重，一切都談不上，難得的是，孟子已身處戰國。早在春秋時，子產執政，拒絕拆毀批評他的鄉校（《左傳》襄公三十一年）；晏嬰則警告齊景公陳氏「厚施」而國君「厚斂」，遲早會被取代（《左傳》魯昭公二十六年）。葆申見楚文王打獵三月不返、淫逸一年不朝，說「王之罪當笞」，這個荊王竟也接受了，並且堅持不能虛應故事，真的要臣子把自己痛打一頓，然後改過（《呂氏春秋·直諫》）。君與臣，治者與被治者，一些逆耳之言，還是會說會聽更有的會接受。日本學者谷中信一認為孟子的民本主義思想比管子、晏子他們深刻，因為源於他的性善說，由性善說而認定人皆有之的「人的尊嚴」，如所欲有甚於生者，所惡有甚於死者，甚至不吃嗟來之食，正可接通現代的人權，他引康德在《道德的形而上學的基礎奠定》的話：「人啊，你要這樣去行動，將存在於你的人格中，同時也存在於所有其他人的人格中的人性，無論何時都要作為你的目的來使用，而絕不僅僅用作手段。」谷中信一解說這是待人之道，不要把他人當作手段，而應將其視為目的。（《先秦秦漢思想史研究》）

到了荀子，格於時勢，不免有敷衍尊君之說，但論君臣關係，仍然強調「從道不從君」（〈臣道〉），並且指出「天之

生民，非為君也；天之立君，以為民也。」（〈大略〉）可是入秦後，士人成為博士，在朝廷供職，進入官僚系統，遂失去獨立性，很難不看僱主的面色。天下形勢，到嬴政親政時已大定，這時候法家一套蔑賢反智的治國理念成熟，又得李斯周青臣急功近利者流推波助瀾，於是天子大於天下，國君高於國家。統一後皇帝成為獨一無二的僱主，也就再不容批評了。

余英時說稷下學人的身分近乎近世的自由知識分子，兩者當然有別，時勢不同，知識又遠不如近世的普及。余先生另有不少這方面的研究，見於《中國知識人之史的考察》。中國的讀書人，令人想起西方的「知識人」（man of knowledge）。我記得 1970 年代初在學校讀書時讀過一本閒書，那是卡洛斯‧卡斯塔尼達（Carlos Castaneda, 1925－1998）的《唐望的教誨》（*The Teachings of Don Juan*），書中記載了這位秘魯裔美國作家追隨印第安人薩滿巫師唐望學習的經歷，以人類學為包裝。這位巫師應屬虛構，他提出要成為知識人，必須逐一通過四個敵人的挑戰：畏懼（Fear）、明晰（Clarity）、權力（Power）、老年（Old Age）。人對知識的追求，只是連綿不斷、攀山涉水的過程，這書一度很暢銷。我倒覺得頗有點中國的禪趣。我對知識人的理解是，這個人掌握了某種知識，主要是書本上的知識；知識而已，《荀子‧儒效》：「不知，無害為君子；知之，無損為小人。」

而知識會產生權力（培根名言：知識就是權力，knowledge is power；權力，或譯力量）；如何運用知識的權力，存乎一心，那是權力之後另一敵人：選擇（Choice）。這書大概已沒有什麼人看了，卻讓我初次看到知識與權力的關係。馬克思認為權力來自經濟關係的再生產。後來讀福柯，則在宏觀權力之外，另開微觀權力的新說，權力的系譜原來滲透到不論大小的各個部門。而權力也不一定是負面的，權力的運用始終是一個選擇的問題。讀書人，讀過書，有些書本上的學識，有些人因此成為君子，也有些，成為小人。一如上過高等學府，不一定就有教養。至於中國的士，如果說近乎西方的知識分子（Intellectual），則知識之外，另有承擔社會責任的天職（calling）。我想，先秦的士，不論其出身，畢竟是一特殊階層，從貴族低層下降，或者從下層庶民晉升，儘管「不治」，卻是從治理的角度看問題，對庶民是下顧，是為了更好的管治。說到底這是一種士大夫的心態，主要是身處的位置：遠低於帝王，卻也略高於庶民，他們「為生民請命」，這與「代表生民發聲」不盡同：前者並非與生民同一層面，後者則表示自己也是生民之一。士，居四民之首；士大夫更並不一定自以為是生民。時代如此，這樣說無損他們崇高的品質。反過來看，倘能超越自我的界限，尤足令人敬重。

其次，為生民請命的對象是統治者，聽眾可不是生民，生民或竟不能聽懂他們的發聲（韓非說民間多藏《管子》、《商

君書》，倘屬實，也應是指讀書人的家庭）。谷中信一有一個既有趣又深刻的提法，覺得孟子「易位」、「獨夫」之說，倘發言的對象是民眾，他就成為革命家了。二十世紀以後，知識分工，社會發展分殊，自由知識分子會因時因地，更因理想內容與實踐方式而異。但對現代知識分子的要求，有一點倒是共識，是本行專門知識之外，為公眾事務發聲。除了個別自命不凡，其發聲的對象，固然包括當權者，其立場卻大多屬於群眾，尤其屬於弱勢者。這方面的研究極多，例如愛德華‧薩義德的《知識分子論》（*Representations of the Intellectual*, 1994），大抵讀書人都耳熟能詳，不妨重溫：

> 知識分子這個體，有能力對公眾並且為公眾闡述、體現、清晰地表達訊息、觀點、態度、哲學或意見。這角色處於刀鋒之上，必須意識到自己的責任是要公開提出令人尷尬的問題，對抗（而不是製造）正統與教條。政府或集團難以收編他，他之所以存在，就是要代表那些恆受遺忘或受擱置不理的人和議題，他依據的是普遍的原則：自由和正義。

又例如齊格蒙‧鮑曼（Zygmunt Bauman）稍早之前的《立法者與闡釋者》（*Legislators and Interpreters*, 1987）：

> 「成為知識分子」即意指要超越對一己職業或藝

術派別的偏愛和專注，而介入真理、判斷，以及時代品味的全球性議題。

一句老話：知識分子是社會的良心，批評當權，跳出個人的利益小圈，維護公義。維護公義，是需要勇氣的，這可不是鼠輩所能有。鮑曼說得對：為知識分子命名，其實是自我界定；因為談論知識分子的人，總是知識分子自己。以近世知識分子的界定求諸二千多年前生活在東方獨裁帝制之下的中國讀書人，不免有以西方觀念強套東方之譏。鮑曼、薩義德等人的話，放諸西方中世紀，也會被判為異端。但如果說這完全是舶來，可又未必，吾國孔思孟等二千多年前已表現人文的自覺，這種自覺，未嘗沒有轉向平等人權的契機。二次大戰之後，經過後現代思想家像福柯、德里達等人的衝擊，精英主義備受貶斥，西方知識分子早走下神壇，啟蒙式的作者已死，對所謂「真理、正義」再無唯一的認定。這固然和知識普及，多元分化，公民社會得以建立息息相關。羅恩‧艾爾曼（Ron Eyerman）曾追溯西方知識分子的歷史傳統，認定公共空間（public space）的開放，是必要條件（《文化與政治之間：現代社會的知識分子》*Between Culture and Politics: Intellectuals in Modern Society*, 1994）。而公共空間的產生，則有賴社會的高度自由。二百多年前，康德原來早已洞察：

唯有在高度自由的社會裏，成員之間激烈地爭衡，而社會卻明定和確保這種自由，使自由可以人人共用，唯有這樣的社會，大自然才得以實現賦予人類才智稟賦的最高目標。……這才是一個完全正義的公民社會。（《從世界公民角度看普通歷史理念》）

但「完全正義的公民社會」，恐怕從來也只是烏托之邦。高度自由的世界，同時就帶來商業市場與當權政黨的壓力，尤其前者，在唯商業是視的社會，艾爾曼就指出：「**市場之力足以決定文化生產的內容。**」完美的社會不會有，但是否就要放棄對這種理想的追求？無論如何，在芸芸知識分子「自我界定」的論述中，承擔批評公共政策、關心世務，則眾口一辭，責不容卸。而二千多年前的先秦，顯然是中國歷史極為罕有的自由社會，而二千多年前吾國的「士」，關心人間事務，堅持理想，與自由知識分子未嘗有別。春秋時，孔子說：

天下有道，則庶人不議。

易言之，天下無道則庶人應當發聲。怎麼發聲？孔子的辦法是「作《春秋》」。史遷在自序裏引孔子的話：「**我欲載之空言，不如見之於行事之深切著明也。**」這句話很通達，議事說理固然要具體，文學藝術的創作是同一道理。我

們不要忘記，自序裏史遷也引了董仲舒說《春秋》的話：

> 孔子知言之不用，道之不行也，是非二百四十二年之中，以為天下儀表，貶天子，退諸侯，討大夫，以達王事而已矣。

其中最可注意的是「貶天子」，天子做得不對，是要「貶」的，因為「王事」高於天子。王事，本指朝聘、會盟、征伐等國家大事，都要合乎王道。戰國後天下更無道，是以孟子好議：「民為貴，社稷次之，君為輕」，再加上認為人皆可以為禹舜、獨夫可誅，「天與之，人與之」（〈萬章上〉），君權何來？是上天授與他，百姓授與他，但天何言哉？能表達的只有百姓，要百姓授權，這種想法再發展，不難產生民主人權的觀念。這裏不避累贅，一再重提，卑之無甚高論，其實是先秦法家之外讀書人的一般認知，法家本來也並非不知，只是心思迥異而已。以黎民為念，不諛媚權勢，不助紂為虐，這樣的讀書人，一如後世西方的知識分子，先秦所在多有，本來就有。

秦以後漢代讀書人重新抬頭，諫諍之聲仍時有所聞。《漢書·夏侯勝傳》載，宣帝最初即位，想襃揚先帝，下詔丞相御史，列舉武帝的種種功績，頌揚他對外對內都大功大德，要臣下商議建造武帝廟事宜。群臣都唯唯附和，說：「宜如詔書」。只有夏侯勝反對，夏侯勝說：

武帝雖有攘四夷廣土斥境之功，然多殺士眾，竭民財力，奢泰亡度，天下虛耗，百姓流離，物故者（過）半。蝗蟲大起，赤地數千里，或人民相食，畜積至今未復。亡德澤於民，不宜為立廟樂。

直斥先帝的失政，敢於跟宣帝唱反調。廷上公卿可沒有人能夠以事理反駁他，只是一再祭出這是皇帝的「詔書」，不辯事理，是因為沒有事理，只有長官意志。夏侯勝回答：「詔書不可用也。人臣之誼，宜直言正論，非苟阿意順指。議已出口，雖死不悔。」結果被丞相、御史大夫劾奏非議詔書、詆毀先帝，連帶支持他的長史黃霸一起入獄。後來由於天災，二人獲赦，夏侯勝再出任諫大夫給事中，並任太子老師。皇帝說夏侯勝「通正言」。錢穆《國史大綱》提出，漢初分內朝和外朝，乃有主權與治權之別，君主在內固然是天下的共主，外邊治事卻屬宰相之責，成為君權間接的限制。這當然是從好處講，要是皇帝覺得真有限制，大可把它勾消。

東漢末由於光武帝提倡氣節，讀書人積澱多年，看國家受宦官之害，這或竟是整個讀書群體最大的一次干政，結果產生黨錮之禍。魏晉時一度有「無君論」興起，以反抗造作虛偽的禮教，也是對政治壓抑的反彈。但之後此調不彈。宋明仍不乏諫諍之聲，但至高無上的君權確立，其實已不容質

疑。士的地位，畢竟已不能跟先秦相比。直到二千年後黃宗羲等人出來，我們才再聽到回響；清末受西方衝擊，產生公車上書。再然後，君主體制倒臺。

但在關鍵的時候，何以吾國的讀書人變成了軟骨頭？變得為獨裁暴政鳴鑼開路？所謂讀書人，倘無尊嚴價值的堅持，則不配稱為士。李斯說止逐客，則授受都心知肚明，只說不逐某些有利武力統一的客。歸根究柢，這始終出於一種耗子的心態，寄人倉庫，從未使自己成為有完整人格的人，成為自己的主人。工具可以替換，於是為免捐廢，此工具與彼工具，難免互相傾軋，李斯之於同學韓非就是例子，悲劇是必然的。他對始皇攻毀韓非時，云：**「韓非，韓之諸公子也，今王欲并諸侯，非終為韓不為秦，此人之情也。」**（《史記·老子韓非列傳》）何其耳熟？跟秦宗室要驅逐他的理由，有什麼分別？

秦王因此廢除逐客令。不出十年，秦滅掉最後的齊，統一全國。秦始皇之世，重用的客卿包括茅焦、姚賈、王綰、馮去疾、馮劫、王離、李信等等。天下歸一，也無所謂客卿了。

這篇文章令李斯留任，從長史升為客卿，其後升為廷尉，最後再升為左丞相。

36 「諫」是儒者的修辭

〈諫逐客書〉一文本無題目，題目是後人所加，其實並不適切。據說這是逐客令下，李斯在途中上書，裴駰《史記集解》引《新序》：「斯在逐中，道上上諫書，達始皇，始皇使人逐，至驪邑得還。」此說恐不可信。因為既已被逐途中，再申訴，而下情竟能上達帝王，真太美好。韓非囚秦，想上書始皇辯白也不可得；到了李斯自己下獄，何嘗可以向二世申訴。看來是逐令一發，他立即上奏。但文題的「諫」字大堪斟酌。倘問李斯，以至韓非，也不會同意。「諫」是儒者的修辭。

「諫」是下屬向上級、臣子向帝王一種正面的勸告。攻擊的言辭叫「訕」；取媚的，叫「諛」。這原來是中國君主時代的特產，因為君權並沒有約束的機制，君主會犯錯，必然經常犯錯，臣子於是負有進諫、規勸之責。〈詩大序〉云：「言之者無罪，聞之者足以戒。」《國語·周語》載邵公對周厲王著名的諫言：

> 天子聽政，使公卿至於列士獻詩，瞽獻曲，史獻書，師箴，瞍賦，矇誦，百工諫，庶人傳語，近臣盡規，親戚補察，瞽史教誨，耆艾修之，而後王斟酌焉，是以事行而不悖。

詩、曲、書、箴、賦等等都是聽政時來自各種管道的意見，讓天子考慮，這是為了行事正確。西周尚無專業諫官，但所有人都可以進諫，也鼓勵進諫。《左傳》襄公十四年也記了師曠近似的話。《呂氏春秋・不苟論》云：

> 堯有欲諫之鼓，舜有誹謗之木，武王有戒慎之鞀。

鼓、木、鞀都是進諫之象，可見古人既重視諫言，好的君主都會納諫。不納諫的君主，像厲王，就有危機。

春秋五霸之首齊桓公最早設置諫官之職，專責向君主進言、提醒。秦代諫官，稱為「諫大夫」，隸屬郎中令，負責顧問、諫議，無常員，多至數十人（《漢書・百官公卿表》）。後世也循例設置諫官，名號、作用或有差異，主責還是向皇帝進言，避免他犯錯。

這註定是最難做好的一份工，先秦韓非已有〈說難〉之作。要強調的是，勸告須有正面、積極的意義，目的是要使皇帝向善，至少用心是這樣；勸諫可不能是為了一己利害得失，相反，有時甚至危害自己。墨子說：「務善則美，有過則諫。」（《墨子・非儒下》）鄭玄注《周禮・地官・保氏》云：「諫者，以禮義正之。」這很重要，君主貪求物慾，偏取人材，前者是「過」，後者是「蔽」，進言的人予以放縱、強化，不以禮義勸止，就不能說是「諫」。古代的知識分子借

鑑君主獨裁的慘痛教訓，一面鼓勵君主納諫，另一面又建立諫諍之士的美好形象，繼而強調諫的作用，把「諫」仔細分析，有眾多所謂「五諫」的說法，見於《孔子家語·辯政》、《說苑·正諫》等。五諫的名目各有不同。例如《公羊傳》莊公二十四年，何休的注釋，還舉了例：

> 諫有五：一曰諷諫，孔子曰「家不藏甲，邑無百雉之城」，季氏自墮之是也；二曰順諫，曹羈是也；三曰直諫，子家駒是也；四曰爭諫，子反請歸是也；五曰贛諫，百里子、蹇叔子是也。

班固的「五諫」，索性跟「五常」（智仁禮信義）相對應，可見用心：

> 人懷五常，故知諫有五：其一曰諷諫，二曰順諫，三曰窺諫，四曰指諫，五曰陷諫。諷諫者，智也，知患禍之萌，深睹其事未彰而諷告焉，此智之性也；順諫者，仁也，出辭遜順不逆君心，此仁之性也；窺諫者，禮也，視君顏色不悅，且卻，悅則復前，以禮進退，此禮之性也；指諫者，信也，指其質也，質相其事而諫，此信之性也；陷諫者，義也，惻隱發於中，直言國之害，勵志忘生，為君不避喪身，此義之性也。（《白虎通·諫諍》）

區分甚細，不過一種諫言，往往兼有他種情態，不必一刀切。五諫之外，前述葆申諫楚文王，那是笞諫。此外，《左傳》魯莊公十九年記載這位楚文王，同樣曾過受大夫鬻拳的兵諫。總之，形形色色的諫，目的是要勸君主重返正道。

1993 年 10 月出土的《郭店楚墓竹簡》，其中《魯穆公問子思》云：

> 魯穆公問於子思曰：「何如而可謂忠臣？」
>
> 子思曰：「恒稱其君之惡者，可謂忠臣矣。」
>
> 公不悅，揖而退之。成孫弋見；公曰：「向者吾問忠臣於子思，子思曰：『恒稱其君之惡者，可謂忠臣矣。』寡人惑焉，而未之得也。」
>
> 成孫弋曰：「噫，善哉，言乎！夫為其君之故殺其身者，嘗有之矣。恒稱其君之惡，未之有也。夫為其君之故殺其身者，效祿爵者也。恒稱其君之惡者，遠祿爵者也。為義而遠祿爵，非子思，吾惡聞之矣。」

子思解答魯穆公何謂「忠臣」之問，直接了當：就是那些總是指出君主做了錯事的人（「恒稱其君之惡者」）。魯穆公聽了不高興，成孫弋對他解說：為了君主之故而招致殺身的人，不過是效忠於爵祿。總是指出君主做了錯事的人，則是遠離爵祿，為的是公義。子思就是那麼一個寧願為了公義

而離棄爵祿的人。

過去《孔叢子》一書的名聲不好，因蒙偽書之名，近年經學者李學勤等考證，認為未可以盡偽視之，其中〈抗志篇〉載了不少與《魯穆公問子思》呼應的答問，這書較少人問津，文字易讀，所以多引數例：

> 子思曰：「道伸，吾所願也。今天下王侯其孰能哉？與屈己以富貴，不若抗志以貧賤。屈己則制於人，抗志則不愧於道。」

> 衛君言計非是，而群臣和者如出一口。子思曰：「以吾觀衛，所謂君不君、臣不臣者也。」
> 公丘懿子曰：「何乃若是？」
> 子思曰：「人主自臧，則眾謀不進事。是而臧之，猶卻眾謀，況和非以長惡乎？夫不察事之是非，而悅人之讚己，闇莫甚焉。不度理之所在，而阿諛求容，諂莫甚焉。君闇臣諂，以居百姓之上，民弗與也。若此不已，國無類矣。」

> 子思謂衛君曰：「君之國事將日非矣。」
> 君曰：「何故？」
> 答曰：「有由然焉。君出言皆自以為是，而卿大夫莫敢矯其非。卿大夫出言亦皆自以為是，而士庶

人莫敢矯其非。君臣既自賢矣，而群下同聲賢之。賢之則順而有福，矯之則逆而有禍。故使如此。如此則善安從生？……」

衛君問子思曰：「寡人之政何如？」

答曰：「無非。」

君曰：「寡人不知其不肖，亦望其如此也。」

子思曰：「希旨容媚，則君親之；中正弼非，則君疏之。夫能使人富貴貧賤者，君也。在朝之士孰肯舍所以見親而取其所以見疏乎？是故競求射君之心，而莫有非君之非者。此臣所以無非也。」

公曰：「然乎！寡人之過也。今知改矣。」

答曰：「君弗能焉。口順而心不懌者，臨其事必疚。君雖有命，臣未敢受也。」

臣子對君主「無非」（沒有異議），君臣兩者都有責任。君主自臧（自以為是，此語亦見於《資治通鑑》：「人主自臧，則眾謀不進」），那麼大家就不獻進計策了。又喜歡臣子吹捧，那麼臣子或怕惹禍，或為了富貴，當然阿諛奉承。結果「君闇臣諂」，國事日非。

子思不愧是孔子的孫兒，從學於子游；他作的《中庸》，真可稱體大思深。到了戰國中期的孟子，《史記》說他自稱受業於子思的門人，他也無愧於祖師，他的見解，的確承繼子

思，且尤有過之。子游子思孟子，照《郭店楚墓竹簡》所見，應是最得孔子大同思想、選賢與能的禪讓真傳。不管你同意孟子的意見、哲學與否，他也許是先秦時代面諫君主而最能表現出不卑不亢的知識分子：

　　齊宣王問卿。孟子曰：「王何卿之問也？」

　　王曰：「卿不同乎？」

　　曰：「不同，有貴戚之卿，有異姓之卿。」

　　王曰：「請問貴戚之卿。」

　　曰：「君有大過則諫；反覆之而不聽，則易位。」王勃然變乎色。

　　曰：「王勿異也。王問臣，臣不敢不以正對。」

　　王色定，然後請問異姓之卿。

　　曰：「君有過則諫，反覆之而不聽，則去。」（〈萬章下〉）

　　齊宣王向孟子問公卿的問題，卻獲得諫道的回答。孟子指出有所不同的卿，有同宗的卿大夫，有異姓的卿大夫。王室宗族的卿大夫，當君王有重大過錯，再三勸諫，還不聽從，他們就把他廢棄，改立新君（「易位」）。宣王嚇了一跳。孟子解釋，不要見怪，君王問我，我不敢不「正對」：沒有隱瞞躲閃，老實地回答。至於異姓的卿大夫，當君王有重大過錯，再三勸阻，仍不聽從，便辭職離開。「不聽則去」，

顯然是孔門祖孫的遺教，對善養浩然之氣的孟子，這一次陳義其實並不高，而是相當務實。

這才是正諫，也是後來漢宣帝說夏侯勝的「正言」。有時，發問的是孟子：

> 孟子謂齊宣王曰：「王之臣有托其妻子於其友，而之楚游者。比其反也，則凍餒其妻子，則如之何？」
>
> 王曰：「棄之。」
>
> 曰：「士師不能治士，則如之何？」
>
> 王曰：「已之。」
>
> 曰：「四境之內不治，則如之何？」
>
> 王顧左右而言他。（〈梁惠王下〉）

（孟子對齊宣王說：「如果大王您有一個臣子把妻子兒女託付給他的朋友照顧，自己出遊楚國去了。等他回來的時候，他的妻子兒女卻在挨餓受凍。對待這樣的朋友，應該怎麼辦呢？」

齊宣土說：「和他絕交。」

孟子說：「如果您的司法官不能管理他的下屬，那應該怎麼辦呢？」

齊宣王說：「撤他的職。」

孟子又說：「如果國家的治理很糟糕，那又該怎麼

辦呢？」

　齊宣王左右張望，把話題扯到一邊去了。）

　另一次齊宣王問「**臣弒其君，可乎？**」孟子答得婉轉，實則毫不客氣：「**聞誅一夫紂矣，未聞弒君也。**」（〈梁惠王下〉）這是說殘賊之人謂之「一夫」，再不配作君，把紂那樣的一夫誅殺有何不可？他針對的是戰國時不斷篡弒的社會現實，發展了孔子春秋時留下沒有回答當「君不君」的難題。這是諫諍到了最後的出路。

37 「諫」不如改為「說」：〈說止逐客書〉

　暴君轉喻為獨夫，褫奪了君銜，於是可以誅除。孟子百年後，荀子在〈正論〉裏說得更明白，儼如孟子「誅獨夫」的注釋，也顯見這是許多年來一直困擾中國讀書人的問題：權力如何合情合理地轉移。一般斷定〈正論〉乃荀子之作：

> 世俗之為說者曰：「桀紂有天下，湯武篡而奪之。」是不然。以桀紂為常有天下之籍則然，親有天下之籍則不然，天下謂在桀紂則不然。⋯⋯
> 聖王沒，有埶籍者罷不足以縣天下，天下無君；諸侯有能德明威積，海內之民莫不願得以為君師；然而暴國獨侈，安能誅之，必不傷害無罪之民，誅

暴國之君若誅獨夫。若是，則可謂能用天下矣。能用天下之謂王。

（世間有俗人論說：「夏桀、商紂擁有天下，商湯、周武王篡奪了。」這說法不對。夏桀、商紂曾經掌握過天下的勢位，是的；但認為他們親自有過統治天下的勢位，那就不對了；以為天下在夏桀、商紂手中，那是不對的。……

聖明的帝王死了，後代有勢位而才德不足以掌握天下，天下就沒有君主了。諸侯中如果有人德行賢明、威信崇高，那麼海內人民就無不願意得到他讓他做君長；然而暴君統治的國家偏偏奢侈放縱，怎麼能殺掉他呢，一定不傷害沒有罪過的民眾，那麼殺掉暴君就像殺掉獨夫。如果是這樣，就可以說是能夠運用天下了。能夠運用天下就叫做帝王。）

荀子也以暴君為「獨夫」，可誅。在〈臣道〉也這樣說：

諫、爭、輔、拂之人，社稷之臣也，國君之寶也，明君所尊厚也，而暗主惑君以為己賊也。故明君之所賞，暗君之所罰也；暗君之所賞，明君之所殺也。伊尹、箕子可謂諫矣；比干、子胥可謂爭矣；平原君之於趙，可謂輔矣；信陵君之於魏，可謂拂矣。傳曰：「從道不從君」，此之謂也。

荀子為「諫、爭、輔、拂」的社稷之臣逐一舉例，又分別明、暗的君主，最後歸結為「從道不從君」，説得真好，荀子在〈子道〉中再引一次古書，還加了下句：「從道不從君，從義不從父。」古人的所謂「諫」，就有如此這般深厚而獨特的傳統，早期原不限於儒家，其後則成為儒家「外王」的主要論述。在儒家眼中，諫君與諫父，實同出一脈；諫之以道，以義。道和義，同一意思，重於君、父。曾子向孔子問孝，孔子從君臣講到父子：

> 曾子曰：「若夫慈愛、恭敬、安親、揚名，則聞命矣。敢問子從父之令，可謂孝乎？」
>
> 子曰：「是何言與！是何言與！昔者天子有爭臣七人，雖無道，不失其天下；諸侯有爭臣五人，雖無道，不失其國；大夫有爭臣三人，雖無道，不失其家；士有爭友，則身不離於令名；父有爭子，則身不陷於不義。故當不義，則子不可以不爭於父，臣不可以不爭於君；故當不義，則爭之。從父之令，又焉得為孝乎！」（《孝經‧諫諍》）

父親有過，固然要諫諍；過去天子無道而不失天下，就因為有諍臣，不是一個，而是一群（七，泛指多）。事父與事君，道理同一。漢初賈山上書文帝檢討秦亡，説來説去，

仍是由於拒聽不同的意見，失去直諫之士：「秦皇帝居滅絕之中而不自知者何也？天下莫敢告也。其所以莫敢告者何也？亡養老之義，亡輔弼之臣，亡進諫之士，縱恣行誅，退誹謗之人，殺直諫之士，是以道諛偷合苟容，比其德則賢於堯、舜，課其功則賢於湯、武，天下已潰而莫之告也。」（《至言》）

然則無論贊成與否，李斯此文後人題為〈諫逐客書〉，並不恰當。一來「諫」是秦前秦後儒家獨特的思維和用語，法家韓非用的是游說的「說」，只說「說難」，沒說「諫難」，完全是不同的思維與策略，試看〈說難〉起首即云：

凡說之難：在知所說之心，可以吾說當之。所說出於為名高者也，而說之以厚利，則見下節而遇卑賤，必棄遠矣；所說出於厚利者也，而說之以名高，則見無心而遠事情，必不收矣。所說陰為厚利而顯為名高者也，而說之以名高，則陽收其身而實疏之；說之以厚利，則陰用其言顯棄其身矣。此不可不察也。

（大凡進說的困難：在於了解進說對象的心理，以便我的說法能夠適應他。進說對象想追求美名，卻用厚利去游說他，就會顯得品節低下而得到卑賤的待遇，必定受到遠遠的拋棄；進說對象想追求厚利，卻用美名去

游説他，就會顯得沒有心思而又遠離實際，必定不會被錄用。進説對象暗地追求厚利而表面追求美名，用美名向他游説，他就會表面上錄用而實際上疏遠；用厚利向他游説，他就會暗地採納進説者的主張而表面疏遠進説者。這是不能不明察的。）

法家向君主進言，先要鑑貌辨色，求其所好，只講策略，不管原則；李斯此文做到了。至於強化君主的物欲，固然不合墨家的節儉，更有違儒家的「五常」，其實也不副法家的主張。秦後來的失道妄行，此文已見端倪。

前後舉了這許多，是想指出李斯進言時的文化背景、氛圍。李斯此文有「諫」的成分，——且不計其勢利之處，更不乏「諛」的地方，於是倒不如易「諫」為「説」：〈説止逐客書〉。「説」較中性，這也正合史遷所云：「**李斯上書説，乃止逐客令。**」以至他辭木師時所云：「**斯將西説秦王**」。此外，也合乎法家的思維與用詞。以游説文的角度看，此文無疑是成功的，所謂成功，是指達到秦王取消逐客令，而自己可以留效的目的。但是非與成敗，並無必然的因果關係，是的不一定成，非的不一定敗。

此文成功並非因為它是正氣、公義的，作者只是摸準秦王的好惡，且措詞引喻，世故縝密，避免刺激僱主的神經。它和《戰國策》所收縱橫游説之詞，本質並沒有分別。劉勰

在《文心雕龍‧論說》中讚譽李斯「雖批逆鱗，而功成計合，此上書之善說也。」「批逆鱗」的勇氣，還輪不到他，他起句已避重就輕，說「過矣」的是秦「吏」。韓非斥責八奸之一的「在旁」：「先意承旨，觀貌察色以先主心者也」（〈八奸〉），韓非自己做不到，他的同學可優為之。而嬴政逐客，其實也沒有強而有力的理由；更重要的，他的野心未遂，的確需要外援。

38 兩個同學為「存韓」抑「滅韓」爭辯

嬴政讀了〈孤憤〉、〈五蠹〉等文章，很喜歡，嘆說：「得見此人與之游，死不恨矣！」那是秦王政十四年（前233年），他二十四歲，第五年親政。李斯告訴他，這是同學韓非的作品。韓非是韓的宗室貴族，口吃，不擅說話，但很會寫文章，李斯自覺不如他。這是《史記‧老子韓非列傳》的記載。韓乃戰國七雄中最小最弱之國，不幸擋在秦國東出之路。這有點像德國希特拉興起時的波蘭，要征服世界，希魔需先掃平門前的障礙；以當年列國的國勢強加比較，則韓又遜於波蘭。韓稍早之前曾有鄭國「弱秦」的前科，本國也曾改革自強，那是一百三十年前，韓昭侯用申不害，以術治國，小興小盛，問題是，照韓非的批評，「徒術而無法」；「不擅其法，不一其憲令」（《韓非子‧定法》）。之後國勢日下。

如今嬴政想見韓非，還不容易麼，出兵伐韓，韓即派遣韓非報秦。韓非曾為壯大韓國而獻計，始終不獲接納，鬱鬱不得志，乃發憤寫作；奉使入秦，反而是他得以報國的機會。但這是不可能的任務，他的老師荀子說得好：「可以為，未必能也；雖不能，無害可以為。」（〈性惡〉）所謂「無害」，是指對國家而言，而不考慮個人。這也是同一師門，韓李兩位同學的分別。入秦後，韓非寫了〈存韓〉篇上呈秦王，存韓即保存韓國，題目應是後人所加。文中豈敢有「存韓」之說。諷刺的是，存韓云云，其實來自對手李斯的反駁：

　　非之來也，未必不以其能存韓也，為重於韓也。

　　韓非的文章指出秦的敵人是趙，而不是韓，請秦移兵伐趙。他先動之以臣服之情：韓一直追隨秦，入貢盡職，等於秦的郡縣，是秦的「內臣」，所以應該先攘「外」。再說之以戰略之理：攻韓麼，韓久經憂患，備戰充足，未必能在一年內攻佔，戰事一久，會讓趙有機會鑽空子，發動其他各國合縱抗秦。到時秦兵一定疲於兩條戰線。韓叛，則魏也會響應，所以攻韓是「趙之福而秦之禍」。這是軟硬兼施，但其實是硬不起來的。

　　他獻計秦施展外交攻勢，派使臣到楚，賄其重臣，說明趙欺凌秦；送人質給魏，以安其心。再以韓為前鋒，一起伐趙，則趙齊同盟，也不足為患。到趙齊兩國搞定，一紙公

函，韓當即馬上臣服（「二國事畢，則韓可以移書定也」），無勞兵卒。把國家之亡，説得輕而易舉，暫留下來的好處是可以做伐趙的犬馬。這當然是緩兵之計，但能緩多久呢？一代文章大家法學宗師，卑躬屈膝到這個地步，果如他所説的「説難」，在虎口裏掙扎，又難乎其難。

古代的編者（一説為劉向）在〈存韓〉的下文先交代嬴政看了，下達給李斯，「**詔以韓客之所上書，書言韓子之未可舉，——下臣斯。**」不一定因為厚重李斯，而是李韓曾是同學，韓非其人好歹是李斯提供的；嬴政因此把他召來。接着立即另載李斯反駁韓非的論點：

　　臣斯甚以為不然。秦之有韓，若人之有腹心之病也，虛處則恢然，若居濕地，着而不去，以極走則發矣。夫韓雖臣於秦，未嘗不為秦病，今若有卒報之事，韓不可信也。秦與趙為難，荊蘇使齊，未知何如？以臣觀之，則齊、趙之交未必以荊蘇絕也；若不絕，是悉趙而應二萬乘也。夫韓不服秦之義，而服於強也。今專於齊、趙，則韓必為腹心之病而發矣。韓與荊有謀，諸侯應之，則秦必復見崤塞之患。

　　非之來也，未必不以其能存韓也，為重於韓也。辯説屬辭，飾非詐謀，以釣利於秦，而以韓利窺陛下。夫秦、韓之交親，則非重矣，此自便之計也。

臣視非之言，文其淫說，靡辯才甚。臣恐陛下淫非之辯而聽其盜心，因不詳察事情。今以臣愚議：秦發兵而未名所伐，則韓之用事者，以事秦為計矣。臣斯請往見韓王，使來入見，大王見、因內其身而勿遣，稍召其社稷之臣，以與韓人為市，則韓可深割也。因令象武發東郡之卒，窺兵於境上而未名所之，則齊人懼而從蘇之計，是我兵未出而勁韓以威擒，強齊以義從矣。聞於諸侯也，趙氏破膽，荊人狐疑，必有忠計。荊人不動，魏不足患也，則諸侯可蠶食而盡，趙氏可得與敵矣。願陛下幸察愚臣之計，無忽。

李斯之論主要有兩點：

首先，韓對秦並非真心誠服，實是心腹之患，伺機而動。

其次，攻擊韓非其人。指他為的是韓且為的是自己，而不會為秦。

李斯繼而獻計：

一、秦出兵但隱瞞攻打的目標，讓韓防不勝防。

二、再派李斯自己出使招韓王，然後把韓王扣留，到時就可宰割韓的土地。

三、再發動東郡兵，同樣不公佈目標，齊受威嚇，就會

聽從秦的使臣，與趙斷交。其他各國也會大為恐慌，任秦蠶食了。

哄騙韓王入秦，然後把他扣押，不是新的伎倆，此計商鞅做過，做得很骯髒。《呂氏春秋》載，公孫鞅統秦兵攻魏，魏軍則由公子卬率領抵禦，公孫鞅寄居魏國時本來和公子卬很要好。臨陣前，公孫鞅派人對公子卬說：我所以出遊而想顯貴，是由於你的緣故。我們何忍交戰？不如各自回報君主，雙方都不要打仗了。兩造準備撤兵時，公孫鞅又派人來，說：回去後恐怕再不能相見了，希望與公子再聚聚。話很動人，但公子卬一去，即被伏兵俘虜。《呂氏春秋》這一篇，題目是〈無義〉，很恰當。《史記‧商君列傳》也寫了此事，攻魏是公孫鞅的主意：

> 孝公以為然，使衛鞅將而伐魏。魏使公子卬將而擊之。軍既相距，衛鞅遺魏將公子卬書曰：「吾始與公子驩，今俱為兩國將，不忍相攻，可與公子面相見，盟，樂飲而罷兵，以安秦魏。」魏公子卬以為然。會盟已，飲，而衛鞅伏甲士而襲虜魏公子卬，因攻其軍，盡破之以歸秦。

此計一用再用，後來楚懷王入秦，也是送羊入虎口。

韓文編者先後列出韓非和李斯兩位的文章，說不上正面交鋒，因為韓明李暗，一守一攻，一個知其不可而為之，另

一個則形勢比人強。韓非只能委曲乞辯，稍延殘喘而已。李斯亟言韓有罪，罪在心腹，必須清除；進而攻擊韓非個人：這個韓客，很會論辯，但「飾非詐謀」，不過為了存韓也為了自己而來。這當然和之前〈諫逐客書〉的説法有別，其潛臺詞是：同是客，他和我有別。易言之，有的客為秦，可有的客害秦。這個「客」，在説逐客令時放大，於此又忽而翻手變小。他沒有薦韓，相反，韓非留秦不為所用，應與此有關。這也可見以為該文主張開放門戶接納異見，是天大的誤會。李斯這個荊客（文中稱楚為「荊」），跟韓本屬同窗，而且「韓荊有謀」，相煎是否太急呢？但見怪莫怪，這其實也是對手韓非理論的實踐，把黑暗面加以渲染，並且合理化，君臣關係繫於利害，哪怕是自己的祖國。從利害之眼看世界，則一個人的價值，不，人本身是沒有獨立的價值的，因為並非自我主宰，要視乎他身處的地位環境，他與其他人只是利益的較量。

秦韓之間，當然只是一種利害關係。李斯説得對：「韓不服秦之義，而服於強也。」但強秦又有何義可言？上文曾引《戰國策‧秦策四》載楚國的黃歇（春申君）使秦，游説秦昭王不要伐楚，轉而伐韓、魏，其中提及韓、魏與秦有「累世之怨」，其結論竟是，秦不把這兩國滅了，早晚會遭受報復。嬴政、韓非、李斯都應該記得這些歷史。而以暴力把對手打垮絕殺，就可以安枕？挑撥韓、魏的深仇大恨，跟後來

韓非一樣，不過是轉移秦兵之計。

　　韓非説説難，誠然，我想起春秋時的子貢。當年強齊要伐魯，魯危在旦夕，子貢臨危受孔子命為魯游説齊移師伐吳，再又奔吳游説夫差出師伐齊，再轉赴越，説越派兵助吳，以解吳對越的戒心，最後又赴晉，把本來袖手旁觀的晉拖下水去，要晉備吳的興起。總之馬不停蹄，連奔四國，而説辭精妙，連環密扣，化解了魯國之困，若説説難，則子貢尤在韓非之上，《史記‧仲尼弟子列傳》有詳細的記載，畢竟與本文題旨偏遠了，不再贅引。史遷説孔子弟子，獨以子貢最詳細，可見子貢在他心中的地位，他評説：「子貢一出，存魯，亂齊，破吳，強晉而越霸，十年之中，五國各有變。」孔子死後，子貢守墓，三年又三年，到曲阜見「子貢廬墓處」，無不為之動容。其人實有大材，後世儒者可能因為他會看市值賺大錢，又沒有什麼思想學説，並未予以充分的表揚。

　　韓非要存韓，説辭差子貢甚遠，他肯定在儒門的言語一科不合格。〈存韓〉的第三部分記載秦於是遣李斯使韓，過渡句為「秦遂遣斯使韓也。李斯往詔韓王，未得見，因上書曰」，但韓王拒見，這也足證韓對秦的戒心，韓非的説詞，弊在沒有實質支持。弱國未必無外交，但需有子貢之材。李斯上書韓王，這是「存韓」文集中他的第二篇。兩篇都無甚可觀，引一篇夠了，不再轉錄。

李斯使韓的時候，大抵韓非已死了。李斯先述韓失義：秦有恩於韓，韓反而背棄秦，五國伐秦時率先扣關，攻不下而已。因韓反覆，被列國揚棄，成為代罪。秦發兵報復，先攻楚國。楚人聯合列國割韓地十座城池來向秦謝罪。

再指斥韓一直受奸臣的唆擺，奸臣，顯然是指韓非。

再指出秦韓的利益一致：趙如今要借道攻秦，目標其實是先攻韓，秦韓是「**脣亡而齒寒**」。魏要攻韓，秦把魏使送給韓。

最後怪責韓王不見秦使：不見，是**斷交**之意。把秦使斯殺了，並不能令韓強大，相反，會惹怒秦。秦會轉而攻韓。

李書的內容大致如此，結合前文，韓非李斯也不過是縱橫家的聲口，或卑辯臣服，或訛言共同利益，計策則是收買、挾外君及使臣為政治籌碼，滿口謊言，分別是，韓非為的是自己小小的祖國；李斯並不為荊楚，為的是秦主為的是自己。而脣亡齒寒的，其實是三晉，是楚燕齊。

後事如何，沒有交代，不過我們知道，韓王沒有上當入秦，像早些時楚懷王那樣。李斯有秦兵做後盾，得以放回；而韓非入秦，卻一去不回。而六國滅亡的次序，由近而遠：

韓，秦始皇十七年，前 230 年；

趙，秦始皇十九年，前 228 年；

魏，秦始皇二十二年，前 225 年；

楚，秦始皇二十四年，前 223 年；

燕，秦始皇二十五年，前 222 年；

齊，秦始皇二十六年，前 221 年。

但其實滅韓之前，秦曾先攻趙，但被趙將李牧打敗，才轉而滅韓。從這個角度看，攻趙抑攻韓，分別不大，滅韓對秦而言，的確是舉手之勞，攻韓是不得已的捨難而取易。韓非好歹為祖國而力爭，韓亡之後七年，楚亡，李斯何曾為存楚留下片言？〈秦始皇本紀〉載嬴政君臨天下後，説了一番總結的話：

> 秦初併天下，令丞相、御史曰：「異日韓王納地效璽，請為藩臣，已而倍約，與趙、魏合從畔秦，故興兵誅之，虜其王。寡人以為善，庶幾息兵革。趙王使其相李牧來約盟，故歸其質子。已而倍盟，反我太原，故興兵誅之，得其王。趙公子嘉乃自立為代王，故舉兵擊滅之。魏王始約服入秦，已而與韓、趙謀襲秦，秦兵吏誅，遂破之。荊王獻青陽以西，已而畔約，擊我南郡，故發兵誅，得其王，遂定其荊地。燕王昏亂，其太子丹乃陰令荊軻為賊，兵吏誅，滅其國。齊王用后勝計，絕秦使，欲為亂，兵吏誅，虜其王，平齊地。寡人以眇眇之身，興兵誅暴亂，賴宗廟之靈，六王咸伏其辜，天下大定。今名號不更，無以稱成功，傳後世。其議帝號。」

這是勝利者的宣言。嬴政把逐一吞併六國説成是「誅暴亂」，他原本不想打仗（「以為善」、「息兵革」），總是別人首先背約作亂（韓「倍約」、趙「倍盟」、魏「謀襲」、楚「畔約」、燕「陰令荊軻為賊」、齊「欲為亂」）。總之六國都不是好東西。於是，接着下文，丞相綰、御史大夫劫、廷尉斯等都奉承稱：「陛下興義兵，誅殘賊，平定天下」云云。有一點可以注意的是：這勝利者同時揭示，至少這時候，他是如何深受華夏儒家文化的影響，他不像楚人那樣，勝利了，說：我蠻夷也，可不管你們所謂正義的那一套，而這和東巡石刻的修辭是同一思維。他行的是霸道，卻說着王道的話語。天下稱臣，他仍然關心贏得天下的合理性；秦是義師，六國都是商紂一類貨色。這之後繼周之德，封禪、石刻頌功等等，是同一「認知失調」的心理調整。到了三十五年（前211年），營建阿房宮，是以為咸陽人多，宮廷小，「吾聞周文王都豐，武王都鎬，豐鎬之間，帝王之都也。」（〈秦始皇本紀〉）他要效法周文王、周武王。

六國之亡，歷來討論已多，古人以蘇轍〈六國論〉最著名，持論毛病不少，這裏不復贅。但有一點六國共通，亡國之前的君主都屬庸碌之輩，有材不能用，或者亂用，甚至自毀長城。

39 韓非之死

　　李斯與韓非兩位同學的過節，史遷的〈李斯列傳〉不提，都算到韓非〈老子韓非列傳〉一篇的帳簿上去了，說：

　　　　韓王始不用非，及急，乃遣非使秦。秦王悅之，未信用。李斯、姚賈害之，毀之曰：「韓非，韓之諸公子也，今王欲并諸侯，非終為韓不為秦，此人之情也。今王不用，久留而歸之，此自遺患也。不如以過法誅之。」

　　　　秦王以為然，下吏治非。李斯使人遺非藥，使自殺。韓非欲自陳，不得見。秦王後悔之，使人赦之，非已死矣。

　　韓非的死因，姚賈在《史記》中只是配角，《戰國策・秦策》則有不同的說法，他成為了主角，引錄較長，也不妨參看：

　　　　四國為一，將以攻秦。秦王召群臣賓客六十人而問焉，曰：「四國為一，將以圖秦，寡人屈於內，而百姓靡於外，為之奈何？」群臣莫對。姚賈對曰：「賈願出使四國，必絕其謀，而安其兵。」乃資車百乘，金千斤，衣以其衣，冠舞以其劍。姚賈辭行，

絕其謀，止其兵，與之為交以報秦。秦王大悅。賈封千戶，以為上卿。

韓非知之，曰：「賈以珍珠重寶，南使荊、吳，北使燕、代之間三年，四國之交未必合也，而珍珠重寶盡於內。是賈以王之權、國之寶，外自交於諸侯，願王察之。且梁監門子，嘗盜於梁，臣於趙而逐。取世監門子、梁之大盜、趙之逐臣，與同知社稷之計，非所以屬群臣也。」

王召姚賈而問曰：「吾聞子以寡人財交於諸侯，有諸？」

對曰：「有。」

王曰：「有何面目復見寡人？」

對曰：「曾參孝其親，天下願以為子；子胥忠其君，天下願以為臣；貞女工巧，天下願以為妃。今賈忠王而王不知也。賈不歸四國，尚焉之？使賈不忠於君，四國之王尚焉用賈之身？桀聽讒而誅其良將，紂聞讒而殺其忠臣，至身死國亡。今王聽讒，則無忠臣矣。」

王曰：「子監門子、梁之大盜、趙之逐臣。」

姚賈曰：「太公望，齊之逐夫、朝歌之廢屠、子良之逐臣、棘津之讎不庸，文王用之而王。管仲，其鄙人之賈人也，南陽之弊幽、魯之免囚，桓公用

之而伯。百里奚，虞之乞人，傳賣以五羊之皮，穆公相之而朝西戎。文公用中山盜，而勝於城濮。此四士者，皆有詬醜，大誹天下，明主用之，知其可與立功。使若卞隨、務光、申屠狄，人主豈得其用哉！故明主不取其汙，不聽其非，察其為己用。故可以存社稷者，雖有外誹者不聽，雖有高世之名，無咫尺之功者不賞。是以群臣莫敢以虛願望於上。」

　　秦王曰：「然。」乃可復使姚賈而誅韓非。

　　這段長文，或有助我們更好地認識法家韓非的行為，由此也可以推想韓非與李斯的同門傾軋，且亦可作李斯說止逐客的對比。姚賈所提的人材，或出身不好，或非法家、縱橫家者流，無疑比李斯所提廣納得多。這個姚賈看來同樣是飽讀之人，更能言善辯。他為秦出使楚吳燕代四國，完成任務後獲得厚賞。不知出於什麼原因，是為了韓國？是賓客之間的妒忌、爭鋒？還是兩者都有？總之，韓非竟然向秦王投訴他，說他用了秦的寶物而交結外國，又指他背景不好：看門人之子，「梁之大盜、趙之逐臣」。姚賈向秦王解釋，引經據典，以史上各類忠良人物自況，曾參、子胥、貞女，又引同樣底子詬醜的太公望、管仲、百里奚、中山盜為例，指出明主用之，結果都立了大功。說得合情合理，化解了韓非的挑撥。殺韓非的元兇，《史記》說是李斯，姚賈則參與謀害；

〈秦策〉則是姚賈進言，然後由秦王下令，與李斯無關。平情而論，李斯當年的權力不足以隻手遮天，會否因妒忌而下毒手，下了又神不知鬼不覺，得以平步青雲，——妒忌同行的作家學者，古今中外，所在多有，我們耳聞目睹，有的至死還不放手，但韓非既已下獄，威脅當下已除，似犯不着再冒這個大險。

不過，以為韓非之死與李斯無關，也不見得，他寫的〈存韓〉兩章，其殺傷力遠大於姚賈，在姚賈口中，韓是「**外誹者**」，旨在自辯；在李斯筆下，卻是「**盜心**」，除之始安。《史記》云：「**李斯、姚賈害之，毀之**」，是綜合而言，大致不誤。這是法家的內鬥，「**害之、毀之**」之法也是法家式的。何以見得？韓非在〈八經〉中提出「除陰奸」的辦法：暗殺，他說：

> 生害事，死傷名，則行飲食；不然，而與其仇，此所謂除陰奸也。

他認為讓某些人留下生口會壞事，把他殺了又有損名聲，怎麼辦呢？辦法有二：在飲食裏下毒；否則，把他交給他的仇敵。法家總是作法自斃。

李和韓的老師荀子其實有先見之明，他說：「**士有妒友，則賢交不親；君有妒臣，則賢人不至。**」（〈大略〉）

40 「子議父，臣議君也，甚無謂，朕弗取焉。」

《史記》載李斯的第二篇文章議焚書，寫於始皇三十四年（前 213 年），統一後九年。李斯第一次以左丞相身分出現。焚書之議，起源於有人重提封建，始皇帝在咸陽宮設宴賀壽，群臣出席，席間博士僕射周青臣稱頌始皇帝一番（博士僕射乃博士主管），來自齊的博士淳于越看不過眼，重新要求分封子弟功臣，認為不效法古代，不會長久；目前諸皇子，平民而已，一旦發生齊國田常、晉國六卿那樣的叛變，中央就沒有支援了。繼而斥罵周青臣阿諛，讓始皇重犯過失。始皇把這種議論交丞相處理，丞相之一是力主郡縣的李斯。淳于越面斥諛臣，李斯一定聽得面紅耳熱。他會否定自己嗎？周青臣可恥，畢竟人微言輕，還不至於可怕。〈李斯列傳〉原文是這樣的：

> 始皇三十四年，置酒咸陽宮，博士僕射周青臣等頌始皇威德。齊人淳于越進諫曰：「臣聞之，殷周之王千餘歲，封子弟功臣自為支輔。今陛下有海內，而子弟為匹夫，卒有田常、六卿之患，臣無輔弼，何以相救哉？事不師古而能長久者，非所聞也。今青臣等又面諛以重陛下過，非忠臣也。」始皇下其議丞相。

這之前，統一之初，始皇曾與群臣提出改定自己的稱號，因天下大定，名號不改，「無以稱成功，傳後世」。群臣，包括「丞相綰、御史大夫劫、廷尉斯」等，他們「昧死」云：

> ……昔者五帝地方千里，其外侯服夷服，諸侯或朝或否，天子不能制。今陛下興義兵，誅殘賊，平定天下，海內為郡縣，法令由一統，自上古以來未嘗有，五帝所不及。臣等謹與博士議曰：「古有天皇，有地皇，有泰皇，泰皇最貴。」臣等昧死上尊號，王為「泰皇」。命為「制」，令為「詔」，天子自稱曰「朕」。
>
> 王曰：「去『泰』，著『皇』，採上古『帝』位號，號曰『皇帝』。他如議。」
>
> 制曰：「可。」追尊莊襄王為太上皇。
>
> 制曰：「朕聞太古有號毋謚，中古有號，死而以行為謚。如此，則子議父，臣議君也，甚無謂，朕弗取焉。自今已來，除謚法。朕為始皇帝。後世以計數，二世三世至於萬世，傳之無窮。」

他們和諸博士商議後，眾口一辭，認為過去五帝管轄的地區不過方圓千里，之外是侯服、夷服之區，那時諸侯有朝有不朝，天子沒法控制。如今，成就古所未有，五帝也比不上。

於是建議用最尊貴的「泰皇」為稱號。所舉的證據,「海內為郡縣,法令由一統」,值得留意的是,他們指出封建之弊(「諸侯或朝或否,天子不能制」),同時肯定郡縣制的既成事實。嬴政當然志得意滿,他自定為「皇帝」。

又接受其他建議,壟斷「朕」的自稱,儼如只有他這一個「我」,其他人都變成「他者」。以往稱「寡人」,太謙了。稱「皇帝」,更是「始皇帝」,這固然是要傳之二世三世,實也含有否定佔地甚小的三王五帝為真皇帝之意,皇帝由朕開始。

再而下令取消謚號,理由是兒子批評父親、臣下批評天子,並不恰當。睡虎地秦簡《為吏之道》其中「五失」之一,明列云:「非上,身及於死。」並且要帝位傳之萬世無窮。死後,二世刻石,「皇帝」落實為「始皇帝」。後世史家議論始皇的功過,一般認為功在奠定統一的國家規模,過在「仁義不施」(賈誼《過秦論》),若說影響的深遠,反不如確立君主的絕對權威:

> 子議父,臣議君也,甚無謂,朕弗取焉。

「甚無謂」、「朕弗取焉」,淡淡道來,卻從此神聖不可侵犯。周武王得天下,分封親戚與功臣,給與高度自治,理論上雖説「溥天之下,莫非王土;率土之濱,莫非王臣」(《詩經·北山》),但諸侯只要盡了述職、朝貢、屏藩之責,則一切自便。分封,形若分割,也終成分割,百年後周宣王

干預魯君的接班人，魯即舉國抗議。過去的共主做得不好，天怒人怨，也會自我反省，向人民承擔罪責。例如商湯在大旱時祈雨，說：「朕躬有罪，無以萬方；萬方有罪，罪在朕躬。」周武王也說過：「百姓有過，在予一人。」《尚書‧秦誓》也記載嬴政的祖上秦穆公因伐鄭失敗，著文罪己。至於商紂拒諫，周厲王「監謗」，其結果在史家筆下再三渲染，成為反面教材。到了春秋戰國，列國君主或受婉諷，或受面斥，沒有人會自以為功過五帝，批評不得。就是嬴政自己，也曾自承用人不當，那是統一前伐楚不用王翦而致兵敗。嬴政之後偶爾也有帝王發表罪己詔，例如漢武帝、唐太宗、武則天，等等，都是名皇大帝。其中武帝晚年（前 89 年，征和四年）的「輪台之詔」最出名，他自省匈奴之戰錯誤，要與民休息，發展經濟，說：「朕即位以來，所為狂悖，使天下愁苦，不可追悔。自今事有傷害百姓，糜費天下者，悉罷之。」（《資治通鑑‧卷二十二》）令人感動，論者認為他因此挽救了漢的江山，以免重蹈秦的覆轍。果爾是一個偉大的皇帝云云。

漢武帝是否真的從此罷兵，改變治國方針，其實很可疑（見辛德勇《製造漢武帝》一書）。不過，他何妨認一下錯，沒什麼大不了，從來沒有一個認了錯就要下臺；但更可以不認錯，他可以永遠不錯，因為從來沒有一種機制，當皇帝犯錯就要認錯，認了錯就要問責，法理上他根本沒有責。中國

歷史上的帝王，何曾反問自己：憑什麼？要不是上天賦與，我在人間憑什麼可以有這種絕對權力？而人間這種絕對權力的產生、運作、擴大、合理化，韓非李斯之流讀書人則大有力焉。

41 初議郡縣：維穩的策略而已

最初廷議帝號時沒有人否定郡縣，丞相綰、御史大夫劫、廷尉斯等都讚美「平定天下，海內為郡縣」。稍後卻至少有兩次廷議時提出封建，加上長子扶蘇的諫言，事態、背景不同，其中局勢微妙變化，而持論其實也有別，必須分梳：

	時期	議封建／言天下不安：理由
1	前 221 年 （始皇二十六年； 統一之初）	王綰、群臣： 「丞相綰等言：諸侯初破，燕、齊、荊地遠，不為置王，毋以填之。請立諸子，唯上幸許。」（〈秦始皇本紀〉）
2	前 213 年 （始皇三十四年； 設宴賀壽）	齊人淳于越： 「臣聞之，殷周之王千餘歲，封子弟功臣自為支輔。今陛下有海內，而子弟為匹夫，卒有田常、六卿之患，臣無輔弼，何以相救哉？事不師古而能長久者，非所聞也。今青臣等又面諛以重陛下過，非忠臣也。」（〈李斯列傳〉）
3	前 212 年 （始皇三十五年； 焚書坑儒之後）	長子扶蘇： 「天下初定，遠方黔首未集，諸生皆誦法孔子，今上皆重法繩之，臣恐天下不安。」（〈秦始皇本紀〉）

何以統一議帝號之後不久，丞相王綰即帶頭要求封建，對郡縣的態度變了，變得那麼「不合時宜」？照〈秦始皇本紀〉的記載，帝號討論之後，加插一段始皇推行五德終始之説，以周為火德，秦取代周，應是水德云云，接着就寫丞相王綰等提出東方僻遠的燕齊楚可再行封建，由諸皇子出掌，以維持那些地區的穩定。不知其間有否闕文，轉折的變化未免突兀。不過，王綰等人，其實很清楚封建的流弊，而仍然提出，這是第一次。

這第一次，始皇下其議於群臣，「群臣皆以為便」。便，指適當。但廷尉李斯獨排眾議：

廷尉李斯議曰：「周文武所封子弟同姓甚眾，然後屬疏遠，相攻擊如仇讎，諸侯更相誅伐，周天子弗能禁止。今海內賴陛下神靈一統，皆為郡縣，諸子功臣以公賦稅重賞賜之，甚足易制。天下無異意，則安寧之術也。置諸侯不便。」

始皇曰：「天下共苦戰鬥不休，以有侯王。賴宗廟，天下初定，又復立國，是樹兵也，而求其寧息，豈不難哉！廷尉議是。」

王綰等人之議，倘説是為一己利益着眼，又或者説，是大批儒家學者，沒有工作了，不能發揮了，於是希望復古。這説法沒有説服力。王綰當時已貴為丞相，而博士仍受始皇

聘用，良莠固然不齊，既有周青臣之屬的諛臣，也有淳于越一類的剛憨。然則博士不單提供實務知識，其實好歹還議政，至少這個時候還可以發表不同的政見。而王綰等人的意見，合理的解釋是：出於現實的需要，這是新政權安全的考量，這是策略性的維穩問題。所謂「不合時宜」，正是考量形勢的時宜。要強調的是，他們明知封建的後遺症，而並沒有主張全盤封建，更沒有否定郡縣制，針對的是遠地的燕齊楚。

如果王綰等人的建議得以推行，其實是一國兩制，近乎漢初的郡國制。分別是前者主動設計，旨在防患；後者則屬既成事實的追認，迫不得已。雖迫不得已，畢竟紓緩了中央和地方的矛盾。漢七國之亂發生於景帝三年（前 154 年），距建國已半世紀，人民稍得休息。秦從統一到大亂，不過十數年，秦民叛離，六國後人紛紛自立，足證民心遠遠談不上集附。

史家一致稱美的郡縣制，並非新發明，戰國末期，列國兼併，不少已行此制。楚莊王曾建「夏州」；晉惠公賂秦穆公云：「**君實有郡縣。**」尉繚說秦，用辭是：「**以秦之強，諸侯譬如郡縣之君。**」呂不韋封文信侯，只取封地的賦稅，並沒有軍權、政權。但實存不一定等於應存。要全國推行，推行至遠地，無論政治、文化、經濟，顯見都並未成熟。秦政失之於什麼都峻急，彷彿一直在亢奮之下急跑，而不知血壓

超高。竹簡秦律《語書》載，統一之前，南郡的郡守騰向郡內各縣頒發文告，嚴詞指責官吏和百姓仍然知法犯法，早一年，秦簡《編年記》云：「南郡備警」，南郡原為楚地，楚人一直不服氣，即使秦在統一前已整治了近半個世紀。

我讀《呂氏春秋》，留意到呂氏與門客主張封建：

> 古之王者，擇天下之中而立國，擇國之中而立宮，擇宮之中而立廟。……眾封建，非以私賢也，所以便勢全威，所以博義。義博利則無敵，無敵者安。故觀於上世，其封建眾者，其福長，其名彰。……

> 王者之封建也，彌近彌大，彌遠彌小。海上有十里之諸侯。以大使小，以重使輕，以眾使寡，此王者之所以家以完也。……

> 權輕重，審大小，多建封，所以便其勢也。

篇目為〈慎勢〉，是闡明法家慎子所強調君主的權勢。呂氏和門客主張王畿要選擇在國土的中央，宮殿和祠廟就建在國中之中，不單推行封建，而且要眾，要多；這有利於權勢、保全威嚴，然後再說明封國要近大遠小，無疑是想恢復周初體制，封建，是「便勢」；有利於長治久安。這是後來賈誼〈治安策〉所云「眾建諸侯而少其力」，其實也是古代馬其頓腓力二世影響極深遠的政治策略：「分而治之」（divide and rule）。

　　從呂不韋到王綰，可見在統一前後主張封建的學者，不在少數；《呂氏春秋》是門客集體之作，李斯是受厚待的門客，應是作者之一；他要是不同意，可不見他獨排眾議。不過主張封建，實有兩種分別：一種全盤封建，是長期性的，本身就是目的；另一種局部封建，是針對性的，策略上的手段。呂不韋是前者，王綰是後者。

　　不過，封建與郡縣兩種制度孰優孰劣、全盤與局部、定制與便勢，並沒有提上當年的議題。一千年後柳宗元在《封建論》中否定封建，肯定郡縣，認為周代推行封建，是不得已的客觀需要，「勢也」。王綰之論，未嘗不是「勢也」，更是「勢中之勢」。掃平六國之初，即遍行郡縣，可不是水到渠成的「順勢」；東南不靖，人心未集，這是現實問題，不是推行郡縣之制就等於解決問題。柳宗元云：「失在於政，不在於制。」因為失政，則郡縣之制只見其弊，不蒙其利。從秦至唐，千年來實行郡縣，亡了多少王朝？何況，倘說制度不成問題，則何妨靈活處理。六國之於秦，亡國之怨極深，但六國之間也爭戰多年，各自猜忌，這所以不能合縱抗秦。秦統一後如果不能凝聚人心，則退而求其次，未嘗不可以利用這種矛盾，以分封的形式，分而治之？不用此策，無疑使自己成為它們的共同敵人。楚人陳勝揭竿而起時，「諸郡縣苦秦吏者，皆刑其長吏，殺之以應陳涉。」（〈陳涉世家〉）秦

末群盜並起，許多都是不堪秦法的「亡人」，著名的例子有英布，他是修秦陵的刑徒，然後聚眾。更出名的當然是劉邦，好一個小小的亭長，因帶領的犯人逃走，恐受嚴懲，一如陳勝吳廣，索性與沛人樊噲等百數十人亡命抗秦。

焚書坑儒之後，長子扶蘇進諫不宜重罰儒生，其說云：「天下初定，遠方黔首未集」，雖未明言要分封遠方，但指出遠方不穩的問題，其實和王綰等人同一意思。這時候，塵埃落定，也恐怕只有親子扶蘇才敢於進諫了。難道扶蘇是為了自己的利益？這毋寧是開國不久，柳氏所云「謀臣獻畫」而已。事後證明，王綰說對了，扶蘇說對了。秦末陳勝吳廣發兵，天下郡縣竟大多袖手，相反，各地的六國後人紛紛割地自立。始皇死於沙丘，李斯秘不發喪，這是明知獨主一死，天下會亂。賈誼的〈過秦論〉為世稱道，司馬遷不吝全文引錄，認為「善哉乎賈生推言之也」，賈生假設秦能如何如何就不致早亡，其中一句：倘秦二世能「裂地分民以封功臣之後，建國立君以禮天下」，於此賈生的想法，何異於主張分封的淳于越？不過賈與王是有分別的，賈誼如同呂不韋，主張全盤封建，王綰則建議只分封不靖的地區，封的是諸子，而不及功臣。

王綰第一次提出時，始皇「下其議於群臣」，讓群臣討論，儘管傾向郡縣，可未必就有百分之百的定案，而大家都以為適當。歷史的關鍵就在這裏。廷尉李斯卻力主中央集

權，推行郡縣，別以為分封國家就安全，李斯說：「後屬疏遠，相攻擊如仇讎，諸侯更相誅伐，周天子弗能禁止。」西周封建親戚與功臣，旨在屏衛周天子。但血親，終究會疏遠，到頭來像仇人那樣互相攻擊，而諸侯也互相誅伐爭權。說得對，可不是新意，那是群臣討論帝號時意見的放大。問題在周朝分崩離析，這是原因之一，可不是唯一。沒有一種人治的制度是安全的。而且，西周封建的歷史，也不是沒有教益的，《左傳》云：周公鼓勵各封國因地制宜，便宜從事，姜太公治齊，「簡其君臣禮，從其俗」就是例子。「後屬疏遠」，是所必然，但西周的國祚好歹二百七十餘年。

　　王綰的話，出諸真誠。李斯呢，可不能肯定了。而且王綰擔心的是遠地的穩定；李斯則轉而針對諸子功臣：「諸子功臣以公賦稅重賞賜之，甚足易制。」他們後來互相攻擊如仇讎，那是封建之後親緣轉薄的結果，有比帝秦二十八倍年祚的發展、演變。李斯的意見相當於：不必遠慮，諸子功臣才是近憂，重賞他們就可以駕馭。這是形勢的錯判：針對未來的禍亂，忽視眼前的危機。帝秦貧富兩極化，即是諸子功臣以公家賦稅重賞的後果。他後來隱瞞始皇的死訊，理由卻是「恐諸公子及天下有變」（〈秦始皇本紀〉），是明知諸子雖重賞，並不受制；更不受制的，是沸騰求變的「天下」。但他一句「天下無異意，則安寧之術也」，就把不靖壓下了，且不論廷外的怨咒，眼前分明就有一群反映異意的重臣。

這位廷尉，或不關心，或輕忽，並沒有直面國家的安危，而是摸到了獨裁者的傾向。始皇傾向全國推行郡縣，應是合理的推想，最初廷議帝制，他志得意滿可見；分封，意味分權。

為封建說話，不等於我擁護分封，不是的，我只是覺得，關乎一國的「安寧」，緩急先後，這是「末」的問題，與行政區域的劃分並沒有必然關係，誠如柳氏所云「**不在於制**」，說到底，民心才是「本」的問題。東南方不靖，要追問病源，分封形式不是治本的藥方，但推行郡縣，針對諸子功臣，則肯定回避問題。當年並不見有什麼針對危機的措施。〈本紀〉云統一之初曾收天下兵器，鑄造了十二個銅人，但人們仍然揭竿而起。徙天下富豪十二萬戶到咸陽，加以就近監視，並擊潰地方勢力，但反秦的主要力量，來自貧民。至於巡狩東南，目的之一是鎮懾，但效果適得其反。殺戮不孝的行為，並不能產生孝子；嚴刑峻法，苛斂厚賦，並不能凝聚民心。而兩制並行，行之既久，一刀切的後果，是得不償失。當年，這是秦帝史上難得的最開放的一次廷議，可惜兩制的得失，並沒有透徹、客觀而理性地探討過。

42 再提全盤封建，已一座大山那樣難移

二千二百多年前的中央集權，事無大小倘真由一人決

定，對此人的要求極高，他必須相當理智，決策時唯有兼聽才能少犯錯失；此外，他也得十分勤力，要有威嚴，能壓場。天下是嬴政打的，方士說他也勤力得很。可是他的接班人呢，胡亥不肖，生於安樂，權力賴欺詐而得，昏庸、幼稚，而且決心享樂，於是只會找身邊親信代勞，不幸此人並不可信，更有野心，權力於是轉移，結果鹿馬不辨。統一的第二任，即凸顯權力過度集中之弊。

秦的統一，唯賴武力征服，如前所述，天下共苦苛政，這又與行郡縣抑再分封無關，統一日子不長，秦對東方及荊南的文化與地利尚無透徹的認識，只是一意強行。始皇死前一年，東郡發現上刻「始皇帝死而地分」的隕石，經過北征南伐，各種空前的龐大工程正如火如荼，人心沸騰，不能因為隕石或疑不可信就否定有反秦之心。王綰的意見，針對的是實際民情。秦的處境其實與西周建國之初沒有分別，周原先也是偏西小國，逐步東進。錢穆《國史大綱》云：

> 西周的封建，乃是一種侵略性的武裝移民與軍事佔領……蓋封建即是周人的一種建國工作，不斷向東方各重要地點武裝移民；武裝墾殖，而周代的國家亦不斷的擴大與充實。

西周的經驗如果不宜全盤複製，也可以務實地局部借鑑。問題是，讀書人有見東周後的亂局，連帶也看不起西

周。豈知分封之後，各自為政，因地制宜，如果妥善處理權責，也未嘗沒有制衡專斷的作用。始皇統一後數年間在廷內廷外兩次遇刺（高漸離、張良），一次遇盜（在蘭池），之前又有荊軻企圖生劫，可說是中國史上遇刺最多的帝王，他自己絕不見得「安寧」。不過當下大業初成，他躊躇滿志，什麼「天下共苦戰鬥不休」，令人動容，可是不多久「仍須戰鬥」，對外樹兵北逐南伐。至於大興土木，何異於要天下人在內部為嬴政一個人不休地戰鬥？

李斯位列王綰之下，在權力架構森嚴的專制政府，對一個深明「在所自處」的人而言，越過自己的上司而上達更高的僱主，必須摸得很準。這次他又摸準了。結果始皇接受建議，對李斯一定另眼相看。

倘若李斯沒有獨排王綰和群臣之議，也贊成置王於邊遠之地，始皇會怎樣決定，我們永遠都不知道，對李斯，對秦朝，對中國，會是另一個故事。然後，統一後九年（始皇三十四年），郡縣行之漸久，各種措施連環互扣，已成大一統的格局。再議分封，對唯我獨尊權力並無制衡的始皇帝，是太大太大的挑戰了。此前始皇曾三次東巡，先後刻石頌揚功德，以期傳之永久，例如琅邪石刻提到：「今皇帝并一海內，以為郡縣，天下和平。」前一年，平定了百越，從三十六郡再擴為四十郡。這時候，李斯已經求仁得仁，貴為左丞相了。淳于越在這個祝壽的喜慶日子再提封建，認為

郡縣不對、讚美的話是諛媚，等於砍碎定案，暗批李斯，更直斥皇帝犯錯，秦簡《官吏之道》一再告誡官吏：「敬上勿犯」、「中（忠）信敬上」、「犯上弗知（智）害」、「非上，身及於死」。這是真正的「嬰人主之逆鱗」，真也不識趣、不知危。

而淳于越要求的封建，這是第二次的主張，也並不見得是權宜的策略，他說不師古就不能長久，這不單是邊遠問題，而是統治者整個思維原則。他的要求封建，細看其實與王綰不同。而且，他不過是芸芸博士之一，其職位低得多；其措辭也欠審慎。師古，這是法家的大忌。始皇同樣「下其議」，不過〈秦始皇本紀〉與〈李斯列傳〉所記有別：

始皇下其議。丞相李斯曰：……（〈本紀〉）

始皇下其議丞相。丞相謬其說……（〈列傳〉）

〈列傳〉中「丞相」重複連用，可知史遷意在強調，不是再讓大家自由討論，而是只讓丞相回應，丞相之一是李斯。我想，這近乎現今的管理學，你對行政架構有意見，甚至批評我一再犯錯，好的，我讓你的上司處理。這麼向下一卸，答案思過半矣。上司之一，是那個升為丞相力主郡縣的李斯。始皇這時候的態度，不是傾向，而是一座大山那樣難移。他讓丞相發言，無疑清楚不過了，這是韓非所云：「挾

知而問」（〈內儲說上〉）。李斯擅於洞察嬴政的心意，這是最明顯的例子，而嬴政也明知這個下屬會遵照自己的心意。

在焚書坑儒之後，扶蘇以長子之尊，明知逆父親之意，再犯顏面諍，指出遠方未集，不宜重罰頌法孔子之徒，既含對王綰的回應，更是對民意的反映。推崇郡縣制的學者，認為這是大開倒車。但唯其如此，扶蘇本可忍隱於一時，接了班再重新規畫，足見交通堵塞，秩序的確出了大問題，倒車是不得已，不是把已迫到眉睫的問題視而不見，問題就自動解決了。

43 「偶語《詩》、《書》者棄市，以古非今者族」

李斯接旨上書，即提出焚書之議：

> 古者天下散亂，莫能相一，是以諸侯并作，語皆道古以害今，飾虛言以亂實，人善其所私學，以非上所建立。今陛下并有天下，別白黑而定一尊；而私學乃相與非法教之制，聞令下，即各以其私學議之，入則心非，出則巷議，非主以為名，異趣以為高，率群下以造謗。如此不禁，則主勢降乎上，黨與成乎下，禁之便。臣請諸有文學《詩》、《書》、百家語者，蠲除去之。令到滿三十日弗去，黥為城

旦。所不去者，醫藥卜筮種樹之書。若有欲學者，以吏為師。

〈秦始皇本紀〉的文字稍異，並無李斯「上書」，而是直接說了一番焚書的話，更詳細，也更激烈：

臣請史官非秦記者皆燒之。非博士官所職，天下敢有藏《詩》、《書》、百家語者，悉詣守、尉雜燒之。有敢偶語《詩》、《書》者棄市，以古非今者族，吏見知不舉者與同罪。

《史記》一事甚少重複，往往分頭敍述，在不同的地方互補，議焚書則記同一事，可見這事的重要。睡虎地秦律云：「有事請毆(也)，必以書；毋口請，勿羈請。」(《內史雜》)那是說有事報告，必須用書面文字，不可口頭請示，也不要託人代為請示。茲事重大，且成律法，應非衝口而出，而是經過深思熟慮，是對淳于越等人的反彈、收拾、了斷。〈李斯列傳〉云：「始皇可其議，收去《詩》、《書》百家之語以愚百姓，使天下無以古非今。」

後人對始皇焚書，到底焚了什麼焚了多少，歷來爭論不止。有的認為五經盡燒；有的認為僅焚五經，不及諸子；更有的認為僅焚私藏，博士所掌不焚。再有的斷定始皇焚書之害，不如項羽燒咸陽。真是見仁見智。肯定的是，六國的史

書都燒去了，只留下秦政府獨白式的聲音；而且，沒有人會否定這是對中國文化的一大傷害。倘說焚書之令，推行不超過五年，實際上不如想像中那麼嚴重，這是秦祚不長之故，由此卻引發後世今古文經之爭，真真假假，耗費多少心力？

秦祚不長，這是中國之幸，卻不能因此為嬴政李斯的焚書開脫。豈能說這是一個讀書人對帝秦的建設性提議，更遑論對中國文化的貢獻。我想，看來諸子不焚，只由博士獨掌，則邊緣化之後，備而不用，對仕途無益，則日子一久，終必式微，而後斷絕。中國失傳的典籍還會少麼？然則李斯是在壓力之下，不得不這樣倡議？如果不是，那麼難道這是法家從執掌一國到號令天下的必然發展？

確定的是不容私藏《詩》、《書》，且不容偶語，又不可以古非今，抗令的人前者棄市後者誅族，打擊的重點，顯然是「**以古非今**」，再明確些，是「**非今**」。非今，即是非上（「**非主以為名**」），何以見得？因為未嘗不可以古為今用，借古以頌今，自言功過三王五帝即是。趙高與胡亥的對話，引用了孔子的《春秋》；與李斯的對話，又引用孔子墨子之智，古人古語，工具而已，大可斷章取義。不過讀書人「非今」，往往「崇古」，不獨好古的儒家為然。李斯當初說止逐客，就是崇古非今的佳例。如今既因獨排眾議主張郡縣而預見會獲始皇「可」，為了釜底抽薪，索性提出焚《詩》、《書》。

摒絕「**異趣**」，自是法家的理論，且又順適秦人對文化

歷史的心習。諸夏之所以卑秦，主要還是秦蔑視人文歷史，諸侯史記固然焚滅不存，連自己的歷史也很簡略，史遷云：「獨有《秦記》，又不載日月，其文略不具。」（《史記‧六國年表》）華夷之別，並非由於血緣。儘管如此，史遷所記秦事，大抵仍本之於秦的史書，所以寫秦的歷史以及與秦有關的人物最詳細，這畢竟是僅存的歷史檔案，而六國史記則不存，乃有「惜哉！惜哉！」的深嘆。秦人尤其不會珍視華夏史官有秉筆直書的傳統，是也不知歷史的意義。秦人不知，李斯則不會不知，但他寧願扮演衛巫監謗的角色。其實摒絕各家，真實行起來，則法家本身也成一封閉系統，再無衝擊，也等於自絕於任何發展、更新。

李斯的倡議，無論口說或上書，都算不得文章，——魯迅的所謂文章，但焚《詩》、《書》，在史學與文學上，的確太重要了，李斯竟是以反歷史反文學而在歷史和文學上留名，所以也不能不算這一筆帳。不過，秦焚《詩》、《書》，實不自李斯始，商鞅是始作俑者，《韓非子‧和氏》云：

> 商君教秦孝公以連什伍，設告坐之過，燔《詩》、《書》，而明法令，塞私門之請而遂公家之勞，禁游宦之民而顯耕戰之士。

此文，李斯顯然曾經深研。事實上，秦統一後的各種措施，許多都是商鞅昔年變法的張本。孟子云：「諸侯惡其

（周禮）害己，而皆去其籍。」（《孟子·萬章下》）許慎《説文解字·序》繼承此説：「諸侯力政，不統於王，惡禮樂之害己，而皆去其典籍。」可嘆這是吾國的劣風，並非秦人獨擅，一面是建立自己的歷史、地位，另一面卻在刪除其他人的歷史、地位。試舉一例，那位才高八斗的曹植，他懷舊悼時的詩作，滿含情思，可真正面對古物，則是另一光景。他做鄄城王時既毀古碑，又把漢武帝的舊殿拆了，還做了一篇〈毀鄄城故殿令〉，生花妙筆，合理化毀壞文物的行為：

> 令：鄄城有故殿名漢武帝殿。昔武帝好游行，或所幸處也。梁楠傾頓，棟宇零落，修之不成良宅，置之終於毀壞，故頗撤取，以備宮舍。余時獲疾，望風乘虛，卒得慌惚，數日後瘳。而醫巫妄説，以為武帝魂神，生茲疾病，此小人之無知，愚惑之甚者也。

> 昔湯之隆也，則夏館無餘跡。武之興也，則殷台無遺基。周之亡也，則伊洛無隻椽。秦之滅也，則阿房無尺桷。漢道衰則建章撤，靈帝崩則兩宮燔，高祖之魂不能全未央，孝明之神不能救德陽。天子之存也，必居名邦敞土，則死有知，亦當逍遙於華都，留神於舊室，則甘泉通天之臺，雲陽九層之閣，足以綏神育靈。夫何戀於下縣，而居靈於朽

宅哉？以生論死則不然也，況於死者之無知乎？

　　　且聖帝明王顧宮闕之泰，苑囿之侈，有妨於時者，或省以惠人，況漢氏絕業，大魏龍興，隻人尺土，非復漢有。是以咸陽則魏之西都，伊洛為魏之東京。故夷朱雀而樹閶闔，平德陽而建泰極，況下縣腐殿為狐狸之窟藏者乎？今將撤壞以修殿舍，恐無知之人，坐自生疑，故為此令，亦足以反惑而解迷焉。

　　此文頗有代表性，曹植先從自己染病的親歷說起，然後破除醫巫的妄說，認為鄄城漢武帝的故殿，「修之不成良宅，置之終於毀壞」，於是毀拆。看似是不得已，或可理解，但由此暗示，保留舊文物，是無知、迷信；把不存舊文物說成理所當然，「漢道衰則建章撤，靈帝崩則兩宮燔」、「故夷朱雀而樹閶闔，平德陽而建泰極」，顯然大有問題。破除醫巫妄說，以及無知迷信，即使沒有今人保留文明遺產的觀念，畢竟是不同的思維。武帝故殿，「修之」是整理文物，而不是要成為「良宅」。古碑毀了、舊殿拆了，然後發思古之幽情，古人實無保留文明遺產的真心，然則今人以發展為名，撤之燔之，夷之平之，毀棄一切舊記憶，尤其不是自己的記憶，也就振振有辭。至於有復仇的心態，那更不得了。這所以項羽火燒阿房宮，由它燒三個月乾淨。法家仇儒，李斯不過得以在統一的格局裏執行得更徹底而已。翻開

《商君書》，為了推動農戰，以法治國，愚民反智與禁《詩》、《書》之説，重重複複：

> 無以外權任爵與官，則民不貴學問，又不賤農。民不貴學則愚，愚則無外交，無外交則勉農而不偷。民不賤農，則國安不殆。（〈墾令〉）

> 愚農不知，不好學問，則務疾農。（〈墾令〉）

> 農戰之民千人，而有《詩》、《書》辯慧者一人焉，千人者皆怠於農戰矣。農戰之民百人，而有技藝者一人焉，百人者皆怠於農戰矣。……
> 《詩》、《書》、禮、樂、善、修、仁、廉、辯、慧，國有十者，上無使守戰。國以十者治，敵至必削，不至必貧。（〈農戰〉）

> 國有禮、有樂、有《詩》、有《書》、有善、有修、有孝、有弟、有廉、有辯，國有十者，上無使戰，必削至亡；國無十者，上有使戰，必興至王。（〈去強〉）

> 辯慧，亂之贊也；禮樂，淫佚之徵也；慈仁，過之母也。（〈説民〉）

> 六蝨——曰禮、樂；曰《詩》、《書》；曰修、善，

曰孝、弟；曰誠信，曰貞廉；曰仁、義；曰非兵，
曰羞戰。國有十二者，上無使農戰，必貧至削。
（〈靳令〉）

這類愚民之說，連篇累牘，舉不勝舉，文字淺顯，也無
勞語譯。總結而言，商鞅之所以否定《詩》、《書》、禮、樂等
等，說得很清楚：為了富國強兵，必須集中人民的心力，專
務農耕和打仗。要推行這種單一思維，則有賴嚴刑峻法，「重
刑而連其罪」（〈墾令〉）。民眾守法、農耕和打仗，都不用思
想，他們不過是國君的工具罷了，最好不會思想。前引〈開
塞〉一句：「民愚，則知可以王」，正揭示愚民的真正目的。

這所以要對付所有能讀書會明辨的人，春秋以降的儒家
自是重點的打擊對象，其實也不止此，還包括主張非攻的墨
家、無為靜守的道家，以至後來四處巧言游說的縱橫家。他
反對的，是一切會令人民思考的東西；愚民，才可以奴民。
這種思想，在以農立國的亂世，列國爭戰，卻因目標明確單
一，能收立竿見影的時效。所謂「農奴」，可以這樣理解。後
來韓非繼承這一套思維，更進一步，結合法術勢。

44 焚書之源

焚書之後翌年，始皇再又「坑儒」，則史遷在〈儒林列傳〉

中但云：「秦之季世，焚詩書，阬術士，六藝從此缺焉。」
〈淮南衡山列傳〉也只是說：「秦絕先王之道，殺術士，燔詩
書，棄禮義，尚詐力，任刑罰，轉負海之粟致之西河。」
阬殺的是「術士」，但所阬的是方士，抑方士而兼部分儒生
（兩者並非截然不可兼習），歷來不乏爭論。大抵過去較多學
者認為阬的是方士而兼儒生，近人則認為只是方士，阬之不
足惜，梁啟超甚至認為「掃滌惡氛，懲創民蠹，功逾於罪」
（《飲冰室合集》）；胡適同樣認為「這種方士，多阬殺了幾
百個，於當時的哲學只該有益處，不該有害處。」（《中國
哲學史大綱》）兩位大學者竟然把這種阬殺的激烈做法說成是
始皇對風氣對哲學的貢獻，——當時還有什麼哲學可言？元
兇禍首不單無罪，更且有功。可嘆到了近代的學者，仍然以
為阬殺可以解決問題。他們沒有追究，惡氛之濫，其實是上
有好者：

> 自齊威、宣之時，騶子之徒論著終始五德之運，
> 及秦帝而齊人奏之，故始皇採用之。而宋毋忌、正
> 伯僑、充尚、羨門高最後皆燕人，為方仙道，形解
> 銷化，依於鬼神之事。騶衍以陰陽主運顯於諸侯，
> 而燕齊海上之方士傳其術不能通，然則怪迂阿諛苟
> 合之徒自此興，不可勝數也。（《史記・封禪書》）

怪迂阿諛苟合之言從來就有，但怪迂阿諛苟合之徒得以

興，卻是由於皇帝的厚愛。再者，始皇坑殺術士，目的豈是為了清理門戶，豈有掃滌之心？再多坑幾個，也不過是因為那幾個吃了灶糖，嘴巴不甜。坑儒事在前212年，這之後惡氛更熾，兩年後（前210年），秦始皇再次遣派徐市出海尋求長生不死藥，並且帶了三千童男童女、數百名能工巧匠。他當然是再上徐市的當，以為蓬萊仙人嫌禮物太薄；之後又以真人自居。病篤時又派遣得力的蒙毅去祈福。蒙毅一去，也帶走了他打下的江山。至於二世受了「指鹿為馬」的蠱惑，昏昏然即求神問卜，依卜者所言跑到上林齋戒。

所坑者是「術士」、「諸生」，或是博士的弟子，而不是博士，看來也止於咸陽一地。不過，扶蘇不是說過：「諸生皆誦法孔子？」況且，博士可以置身事外麼？「焚詩書，阬術士」，「偶語詩書者棄市」、不容「以古非今」，對所有讀書人其實都構成龐大而恐怖的壓力。別忘了秦行連坐法，要互相監督、舉報。戰場上尚且有自相殘殺而冒領軍功的案件，良莠日更不齊的博士，能獨善其身？博士中的儒家學者，自必深感此世界非公世界，於是有桂貞等博士逃亡，見王蘧常《秦史》云：「桂貞者，亦為博士。始皇三十六年，坑儒事起，桂貞改姓呑，以避禍。」其說引自宋人的《集韻》。說「亡秦者胡」的盧生，即盧敖，也是博士。

無論如何，坑儒一事倒與李斯並無直接關係，而是由於方士盧生等一再哄騙嬴政，花費大量金錢，交了白卷，又在

背後數落嬴政，最後逃之夭夭。始皇一怒之下，諸生坑了四百六十多。東漢衛宏曾傳出始皇另一次坑儒，後人輾轉抄引，其文云：

> 秦既焚書，患苦天下不從所出更法，而諸生到者拜為郎，前後七百人。乃密令冬種瓜於驪山坑谷中溫處。瓜實成，詔博士諸生說之，人人不同。乃命就視之，為伏機。諸生賢儒皆至焉。方相難不決，因發機，從上填之以土。皆壓，終乃無聲。（轉引自顏師古《漢書注·儒林傳》）

冬瓜坑儒的故事，不見於史遷等西漢人的記載，應不可信，以始皇的作風，要坑即坑，何需諸多造作，設計種瓜而待瓜實，讓博士諸生對此言說，以暴露他們實無所知？還是焚書，確是李斯之議，這令人想到李斯的老師荀子。除了性惡論、法後王之說，荀子遙接商鞅而深刻地影響李斯的，還有兩點，對李斯的政見起催化的作用，這或竟就是李斯所片面學得的「帝王之術」。

其一，是荀子對《詩》《書》的看法。荀子本人精於文學修辭，像陳柱所言，可稱駢文之祖，《荀子》各篇縱橫議論之後，更往往引《詩》《書》以證，他不否定《詩》《書》，但比之於禮，竟有高下之分。荀子既極言禮的重要，從去除惡性，修身處世，以至止亂治國，首務就是要隆禮，在「禮義之統」

的前提下，其他都要讓路、分輕重。名篇〈勸學〉篇曾分別三者的效用，說：

> 《書》者，政事之紀也；《詩》者，中聲之所止也；禮者，法之大分，類之綱紀也。

禮是大分，是綱紀。然後他開始批評五經：

> 學莫便乎近其人。《禮》《樂》法而不說，《詩》《書》故而不切，《春秋》約而不速。
>
> （學習沒有比親近良師更便捷的了。《禮》《樂》有法度但欠闡說；《詩》《書》古樸但不切合現實；《春秋》隱微但不易通曉。）

不說不切不速之後，接著再進一步針對《詩》《書》：

> 學之經莫速乎好其人，隆禮次之。上不能好其人，下不能隆禮，安特將學雜識志，順《詩》《書》而已耳，則末世窮年，不免為陋儒而已。將原先王，本仁義，則禮正其經緯蹊徑也，若挈裘領，詘五指而頓之，順者不可勝數也。
>
> 不道禮憲，以《詩》《書》為之，譬之猶以指測河，以戈舂黍也，以錐飡壺也，不可以得之矣。
>
> （為學的途徑，最快捷是崇敬良師，其次則是崇尚

禮法。上不崇良師，下不尚禮法，只是學些雜書，順着
《詩》《書》解說一下罷了，那麼終其一生，也不免成為
陋儒罷了。要窮究聖人的智慧，尋求仁義的根本，則禮
法才是能夠融會貫通的途徑，就像屈曲五指提起皮袍的
領子，向下一頓，裘毛就完全順服了。

　　不循禮法之道，而以《詩》《書》行事，就像用手指
測量河水的深淺，用戈來舂黍，用錐往壺裏取食，都不
可以取得。）

的確不可以取得，因為功能有別。荀子顯然沒有領悟
《詩》《書》真正的作用，而引喻失義，餓了你不會以為《詩》
《書》能夠充飢，電視機壞了你不會以為對熒幕讀幾行《詩》
《書》會有幫助吧。難道，禮法就可以麼？〈儒效〉篇分別俗
人、俗儒、雅儒、大儒四類。俗儒有種種缺失，其中之一是
「不知隆禮義而殺《詩》《書》」；雅儒有種種的優點，「法後
王，一制度，隆禮義而殺《詩》《書》」。「殺」字很可怕，
最沒殺傷力的意思是減損、貶低。禮和《詩》《書》不能兼
重，這已是非此即彼的觀念。隆禮，是對理性智性的厚重；
殺《詩》《書》，則是對感性悟性的貶抑。這顯然呼應人本性
惡的思維，否定人性之善，於是也不能理解人對美對真的追
求，難怪朱熹說：「如世人說坑焚之禍起於荀卿。荀卿著
書立言，何嘗教人焚書坑儒？只是觀它無所顧藉，敢為

異論，則其末流便有坑焚之理。」（《朱子語類》）

45 詩書的作用

牟宗三在《名家與荀子》中有深刻的分析：

> 其（荀子）所隆之禮義繫於師法，成於積習，而
> 非性分中之所具，故性與天全成被治之形下的自然
> 的天與性，而禮義亦成空頭的無安頓的外在物。……
> 而孟子正相反。孟子善詩書，詩言情，書紀事，皆
> 具體者也。就詩書之為詩書自身言，自不如禮義之
> 整齊而有統，崇高莊嚴而為道之極。然詩可以興，
> 書可以鑑。止於詩書之具體而不能有所悟，則凡人
> 也，不足以入聖學之堂奧。然志力專精，耳目爽朗
> 之人，則正由詩書之具體者而起悱惻之感，超脫之
> 悟，因而直至達道之本，大化之原。

禮義固然是和諧秩序的崇高理想，但要是沒有具體的
審美經驗與歷史認知去疏通、融會，不過是一套外在而抽象
的機械理性，像沒有血肉的骨架。所謂「悱惻之感，超脫
之悟」，再而「達道之本，大化之原」，實有賴《詩》《書》。
《詩》《書》固然是儒家的教科書，但其作用超越一家一派。
《詩》，照孔子所云，可以興觀群怨，可以事父事君，增加知

識，不過那還是側重實用的一面，詩更有審美的作用，可以深化感性、開拓想像，且直入人心，令人感動、反省；詩並且可以療，安撫心靈，治療創傷。這種治療與醫藥的實用不同，那是精神上的，是藥石無靈的地方。《書》則追溯中華民族的塑造與形成，打開縱深的視野，可以鑑古辨今，成為參照系。這是一個民族一個國家的共同記憶，因而成為根基、底氣，成為凝聚力。如果秦的祖先自視為諸夏一員，那麼把過去的記憶視同異質，刪棄不珍惜，則自稱繼承周代，如何說得過去？

問題在先秦諸夏重視歷史，除了身分認同的作用，也因為史官兼具諫議之責。孔子不是史官，但作《春秋》是微言大義。日人高木智見在《先秦社會與思想》其中分析中國傳統的史學、史官的各種功能，他舉了許多先秦的事例，這裏不贅，他歸結為：

> 在原中國，歷史記錄作為王侯反省自身，尋求經驗教訓的源泉，作為近臣諫言和進言的理論根據，作為教育太子的教科書，作為執政的參考書，作為對外交涉的根據等，都發揮了極為重要的作用。而且，通過這些諫言被採納，可以看出歷史記錄具有影響和決定現實的巨大力量。歷史，發揮着糾正和約束現在的「法」的作用。（何曉毅譯）

要強調的是，歷史要發揮作用，記的不單是天子王侯的善行，還包括惡行。他説：「父輩生存足跡不論善惡的完整記錄，原模原樣就成了子孫後代生存的指針。父輩們的善言善行是應該遵守的法，父輩們的失敗事例是不能再犯的教訓。」

歷史的教益，經凝縮及抽象化，高木智見稱之為「古之道」、「古之制」。嬴政成為天子之後，再沒有也永遠不會犯錯，當然不容古道、古訓；古，因為非今，乃成貶詞。蔑視完整的歷史教育，其結果是，不單國民子孫失學，無所歸屬，他自己也成為一個徹底失敗的父親。胡亥從趙高學的是刑法，此外，大概還包括書法吧；然後是他自己的身教。年紀較大，不在身邊的長子扶蘇，反而較能明辨，較知民情。

詩也有史的作用，《詩經》就不啻先秦不同地不同人的詩史，儘管〈國風〉不見得全出於民間的歌手，由行人之官從各地採集民歌之説，也來自史遷，高本漢（B.Karlgren）早就指出：

那些詩（〈國風〉）都是非常精熟的作品，節奏分明，用韻嚴格而一致，並且常有雕琢的上層階級的用語，就使人完全不能相信，那是無知的農民們隨口唱出來的。如果再把這種成熟的作品和同一時期的散文（鐘鼎刻辭）來比，問題就格外清楚了。相

形之下，鐘鼎文確實顯得笨拙而缺乏文學技巧。所謂樂官採詩，無疑的，當是只採集一些民間歌謠題材，如「關關雎鳩，在河之洲」（雎鳩在河中小洲上喧喧的叫）之類的。至於整首詩，則一定是出之於有訓練的和受過教育的上層分子。（《高本漢詩經注釋》，1950；董同龢譯）

大理石來自卡拉拉（Carrara），但要經過米開朗基羅之手，然後才成為《大衛》。〈國風〉的素材或來自各地民間，如陳世驤所言，乃民間生活祭祀、節慶的反映，再由受過訓練的人轉化，成為「節奏分明，用韻嚴格」的精熟之作，至今仍經得起時間的考驗，反覆誦讀，會融入並拓廣我們的審美意識（鐘鼎刻辭則否），也啟迪我們對前人的認識。《書》呢，周誥殷盤，也許佶屈聱牙，仍撒下中國散文的種子，到了《左傳》、《戰國策》結果開花。換言之，《詩》與《書》二者相輔、通感，毋寧是孿生子，也必須雙管齊下。史遷之作，無疑極富文學色彩，不是乾巴巴的記錄，也不像孔子的《春秋》，把大義收藏在微言裏。文學家的寫作，不需像杜甫那樣無一字無來歷，但史事史識，有助深化思維，打開視野，且能調節感性，免於浮薄、空疏。智情融合，才是完整的人生。至於要學好語文，最宜從具體的詩書入手。

不能體悟文學與歷史之為用，這是荀子最大的缺憾；轉

手到了韓非李斯，遂等而下之要加以焚毀、禁絕。韓非也反對所謂「賢士」的「藏書策，習談論，聚徒役，服文學而議説」（〈顯學〉）；又説：「儒以文亂法」（〈五蠹〉），豈知詩書對法治不單無害，實大有益助。

其二，荀子不容異見。他攻擊不同的學派，而要定於一尊。學生繼承這種思維，害處尤大。荀子身處戰國的末世，深研各家學説，各有吸收，但到頭來排斥也最力，其名篇〈非十二子〉是代表。他指名道姓痛斥十五人，分為六類：一、它囂、魏牟；二、陳仲、史鰌；三、墨翟、宋鈃；四、慎到、田駢；五、惠施、鄧析；六、子思、孟子。包括道、墨、名、法、儒各家。其中他只推崇孔子、子弓，但那可不是能夠「和而不同」的孔子，他攻擊孔子、子弓之後的儒者，火氣最猛烈，還加上子張、子夏、子游，統稱為「賤儒」。他起筆説：

> 假今之世，飾邪説，文奸言，以梟亂天下，欺惑愚眾，矞宇嵬瑣，使天下混然不知是非治亂之所存者有人矣。

這是把天下之亂，歸咎於那些他以為是邪説、奸言之人。那些人，他在下文逐一分類點名：他們是妨礙「總方略，齊言行，一統類」的禍害，非禁止不可。他們「持之有故，言之成理」，因此足以「欺惑愚眾」。荀子之説，例

如「從道不從君」，何嘗不是對一統的顛覆？而他的分類既不精確，評斷也欠公允。商鞅反而不在他排斥之列。這令人想到選舉年代政客的慣技，完全不同的政敵他不攻擊，因為搶不到對手忠實的粉絲，他攻擊的，是政見近似的政黨。問題在，荀子要選票麼？先秦各家的學說，實各有優缺，不可能完美周全，而知識人這種不容異見的做法，一旦和政權掛鉤，以「總、齊、一」為名，後果實不堪設想，其作用是為專制獨裁開路，為「百花齊放，百鳥爭鳴」的文化送葬。要去羅馬，豈止一途？更豈能專定一途？最終受害的，固然是先秦燦爛的文化，也同時是知識人自己這個群體。這才是真正自欺欺人的「愚眾」。知識人不過能發聲，也只會發聲，充其量沾了權力的邊，就渾忘了自己也無非眾人之一。動議殘害知識人，繼而和議，最後火上加油，要求擴大殺傷的，竟是知識人自己。

46 「皆有所長，時有所用」

錢鍾書在《管錐篇》中曾比較荀子的〈非十二子〉和莊子的〈天下〉，指出兩子不同的胸襟和識見。莊子看出各家既有缺失，也有優點，畢竟「皆有所長，時有所用」。他說：

> 荀門戶見深，伐異而不存同，捨仲尼、子弓

外，無不斥為「欺惑愚眾」，雖子思、孟軻亦勿免於「非」、「罪」之訶焉。莊固推關尹、老聃者，而豁達大度，能見異量之美，故未嘗非「鄒魯之士」，稱墨子曰「才士」，許彭蒙、田駢、慎到，曰「概乎皆嘗有聞」；推一本以貫萬殊，明異流之出同源，高矚遍包，司馬談殆聞其風而說者歟？

〈天下〉篇或為莊子後學所作，惟莊子畢竟深得文學之妙，他嘲人，也自嘲，例如〈外物〉篇中向監河侯貸粟，自喻為「枯魚」；他批判其他人，也批判自己。人能自我批判，即能明白人不可能完美，任何人終不免是一隅之見；而這正是文學批判精神的體現，也是歷史可資借鑑的地方。所謂異見，是由於不同時間或不同空間、教養、利害，以及好惡所致。法家強調「**古今異俗，新故異備**」（〈五蠹〉），如果異俗、異備，事乃必然，則異見也屬合情合理，要勉強分別，則前者是歷時之異，後者乃共時之異。前者，是客觀環境的決定，後者則是主觀的選擇。其實一個有主見的人，任何時候發表意見，相對於其他人，即是異見。嬴政與長幼二子，環境相近，同一血緣，三個竟然這麼不同，每一個對他者都是異見。異見，正有利於集思廣益，多元競秀，不同互補；讓我們反省、轉益、進步。這不僅是應然，也是實然。這是所謂「異流而同源」。從春秋時代史伯「**和實生物，同則不**

繼」（《國語·鄭語》），晏子再有和同之辯：

> 和，如羹焉，水火醯醢鹽梅以烹魚肉，燀之以薪，宰夫和之，齊之以味，濟其不及，以泄其過。……若以水濟水，誰能食之？若琴瑟之專一，誰能聽之？同之不可也如是。（《左傳》昭公二十年）

到孔子和而不同，認為專向一端用力那就有害（《論語》：「攻乎異端，斯害也已。」）；孔子在《禮記·中庸》中頌讚舜帝所以受百姓擁戴，是因為能「執其兩端，用其中於民。」又說：「萬物並育而不相害，道並行而不相悖。」孟子也反對執一而廢棄其他，認為那是「賊道」。（《孟子·盡心上》：「所惡執一者，為其賊道也，舉一而廢百也。」）《老子》十六章則云：「知常容，容乃公，公乃王，王乃天，天乃道，道乃久」，都體現了先秦知識分子的恢宏氣魄，是大海，始能容百川，以此對待異見、異類。存異，而不是滅異，然後求同。這是客觀辯證法的矛盾統一。稷下學宮，收留的學者，各家都有。總結而言，寬容異見，一如接受異俗、異備，是先秦大家的通識，絕非新生事物。

不幸戰國末期的荀子卻無此悟性、想像與胸襟（錢說「荀門戶見深，伐異而不存同」，則荀門弟子李斯又何以會廣納異見），這也可見「隆禮義而殺《詩》《書》」之害。

此外，在〈宥坐〉篇中，他寫孔子為魯攝相時，朝七日

就曾誅殺少正卯，解釋是因為此人「居處足以聚徒成群，言談足飾邪營眾，強足以反是獨立，此小人之桀雄也，不可不誅也。」藉以說明，賢如孔子，也會鎮壓異端邪說。這是對孔子的誣衊，清人崔述《洙泗考信錄》、梁玉繩《史記志疑》都曾加以辨正，錢穆的《先秦諸子繫年》辨之更詳：

戰國晚世，已有誤以孔子為魯相者。《史記》特承其誤，崔氏《考信錄》、梁氏《志疑》皆有辨。

誅少正卯，語本《荀子》，崔、梁亦辨之。余謂《國策》趙威后問齊使，「於陵仲子尚存乎？何為至今不殺乎」，此為始有誅士之意。齊負郭之民有狐咺者正議，閔王斲之檀衢，乃有誅士之行。下至荀卿，乃益盛唱誅士之論焉。其〈宥坐〉篇所載湯誅尹諧以下七事，周公誅管叔為不類，子產誅鄧析為誤傳，此外則為虛造。蓋猶非荀卿之言，而出於其徒韓非、李斯輩之手。韓非書亦載太公誅華士狂矞，其所舉罪狀，為「不臣天子，不友諸侯，畊食掘飲，無求於人」，是即趙威后之所欲誅於仲子者也。〈宥坐〉之言少正卯曰：「心達而險，行僻而堅，信偽而辨，記醜而博，順非而澤。」而〈非十二子〉篇亦云：「行僻而堅，飾非而好，玩姦而澤，言辯而逆，古之大禁。」則知少正卯即十二子之化身矣。至於李斯得

志，乃有焚坑之禍。

從趙威后「誅士之意」，到閔王（即齊湣王）「誅士之行」，演變為荀子盛唱「誅士之論」，最後終於產生「焚坑之禍」。而荀子〈非十二子〉文中居然還提倡「寬容之義」，要人「無不愛也，無不敬也，無與人爭也，恢然如天地之包萬物」。同一文章，出現兩種態度。又說：

> 多少無法，而流湎然，雖辯，小人也。故勞力而不當民務，謂之姦事，勞知而不律先王，謂之姦心；辯說譬喻，齊給便利，而不順禮義，謂之姦說。此三姦者，聖王之所禁也。

聖王要禁「姦事、姦心、姦說」，到了弟子韓非，乃承接「禁姦之法」：「太上禁其心，其次禁其言，其次禁其事」（〈說疑〉）。「言」和「事」都是可聞可見的，到了「心」也要禁，那就是思想入罪。最後到了韓非的同學李斯，他不做理論文章，逕向聖王提出做實事。

李斯說：「所不去者，醫藥卜筮種樹之書。若有欲學者，以吏為師。」不去的，還包括「卜筮」之書，這是對卜筮的肯定，等同醫藥、種樹，同樣是對國家有用的東西。那麼多的《日書》出土，李斯曾言「鬼神降福」，話是順應秦人好術數之風說的，他是否真相信，我們不知道（法家就

不信），何況這是始皇，以至秦先祖沉迷之物。然而聽任侯生、盧生、徐市之流把朝廷搞得烏煙瘴氣，勞民傷財，更敗壞管治，始皇隱藏行蹤，不再廷議，只在咸陽宮發號施令，左右丞相一直噤若寒蟬，豈能卸責？後來二世受趙高所惑，同樣秘藏不見臣子，結果讓趙高得以把持朝政。

47 教育的淪喪

　　焚書之議，當然就留下教育的問題。教育乃經國的大業，一國的質素，端賴對教育的規畫、投資與視野。周人的教育，見於《禮記》中的〈大學〉、〈學記〉、〈中庸〉，從教育的目的、作用、制度、管理，到教學的原則、步驟、方法等等，俱相當完備。此外，又有所謂「六藝」的學習：禮、樂、射、御、書、數，在古代而言，審美、歷史與儀禮以外，兼有實用技能。東周後王官失守，私學勃興，造就各種文化學術的大盛。《詩》《書》之為民族統一的凝聚，實無可替代；割棄，何異於自殘？然則李斯的想法不僅淺薄，更且粗暴。禁私學，誠如張文立指出，「以吏為師」只是統治方法，而不是統一思想，即沒有自己的統治理論。（《秦始皇評傳》）「**若有欲學者，以吏為師**」，這其實也是韓非〈五蠹〉的主張，他是以同學韓非為師：

明主之國，無書簡之文，以法為教，無先王之語，以吏為師。

韓非之說，又本之於《商君書》，這原來是法家之教、法家先輩之語，《商君書·定分》云：

吏、民（預）知法令者，皆問法官。故天下之吏民，無不知法者。

故聖人必為法令置官也，置吏也，為天下師，所以定名分也。

秦自孝公商鞅的時代起，即以軍功任爵，官員大半是戰士出身，殊少人文訓練，但其時還有外來的衝擊，也接受外來的衝擊，如今則是一個封閉、專任法吏的國家，再加焚書，人文精神遂式微消弭。始皇坑術士，或不及博士，博士是秦官，以博通古今而為皇帝顧問，其職責之一本為議政辦政，提供政策的意見，提出不同的意見尤其珍貴。焚書之後，則政策已不容非議。淳于越之屬告退，周青臣之流當道，但這類博士，我們知道，已淪為宮廷花瓶。

到了二世，博士仍然尸位，並且帶着學生。《史記·劉敬叔孫通列傳》載叔孫通降漢，「從儒生弟子百餘人」。這位博士，以圓滑看風著稱。焚書之前，儒生所能發揮的，主要是提供實用知識，之外已同虛設，留下的大抵都學懂了明哲

保身。統一之初，名額七十，逐漸減少，至二世責問陳勝之亂時，我們讀到的只是三十餘人。宋元之間的馬端臨《文獻通考》云：

> 秦以儒者為博士，每國家有大事，則下博士議之。然因淳于越進議封建而下焚書之令，因盧生輩竊議時事而下坑儒之令。蓋此二事者，皆激於博士之正論。然則其所進用者，必皆得面諛順指如周青臣、叔孫通輩，然後能持祿苟免耳。稍引古義，持正論，則批逆鱗，觸奇禍。是《書》雖存而實亡，博士官雖設而實廢矣。

李斯「以吏為師」的吏，有說即博士，不對，應指官吏，並且是專業秦法的官吏，商君、韓非之語可以參照。然則李斯是以法為教，他對教育的改革，上焉者培養執法的官僚，下焉者塑造守法的黔首，禁絕私學，再無其他學習的途徑。這種教育，狹隘，萎縮，而沒有人文精神調節的法治，只會轉趨涼薄。如果秦祚有五十年，而不是十五年，整個國家終必淪為一個只容單一記憶，不容更多的記憶，失去反省的功能，失去對自己對別人完整的認識，一座沒有想像、排斥創意的牢獄，人民生活在一個沒有主體性、陌生的國度裏，全國會失去審美的能力，年輕人既不容表達情意，也不懂得表達情意；不會思考，逃避思考，於是也同時喪失漢語

多彩多姿的表述、論辯的能力，這，本來是先秦人數百年錘煉出來的成果。

秦之速亡，其實與忽略以至蔑視教育大有關係，這方面，論者不多。漢初賈誼的《過秦論》，曾詳論秦亡的原因，在《新書・保傅》他另外指出教育對太子的重要。他說太子初生時，要「見正事，聞正言，行正道，左右前後皆正人也」。然後「不能無正也」。賈誼認為這就是殷、周能長期維持國運的理由。他說：

> 及秦而不然，其俗固非貴辭讓也，所上者告訐也；固非貴禮義也，所上者刑罰也。使趙高傅胡亥而教之獄，所習者非斬劓人，則夷人之三族也。故今日即位，明日射人。忠諫者謂之誹謗，深為之計者謂之妖言。其視殺人若艾草菅然，豈胡亥之性惡哉？其所以習道之者非理故也。

二世受的是什麼教育呢？都是負面的嚴刑峻罰：斬劓、夷族；這並非由於他的「性惡」（文章起首已點明：「人性非甚相遠也」），而是教育，惡劣的教育。老師教唆他騙取權力，殘殺近親；丞相鼓勵他放任縱欲。

賈誼為長沙王、梁王的太傅，故針對未來接班人的教育，認為這繫乎國家的興亡。宏觀地看，所有的未來接班人，如果受的教育，是一種偏狹、惡劣的教育，而且無可選

擇，我想問：這國家還有願景嗎？這會造就一個真正的盛世嗎？

48 嬴政的一個關鍵詞：權力

秦自孝公之後，歷代的治國理念基本上是法家，但不等於說完全摒絕儒家，不過儒生與方士良莠混雜。嬴政也並非徹頭徹尾的奉行法家理念，觀其一生行事，頗多矛盾之處，他構建的帝國，顯然並非來自一套完整、貫徹的理念。理念，大多創自商鞅，而這只適用於戰國的亂世；具體的舉措，又大多源自他個人的慾望。如果他有一個統一的關鍵詞，那是兩個字：權力。必須強調，權力的追求，不一定全是負面的力量，只有當權力成為絕對、再無限制時才成問題。而嬴政的權力，是傳統典型的宏觀權力，自上而下。

統一前，那是權力的爭取。劉向認為嬴政能夠「聽眾人之策」（《戰國策・敘錄》），是的，凡有利於取得最大的權力，他能納諫。但他的功利，與真正的「功利主義」（Utilitarianism）不同，因為真正的功利主義者，照約翰・穆勒（John Mill）指出，是在自利之外，同時想到他利，而兩利並存，他利其實也是為了自利：

> 功利主義要求，行為者在他自己的幸福與他

人的幸福之間，應當像一個公正無私的仁慈的旁
觀者那樣，做到嚴格的不偏不倚。(《功利主義》
(Utilitarianism)，徐大建譯)

後人理解的功利主義，則只有單方面的自私自利。嬴
政如果也有他利的做法，那是在自利的前提下，兩者並不平
分。他不是公正的「行為者」。但他是楊朱那種極端個人的
「為我」麼？更不見得，因為楊朱這個「我」，不單是他自己一
個「我」，也是他人的「我」，所以他同時主張「**公天下之身，
公天下之物**」(《列子·楊朱》)，而個人自由至上，因此否
定道德，也否定刑法。嬴政這個「我」，是壟斷了的「朕」，
並沒有他「我」。

在爭取個人權力的前提下，他可以用盡一切方法：用
人，用陰謀。法家不用賢，他用賢，以至禮賢。對不同的爭
議，他有自己的意見，就視乎對目標是否有利。例如接納李
斯的上書，罷逐客令；留用對他有惡評的尉繚，任為國尉。
聽從齊人茅焦的勸告，迎回因醜聞而流放的母后(〈秦始皇
本紀〉)；但此前卻把二十七位同樣勸他的大臣殺了。接回母
后，《戰國策·秦策》記載是頓弱的諫言。嬴政想見頓弱，
可是頓弱的條件是：不會下跪。他接受了，卻被頓弱當面斥
責，無名無實：「**已立為萬乘，無孝之名；以千里養，無
孝之實。**」他大怒，仍能聆聽頓弱對局勢的分析，並且資以

萬金，令頓弱游説韓、魏，收買兩國重臣。趙殺大將李牧，實是頓弱反間計之功。後來齊王入秦，燕、趙、魏、韓四國歸附，都是頓弱游説的結果。當伐趙失敗，嬴政即能反省輕信李信的錯誤，重召王翦。但王翦看到，絕對不能讓他認為你威脅他的權力。

統一前，嬴政無疑是相當理性的，差可借用法蘭克福學派提出的「工具理性」（instrumental rationality）形容：能夠達到目標的，不管是什麼，就是應該的、合理的，而無視道德價值。法家講的利害關係，對正了胃口。法家不信邪，他信邪。這種心態、性格，在未取得絕對權力之前，未必不可以走向善途，如果能善加誘導，李漁云：「**不若因勢利導，使之漸近自然。**」（《閒情偶寄‧治服》）商鞅説孝公，是一路向下，從帝道、王道，而走到霸道。後來的有識之士，秦既邁向稱霸之途，甚至稱霸之初，審時度勢，何不嘗試向上走？只是不宜像後來淳于越所云：面諛以重過，更不堪一味奉承苟合。游説的策略，戰國以降，還會少麼？但誰知道呢？荀子〈性惡篇〉云：「**然則可以為，未必能也；雖不能，無害可以為。**」逆獨裁暴君之意而進諫，是否「無害」，不是奉承苟合的讀書人所能知。

統一後，既取得了絕對的權力，則權力變換了不同的表現形式，例如合理化（戰爭是為了除暴、行五德終始，取代周）、宣示（東巡、刻石、制令）、集中（郡縣、劃一制度）、

延續（二世、長生）、保證（嚴刑峻法、收兵器、遷富豪）、擴張（北伐南征）、享受（宮殿、色樂珠玉），等等。問題在，權力越大，對權力的貪戀也越癡迷，最後必然是權力的神化，他變成了神一樣受歌頌的真人。而最大的弊病在，因為權力絕對，他已沒有真正的、誠實的敵人，連一個會審時度勢的對手也沒有。任何一個偉大的帝王或者渴望偉大的帝王，無論在外或在內都必須有一個份量相當的對手。嬴政並沒有，是他不容許有，並且獲得李斯的大力協助，不許有。亡秦者胡？胡還不夠格，三十萬人就搞定了，比不上百越，更遠遠不及建造墳墓、宮殿之數。結果身邊都是騙子、阿諛之徒，令他疑神疑鬼，自己也變成半神半鬼。

沒有對手，於是分明是矛盾、自我抵銷的舉措，沒有人鞭策他。最明顯的是，當他自詡功過五帝三王，要把帝位傳之無窮，另一面卻又奉行陰陽家的五德終始說，立秦為水德，繼承周的火德。五德終始說出自戰國齊人鄒衍，據說也是稷下一位學者；所謂「五德」，是指土、木、金、火、水五種物質，美稱為「德」，這五德相剋相生，始於土，終於火，順序輪替，周而復始，支配朝代的循環遞嬗，而新朝的興起在自然界必定有相應的符瑞出現。鄒衍的著作如今已佚，只散見於各家著作。

《呂氏春秋‧應同》傳述五德之說，起首指出黃帝屬土、夏屬木、商屬金、周屬火，然後「代火者必將水」。所以，

取代周的秦應為水德。〈應同〉的要旨是告誡秦王奉天承運，機不可失。始皇打倒呂不韋，各方面都倒行逆施，唯獨接受了這一套，並且按照「五德」說，把黃河改名德水，以十月為年首，服飾旄旗皆崇尚黑色，數字則尚六，或六的倍數，符、法、冠都是六寸，輿車六尺、六馬。郡縣呢，最初是六乘六的三十六。倘是為了證明秦統一天下乃順應天意，則這種循環的歷史觀同時說明朝代會按周期轉移，豈能傳之無窮？

鄒衍之說，本旨是忠告帝王，不可失「德」；但這方面可沒有理會。法家也講帝王的「德」，韓非認為明主制臣，只靠兩種權柄：一是刑，二是德。「**殺戮之謂刑；慶賞之謂德。**」（《韓非子·二柄》）一條鞭子一粒糖。他的德，與品格無關。法家也並不相信歷史會循環往復。韓非把人類的演化分為四個時期：上古、中古、近古、當今，人口隨着時代增長，生存的資源因此變少，於是產生矛盾、爭鬥云云。（〈五蠹〉）所以，始皇也不是徹底的法家，他不過以法治國，利用法規來管理他的家當而已。

戰國時，方仙道流行，鄒衍頗受諸侯禮遇，其時已煽動五德終始之風。《史記·封禪書》云：

> 宋毋忌、正伯僑、充尚、羨門高最後皆燕人，為方仙道，形解銷化，依於鬼神之事。騶衍以陰陽主

運顯於諸侯，而燕齊海上之方士傳其術不能通，然
則怪迂阿諛苟合之徒自此興，不可勝數也。

鄒衍之說固然是迷信之源，其門徒弟子則與燕的方士勾
結，渲染鬼神，怪迂阿諛，求帝王之所好。結果，五德終始
說不見其德，只取其弊：把國家建立在謊言之上。最大的禍
害，是同時成為嚴刑峻法的藉口，「**刻削毋仁恩與義，然後
合五德之數。於是急法，久者不赦。**」（〈秦始皇本紀〉）
司馬貞《史記索隱》解釋云：「**水主陰，陰刑殺，故急法刻
削，以合五德之數。**」

方士之術不能通，而仍受寵用，顯然另有其他功能，例
如提供各種靈丹仙藥，讓始皇可以縱慾，可以「養生延年」。
始皇五十歲而亡，勞碌之外，豈知與此不無關係？

他拒行封建，最大的原因，我想絕對不是為了怕打仗，
而是不喜歡分薄了自己的權力。

49 仙山，在虛無飄渺間

上引〈封禪書〉，下文云：

> 自威、宣、燕昭使人入海求蓬萊、方丈、瀛洲。
> 此三神山者，其傳在勃海中，去人不遠；患且至，
> 則船風引而去。蓋嘗有至者，諸仙人及不死之藥皆

在焉。其物禽獸盡白，而黃金銀為宮闕。未至，望之如雲；及到，三神山反居水下。臨之，風輒引去，終莫能至云。世主莫不甘心焉。

及至秦始皇并天下，至海上，則方士言之不可勝數。始皇自以為至海上而恐不及矣，使人乃齎童男女入海求之。船交海中，皆以風為解，曰未能至，望見之焉。其明年，始皇復游海上，至琅邪，過恒山，從上黨歸。後三年，游碣石，考入海方士，從上郡歸。後五年，始皇南至湘山，遂登會稽，並海上，冀遇海中三神山之奇藥。不得，還至沙丘崩。

「甘心」，指羨慕。自從齊威王、齊宣王，燕昭王派人入海尋仙，齊燕兩地的方士很得意。據《史記·孟子荀卿列傳》云，昭王並且尊鄒衍為師，為他建造碣石宮。這所以始皇東巡，總到海邊，甚至出海，這也解釋了東巡之密。古制新君例到泰山封禪，始皇當然也要奉行；也和當地的博士儒生商量，因為去古已遠，發覺他們意見紛紜，又難於實行，就把他們斥去（「由此絀儒生」，也見於〈封禪書〉），自行按照秦國以往祭祀的做法。春秋時齊桓公成為霸主之後也想封禪，自誇「九合諸侯，一匡天下」，三代帝王也不過爾爾，管仲見「桓公不可窮以辭」，就改變游說策略，婉言說古代封禪有十五種瑞應，什麼比目魚比翼鳥、鳳凰麒麟等等，如

今呢，可沒有這些東西；據此打消了桓公的念頭。封禪的目的，是想宣示：朕受命於天，要天下人認同。封禪的古制，管仲自言不懂，其實不相信。這是管仲的智慧，但李斯可不是管仲。

嬴政東巡刻石、封禪，並非一開始就絕對仇儒，他對魯諸生失望，仍然聘任博士，儘管不再重視。即使盛怒之下坑儒，理由與其說是方士找不到仙藥，豈能找到，主要還是方士在背後笑罵他。他仍然是最受誣惑之人，因此北伐，再大建甬道復道秘不見人。方士說真人了不起，自己就成為真人；說有大鮫魚阻了仙藥，就帶備弓弩，射殺了一尾大魚。例子還有不少。

始皇「後三年，游碣石，考入海方士」，「後五年，……並海上，冀遇海中三神山之奇藥」云云，信非虛傳。碣石，據專家考證，既指一「特立之石」，也指一特殊地區，此區位於秦皇島、北戴河一帶，成為方士尋仙的熱點，遙想當年，一定龍蛇混雜，騙子和浪子到來尋找機會。始皇在這裏也建了碣石宮；始皇之後，漢武帝也曾東遊至此，又再重建。他們的目的，會像遊客那樣不過隨團參觀名勝景點？目的明顯不過：尋仙求藥。這地區近三十年發現秦漢建築群遺跡，1984 年開始發掘，建築群佈局宏大，結構基本保持，有大型高臺基址，東西面各有臺階。排水系統也很完善，有冰窖、沐浴室，還有廁所，據說是始皇專用的。此外，還發

現只見於秦陵那樣特大的瓦當。要看秦宮,除了未揭密的秦陵,俱已灰飛煙滅,這是現存的孤本。

至於「特立之石」,在海中,距岸約四百米,後人亦名「姜女石」,是浮現海面的三塊天然礁石,其中東面一塊高聳二十米,柱狀,這就是秦皇漢武仰望「甘心」的石頭?專家在水中考古,找到若干活石,即人工的石塊,可能是石下修築了甬道,水淺時或可以直通。試問誰會有興趣也有能力在水中建設甬道?(參楊榮昌〈破解千古「碣石」之謎〉,載《最新中國大發現》)

50 始皇之死

自大與自卑,往往是一事的兩面。我想,嬴政的先祖孝公失去了河西之地,感受到「諸侯卑我」,難免產生一種身分焦慮(identity anxiety),這種渴求,成為奮發自強的動力。嬴政自己早年為人質時則自覺受辱,加上母親的失德、風頭被「仲父」搶去,也難免內化為心理障,同樣渴望證明自己的能力,要贏取認同、尊重。這多少解釋奉行五德終始,而東巡石刻頌詞與行事的分裂。

不幸穆公以後,秦重用的都是三晉的戰略家、政客。再然後接收了一批燕齊博士,初期也許各家各派都有,但在法家的主旋律下,先儒被認定為迂腐、被征服。唯一不能征服的,

是海上的蓬萊仙島。但和海市蜃樓作戰，豈能得勝。而秦人本有迷信鬼神的傳統，燕齊方仙道極熾，於是一拍即合，方士遂特蒙恩寵。始皇晚年為此耗費大量人力物力，一再受騙，更可能因此而死，絕難說他仍能保持清醒、知人善任。

孔子不語怪力亂神，我不以為有什麼了不起，讀到各地出土大量秦人辟邪治鬼祟神的竹簡，方始體會孔子「未知生，焉知死」、「未能事人，焉能事鬼」的人文精神，試圖挽回人對現實人生的關注。荀子也不信天命，認為可制而用之，並不迷信；法家同樣不語鬼神；只有墨家明鬼。而李斯等一群輔政大臣之中，已沒有具影響力的墨子信徒，應明知方仙道不妥，卻無一諫言。焚書之議不焚卜筮之書，顯然是求其所好。始皇從不輕恕罪犯，應恕不恕，卻恕錯了一個宦官趙高，並且留在身邊，成為小兒子的老師，連遺詔也交託給他。趙高是否後世的所謂太監，有不同的意見，漢簡「宦人」只是內廷任職的近侍。這個人一如李斯，通曉律法，也擅書法；與李斯不同的是，不露鋒芒；在史遷筆下，比李斯更會說話，更工於心計。

始皇一直求神，對眾神卻表現得很勢利。史遷記述當他在南郡遇大風幾乎令他不能渡江，知道湘君神不過是堯之女舜之妻，仙階甚低，他大發脾氣，粗暴地下令三千人把湘山樹木伐個乾淨，判為囚犯，穿上紅囚衣，〈秦始皇本紀〉云：

始皇還，過彭城，齋戒禱祠，欲出周鼎泗水。使千人沒水求之，弗得。乃西南渡淮水，之衡山、南郡。浮江，至湘山祠。逢大風，幾不得渡。

上問博士曰：「湘君神？」

博士對曰：「聞之，堯女，舜之妻，而葬此。」

於是始皇大怒，使刑徒三千人皆伐湘山樹，赭其山。上自南郡由武關歸。

美日學者認為這是不可思議的，因為那麼大的一個山，於是認為是後人竄入。這只能存疑，又或者伐與赭誇大了，只是始皇所見山的部分，但不能斷定是假造。應答的博士，可能也是兼習方仙道。求鼎不得，大風幾乎不能渡河，與湘山祠有什麼關係呢？既已取代周，仍求周鼎，也可見對合法性的念念不忘。當他成為真人，命人到處傳頌讚美他的歌詩，稍不遂意，即狂躁發作，他其實已被自己的權力搞得變態失常。

他生前已為自己大搞陵墓，卻「惡言死，群臣莫敢言死事」（〈秦始皇本紀〉），妻室萬千，卻沒有立皇后，——是否有立，至今成謎，也因此沒有做好太子接班的安排，大抵仍然以為仙藥可得，結果造成悲劇。他把長子扶蘇遠調到上郡監軍，因為這兒子比王綰一夥更囉嗦、嘮叨，他很生氣。祖龍一死，關東的黔首卻集結起來反政府了。《韓非子·揚權》

云：

> 有道之君，不貴其臣；貴之富之，備將代之。
> 備危恐殆，急置太子，禍乃無從起。

韓非至少預警了後半句。他死得急，但並非猝死，「至平原津而病」（平原津，今山東平原境內），然後「病益甚」，死於沙丘臺（今河北省廣宗縣），從平原到廣宗，途程不太遠，要交代後事，還是有時間的。沙丘臺，是當年胡服騎射的趙武靈王餓死的地方。趙武靈王以英明著稱，卻錯在廢黜太子章而傳位給幼子何，即趙惠文王，可是眼見長子給幼弟跪拜又於心不忍，竟把趙國一分為二，釀成兄弟殘殺，而自己則困死沙丘。據說更早之前，是紂王設酒池肉林因而倒臺的地方（《史記·殷本紀》）。秦始皇從拒絕分封時即沒有「備危恐殆」，病重時又遣去蒙毅，仍然沒有「急置太子」，結果身邊都是牛鬼蛇神。劉向《說苑·至公》載始皇曾有意禪賢，學者大多不信，認為是為王莽篡位造勢，劉乃新莽的國師。姑備一說：

> 秦始皇帝既吞天下，乃召群臣而議曰：「古者五帝，三王世繼，孰是？將為之。」博士七十人未對。
> 鮑白令之對曰：「天下官，則讓賢是也；天下家，則世繼是也。故五帝以天下為官，三王以天下

為家。」

秦始皇帝仰天而歎曰：「吾德出於五帝，吾將官天下，誰可使代我後者。」

鮑白令之對曰：「陛下行桀紂之道，欲為五帝之禪，非陛下所能行也。」

秦始皇帝大怒曰：「令之前！若何以言我行桀紂之道也。趣說之，不解則死。」

令之對曰：「臣請說之，陛下築臺干雲，宮殿五里，建千石之鐘，萬石之虡，婦女連百，倡優累千，興作驪山宮室至雍，相繼不絕，所以自奉者，殫天下，竭民力，偏駁自私，不能以及人，陛下所謂自營僅存之主也。何暇比德五帝，欲官天下哉？」

始皇闇然無以應之，面有慚色。久之，曰：「令之之言，乃令眾醜我。」遂罷謀，無禪意也。

按照鮑白令之的說法，五帝與三王是有分別的，前者以天下為官，後者以天下為家，前者讓賢，後者繼世。始皇說「吾德出於五帝」，是變得自謙了，於是也要讓賢，問：「誰可使代我後者」。如果他自己也拿不定主意，他人豈敢作主？但鮑白令之把他一番數落，「陛下行桀紂之道」，跟五帝比，你配麼？晚年的始皇能接受這種面諫？

誰可代我？始皇在病重時不可能不面對這問題。到自

知命不久矣才詔扶蘇回京嗣位辦理喪事，這反而出人意表，如果這不是反覆，也是難以理解的。扶蘇真的接位，他不害怕扶蘇會重行封建，免除嚴刑峻法麼？極講孝道的扶蘇，何嘗不誦法孔子？我們看不透他，他也收藏起來，刻意不讓人知。有論者為此申辯，認為遣扶蘇出外，是培訓，又或者是監軍，用心良苦云云，卻忘記了扶蘇的政見，讓扶蘇接位，何異於自我否定？但否定的是治國之策，他仍是「始皇帝」，在地下，他仍擁有絕對的權力。

51 不信任李斯

我一直奇怪，既立遺詔，則已不得不主動「言死事」，那麼重大的決定，當病益甚，曾否召來重要官員，尤其是隨行的丞相，在眾臣之前交付辦理？〈秦始皇本紀〉實未詳言：

> 至平原津而病。始皇惡言死，群臣莫敢言死事。上病益甚，乃為璽書賜公子扶蘇曰：「與喪會咸陽而葬。」書已封，在中車府令趙高行符璽事所，未授使者。七月丙寅，始皇崩於沙丘平臺。

詔書封而未發，仍留趙高處，則付託的應是趙高，而不是李斯，李斯竟或不在場。我想，這是由於他從來沒有完全信任李斯，甚至對李斯頗有戒心。隨行中以左丞相李斯的職

權最高。趙高掌管符璽，這位宦官的工作是把皇璽奉上，蓋印。如此則趙高就難以私自先找胡亥合謀。歷史家大多認定秦的建國規模，主力是李斯。倘如是，則這大秦最後的一塊奠石，何以不交託這位巨匠？不信李斯，這是其一。他明知李斯與自己的長子是兩種人，政見迥異；由扶蘇接位，他知道扶蘇與李斯並不協調。不過，李斯無非工具之一，是已無狡兔的走狗罷了。遺詔付託李斯，不無懸慮，胡亥又年少無知，他看到李斯對待同學韓非、韓非對待同事姚賈的手段，可能見神見鬼。

其二，議焚書一役，李斯表現鋒芒太露，洞悉帝心，儘管是這樣，也可能因為這樣，他之後仍然位極三號，沒有晉升為二號。韓非〈揚權〉的話，始皇實行了上句，緊記着下句：「有道之君，不貴其臣；貴之富之，備將代之。」他是否想到：扶蘇倘由李斯扶立，照扶蘇仁厚的性格，這位權臣更加不得了，還會受制嗎？隨員大臣中，他最親信的是蒙毅，而不是李斯，「蒙恬威振匈奴，始皇甚尊寵蒙氏，信任賢之；而親近蒙毅，位至上卿，出則參乘，入則御前。恬任外事而毅常為內謀，名為忠信，故雖諸將相莫敢與之爭焉。」（《史記‧蒙恬列傳》）參乘，指同坐一車；御前，指侍奉身邊，近乎貼身侍衛。始皇因病，才派蒙毅離隊去祈福。蒙氏三代為秦打仗，他重武將，輕視人文歷史，當然看不起文臣。看琅邪石刻眾臣的排名，先武將後文臣可

知。太會寫文章的人，像韓非，他表示欣賞，然後把他消失了。

其三，李斯之前為長子三川郡守李由休假回來設宴，百官蒞臨，主人家也自覺排場太盛。咸陽遍佈耳目，始皇豈會不知悉李斯事前事後的表現？他找不到通風報訊的人，就把當時其他在場的人殺了，始皇說：「**此中人洩吾語。**」（〈秦始皇本紀〉）語言、行蹤都不能洩，這是法家，以至方士的主張。始皇這樣自洩，其實是發給李斯的警告，因為李斯不會不知道：老大哥在監視你，老大哥也知道你在我身邊佈置了線眼。對始皇來說，這個人從廷尉到丞相，一直看穿自己的心意，就怕他洩密。在獨裁者身邊，知道得太多，絕非好事。而此人會知機收藏，並不像王翦只求多索良田美宅，豈知不是別有所圖？這事件反映皇帝與重臣是怎麼的一種關係：彼此猜忌。

其四，他最後一次巡行，以右丞相馮去疾留守，李斯隨行，蒙毅護駕。春秋戰國時國君出外，每以太子留守，目的是免除後顧之憂。始皇受過多次行刺，心知肚明，不可能沒有後顧；未立太子，長子則遠謫上郡，顯然信任馮多於信任李。馮去疾有何功績，史無記載；他是韓上黨郡守馮亭的後人（《漢書‧馮奉世傳》），馮亭助趙抗秦而死於長平。不過面對權力絕對的人，無功往往等於無過，低調者無疑比高調者保險，最忌的是功高蓋主。二世接班後證明，右丞相馮去

疾與大將軍馮劫兩父子，將相不辱，對秦的晚節遠高於李斯。

其五，這是最根本的：嬴政不信人，連接班人也半點不透露。他一直生活在戰鬥裏，早年在異國寄人籬下，成長後得勢就盡坑曾欺負他的趙人，然後經歷弟弟成蟜的叛變，再和嫪毐、呂不韋鬥爭。在統一過程中，充滿了陰謀、欺詐，連場血腥殺戮；又多次遇刺，身邊有重臣的探子，有這樣那樣的竊聽器、潛望眼。他會信人嗎？安全感，他的人民沒有，他也沒有。法家留給他一個活命錦囊：君主切忌信人。換言之，嬴政說到底，並不信任任何人。事無大小由自己親躬，也是這個原因。他既利用李斯，又不信任李斯，一如對待方士。可信的反而是老將王翦的話：「秦王恃而不信人。」評語還在未統一前。王翦一如李斯，真能洞察人心，而王又勝李，李斯一面自言奢豪太甚，另一面仍然戀棧，這就成為擺闊（show off），粵語所云「曬命」；王翦打勝了仗即告老歸田。嬴政不得不交託趙高，不是相信趙高，而是自以為這個宦官，唉唉，最沒有殺傷力。

52 中人欲嘔的漫漫歸途，把一個豪氣、霸氣的大人物變成窩囊的普通人

事實證明，李斯果爾並不可信，儘管秦簡《為吏之道》分明寫着「忠信」兩字。始皇去世，除了李斯，只有公子胡亥

和趙高、幾個近身宦官知道。李斯隱瞞死訊，還諸多造假，遺體厝在輼輬車中，仍然吃飯、聽報告，最後惡臭難擋，又想到在車上重載鮑魚，以臭掩臭。理由是「恐諸公子及天下有變」，這豈是議郡縣時說「諸子功臣以公賦稅重賞之，甚足易制」？恐有變的，還包括「天下」。〈李斯列傳〉云：「李斯以為上在外崩，無真太子，故秘之。」秘不發喪，是李斯的主意；一定得到其他寥寥幾個知情者的和議，或者被迫和議。政變，從這個造假謊言開始。

這時候，李斯仍然操控大局。這也說明秦朝不是石刻所說的天下咸撫，而他很清楚，皇帝一死，內外都會大亂。奇怪的是，在回程中，李斯又何以不向留守咸陽的上司馮去疾密函快報？何以不召回為病君求禱的蒙毅？

沙丘平臺在今河北省刑臺市，回咸陽只需南下渡黃河，到洛陽；但他們卻拖延行程，先北上井陘，到了內蒙的九原（今包頭市九原區麻池鄉），回都的路走得很迂迴，多走三倍多的路。沙丘去京一千餘里；而從沙丘至勝州九原則三千里，再從九原返京。而且，奇怪地曾經走近扶蘇、蒙恬的上郡（今陝西榆林東南）。也許，這本來是始皇原定的旅程，始皇是想巡視北方邊防重鎮，視察扶蘇、蒙恬，然後才回京。行程大抵在事前早已知會重臣。趙胡李為了顯示始皇無恙，仍照計劃上路，化解扶蘇、蒙恬的懷疑，並加強壓力：警告兩個不孝不忠之人，天子馬上就蒞近了。顧炎武《日知錄·

史記注》云：

> 始皇崩於沙丘，乃又從井陘抵九原，然後從直道以至咸陽，回繞三、四千里而歸者，蓋始皇先使蒙恬通道，自九原抵甘泉，塹山堙谷，千八百里。若徑歸咸陽，不果行游，恐人疑揣，故載輼輬而北行，但欲以欺天下，雖君父之屍臭腐車中而不顧，亦殘忍無人心之極矣。

「不果行游，恐人疑揣」，想得有理，但指斥他們「殘忍無人心」，則不啻緣木求魚。而輾轉走到新開的直道，當年直道尚未修成，二世時仍然在修。《史記·蒙恬列傳》云：「始皇欲游天下，道九原，直抵甘泉，乃使蒙恬通道，自九原抵甘泉，塹山堙谷，千八百里。道未就。」這直道，從九原到咸陽，的確是筆直的通道，史遷自己也實地走過一遍，他評蒙恬時說：「吾適北邊，自直道歸，行觀蒙恬所為秦築長城亭障，塹山堙谷，通直道，固輕百姓力矣。」輕百姓力，指並不重視百姓要出的力。

走近扶蘇、蒙恬，李斯想的是什麼？秦朝初置三十六郡中北地有八郡轄區包括今天的內蒙古：雲中郡、九原郡、雁門郡、上郡、上谷郡、漁陽郡、右北平郡、遼西郡。這四分之一的國土，有說都是蒙恬打回來的。五年前，始皇第四次出巡，到碣石後，曾北上上郡。

這中人欲嘔的漫漫歸途，日出日落，老去的李斯一定思前想後，想了許多，想的什麼，我們永遠也不會知道。我們看《史記》，只看到這段路程，把他變成了另外一個人。在微時，他充滿自信；到掌握權力時，多麼意氣風發。始皇一死，他仍然能夠操控全局，主動封鎖消息。然而當他再次出現，面對趙高、二世，卻變得畏首畏尾，被動，無能招架。沙丘回途，把不怕人犬的倉鼠變回一個人，一個自喻為忠臣、孝子，自憐生不逢時的小人物。

　　史遷寫趙高把制書封存，並未發出，嬴政要輾轉到七月才死於沙丘平臺。趙高先以帝位誘服胡亥，再威逼利誘折服李斯，整個政變，都以趙高為主導；再寫下去，都是趙高的戲。他無疑是孤注一擲。史上宦官亂政，能言巧辯，以至後來指鹿為馬，氣焰之高，當無過趙高；史上昏庸的暴君，把一個最大的家當，以最快的速度敗壞淨盡，也無過胡亥；史上看風使舵，欺師（荀子）滅祖（楚）、忘恩賣主（呂不韋、嬴政），又很會寫文章的讀書人，從不可一世變為頹敗窩囊，也無過李斯。這史上絕無的三個分別碰頭，在史遷筆下，連場對話，繪形繪聲，很精彩，當然，這些造反之言，棄市滅族之論，不少論者質疑：難道有秦史官在旁記錄？

　　　高乃謂丞相斯曰：「上崩，賜長子書：與喪會咸
　　陽而立為嗣。書未行，今上崩，未有知者也。所賜

長子書及符璽皆在胡亥所，定太子在君侯與高之口耳。事將何如？」

斯曰：「安得亡國之言！此非人臣所當議也！」

高曰：「君侯自料能孰與蒙恬？功高孰與蒙恬？謀遠不失孰與蒙恬？無怨於天下孰與蒙恬？長子舊而信之孰與蒙恬？」

斯曰：「此五者皆不及蒙恬，而君責之何深也？」

高曰：「高固內官之廝役也，幸得以刀筆之文進入秦宮，管事二十餘年，未嘗見秦免罷丞相功臣有封及二世者也，卒皆以誅亡。皇帝二十餘子，皆君之所知。長子剛毅而武勇，信人而奮士，即位必用蒙恬為丞相，君侯終不懷通侯之印歸於鄉里，明矣。高受詔教習胡亥，使學以法事數年矣，未嘗見過失。慈仁篤厚，輕財重士，辯於心而詘於口，盡禮敬士，秦之諸子未有及此者，可以為嗣。君計而定之。」

斯曰：「君其反位！斯奉主之詔，聽天之命，何慮之可定也？」

高曰：「安可危也，危可安也。安危不定，何以貴聖？」

斯曰：「斯，上蔡閭巷布衣也，上幸擢為丞相，封為通侯，子孫皆至尊位重祿者，故將以存亡安危

屬臣也。豈可負哉！夫忠臣不避死而庶幾，孝子不勤勞而見危，人臣各守其職而已矣。君其勿復言，將令斯得罪。」

高曰：「蓋聞聖人遷徙無常，就變而從時，見末而知本，觀指而睹歸。物固有之，安得常法哉！方今天下之權命懸於胡亥，高能得志焉。且夫從外制中謂之惑，從下制上謂之賊。故秋霜降者草花落，水搖動者萬物作，此必然之效也。君何見之晚？」

斯曰：「吾聞晉易太子，三世不安；齊桓兄弟爭位，身死為戮；紂殺親戚，不聽諫者，國為丘墟，遂危社稷：三者逆天，宗廟不血食。斯其猶人哉，安足為謀！」

高曰：「上下合同，可以長久；中外若一，事無表裏。君聽臣之計，即長有封侯，世世稱孤，必有喬松之壽，孔、墨之智。今釋此而不從，禍及子孫，足以為寒心。善者因禍為福，君何處焉？」

斯乃仰天而歎，垂淚太息曰：「嗟乎！獨遭亂世，既以不能死，安託命哉！」於是斯乃聽高。

高乃報胡亥曰：「臣請奉太子之明命以報丞相，丞相斯敢不奉令！」

這些對話，都是直接引用。倘從間接敘述下筆，交代趙

李兩人的合謀，要失色得多，這是史遷文學的手法。可這麼一來，引起許多猜想：這是漢初的傳聞？或是歷史家按人物的性格、後來的表現，描摹莫須有的話？莫須有，宋人的口語，可能有之謂（另有一說，莫須有，即不待有）。甚至有論者想到，始皇實死於內蒙，是被殺。或者李斯既秘不發喪，在回途中，狠下心來，主動勾結胡亥趙高，發動政變，兩封偽詔都是以他的名義發出的，「詐為丞相斯受始皇遺詔沙丘」（〈秦始皇本紀〉）。又或者根本沒有政變，帝位本來就是要傳給胡亥，偽詔其實是真詔，是後人厭惡趙胡李而已。歷史有一種少人提及的好處，因有空白，太多的空白，引發無窮的想像。但有兩點是肯定的：

一、李斯與扶蘇政見不合。

二、趙高對蒙恬有怨。

而李斯和趙高在一頭，扶蘇和蒙恬在另一頭。

矯詔大有可能，因為有四點，使可能成為可行：

一、蒙毅走開了。

二、始皇未立太子。

三、始皇在途中駕崩，外人並不知道。

四、胡亥對趙高言聽計從。

上述這些，是史遷描摹趙李對話的基礎。這段對話，一個宦官竟把一個能文擅說的丞相比下去了，李斯節節敗退，與辭本師時的大氣、上書韓王時的霸氣、議焚書時的殺氣、

自嘆物禁大盛的豪氣，通通洩了氣；他變成了「忠臣」、「孝子」，可又不是忠孝到底，很快就委屈地受氣，而且傷他悶透地「仰天而嘆，垂淚太息」。我們聽過他好幾次的嘆息聲，可還是第一次看見他，竟仰天，又垂淚。

53　李斯五嘆：五個不同的李斯

李斯五嘆，清李景星這樣分析：

> （司馬遷）行文以五嘆為筋節，……「於是李斯乃嘆曰：『人之賢不肖』」云云，是其未遇時而嘆，不得富貴也。「李斯喟然而嘆曰：『嗟乎』」云云，是其志滿時而嘆，物極將衰也。「斯乃仰天而嘆，垂淚太息曰」云云，是已墜趙高計中，不能自主而嘆也。「仰天而嘆曰：嗟乎，悲夫」云云，是已居囹圄之中，不勝怨悔而嘆也。「顧謂其中子曰」云云，是臨死時無可奈何，以不嘆為嘆也。以上所謂五嘆也。（《史記評議》）

李斯五嘆值得再加申論，分散各處，並不顯眼，卻呈現五個不同的李斯，正是新歷史主義所說，這是轉喻（trope），而用的是「深描」的手法（thick description）。「深描」本是人類學家的術語，格林伯雷用於歷史，指從歷史的細微處入

手，奇聞、軼事、日記、野史，以至行為的模式之類，從而象徵性地揭示人物或事件的內核，包括權力的交換、轉移。

李斯前二嘆，乃是文學上的戲劇式獨白（dramatic monologue），揭露李斯內心的秘密、思路的變化。第一嘆恨不得富貴，可充滿鬥志。第二嘆則志得意滿，卻又恐富貴得而復失。境遇完全不同，兩雙對照，這是量化人生目標的悲哀，無論得失，總在惶恐計算之中，並且也預示了他的倒臺。

第三嘆，則嘆之不足，更老淚縱橫。但恐怕不是因為「不能自主」，之前何曾有此「自主」？這次面對的是趙高，那是魔鬼之間的對話，好像辯他不過，口服，但心不服。其實李斯貴為丞相，職權遠在趙高之上，但趙高背後有一個可能成為最高權力的人，他看出李斯的弱點：害怕失去富貴、權力。然而這是伴虎多年、政壇老手流露的真情？抑或欲迎還拒，一副逼不得已的樣子，到頭來可以諉過？可以調節心理的認知？

第四嘆，也是戲劇式獨白，同樣仰天而嘆，與其說是「不勝怨悔」，何如說那是終於不敵趙高之嘆，半生順遂，終嘗挫折，權力和富貴到底失落了，而且一敗塗地，因為他其後的獨白，「怨」則有之，卻何嘗有「悔」意？

到了臨刑時，第五次不嘆，卻是真正之嘆，但恨要回到原初的生活也不可得，這一次我們才看到李斯真的既怨且

悔。

五次嘆息，是感情的投入，而且越趨感傷，少了智性的計算（也許只有跟趙高的對話是例外），誰聽到呢？即使在刑場上，那也是對兒子的細語，行刑的人即使聽到，大概也不敢流傳出去。然而這是李斯一生的寫照，史遷匠心獨運，而且，我們同時聽到史遷對這麼一位讀書人的感嘆。

趙李的對話，無疑味外有味。趙高對李斯的說辭，針對的是蒙恬，但關鍵人物其實是扶蘇，他只提問一句：「**長子舊而信之**」，就拿蒙恬跟李斯比。李斯很清楚，蒙毅與趙高有隙，而對自己不利的，與其說是蒙恬，不如說是扶蘇。這無關乎個人，而是路線、國策。但扶蘇接位，會以誰輔政呢，要是對權力富貴並不戀棧的人，一朝天子一朝臣，有什麼大不了呢？但趙高看穿了李斯，不從扶蘇着眼，而從李斯的野心入手。

李斯只能自承遠遠不如蒙恬，不如者有五：能力、功勞、遠謀、人際關係、與長子扶蘇的感情。我想，其實還有第六樣：家世，這可能才是致命傷。蒙家三代一門四傑，恬祖父蒙驁（《戰國策》作蒙傲）入秦為大將，攻韓攻魏，助秦建立東郡，位至上卿；恬父蒙武已成秦人，也是統一功臣，恬弟蒙毅也備受恩寵。自己呢，出身賤微，兒女都靠裙帶關係。他後來罵趙高「**故賤人也！**」可見他看重出身。扶蘇接位會以蒙恬為相，李斯自忖一定不保權位，而趙高，再補足

一句，這一句很厲害：不單不保，也禍連子孫：「未嘗見秦免罷丞相功臣有封及二世者也，卒皆以誅亡。」

〈列傳〉開筆寫李斯自言：「人之賢不肖譬如鼠矣，在所自處耳」，於是順應所處的環境也就順理成章，只是說「斯其猶人哉，安足為謀」，未免矯情，「安足為謀」，即是說這次政變，他不是主謀。又感嘆「獨遭亂世」，好像和奸實迫於無奈，良知至少不是一開始就泯滅。還會說這是「亂世」，真不幸啊自己單獨那麼一個常人遇上了。亂世，不是有為之人的好時機麼？五六個山頭不是尚有天下咸撫的刻字麼？行郡縣焚詩書不是有了安寧之術麼？趙高本來只是配角，後半場卻搶了鎂光，成為主角。其實他的話並無新意，他對「就變而從時」等說法，不過偷聽了許多年前李斯對荀子說的話，稍加修改，還贈其人，讓我們再聽一遍：

> 得時無怠，……處卑賤之位而計不為者，此禽鹿視肉，人面而能強行者耳。故詬莫大於卑賤，而悲莫甚於窮困。久處卑賤之位，困苦之地，非世而惡利，自託於無為，此非士之情也。

這何嘗不是另一套追求名利的程式宣言？其中，趙高最有創意的，是忽爾扯開話題，來兩句「秋霜降者草花落，水搖動者萬物作」，滿有詩意，可以想像，這宦官唸來搖頭晃腦，神閒氣定，實則陰毒肅殺，叫人不寒而慄。而弦外之音，李

斯絕對聽得懂；這其實也是對不容偶語詩書的顛覆，這是史遷諷刺之筆。

在史遷筆下，趙高聲容俱活，一出場，已操控全局；李斯好像被牽着鼻子，很難想像他是當年能夠舌戰群儒的廷尉，還自稱始皇以「**存亡安危**」付託給他。但實情是他不獲始皇的最高信任，而這是否也促成他的叛變？

事後趙高還得意地向胡亥回報：有你這太子的明命，李斯豈敢抗令。

君與臣猜忌，則臣與臣之間又怎會推心置腹？秦一向「尚詐力」（《史記・淮南列傳》），賄對手大臣、騙對手君主，並不以為政治不正確，然則隱瞞帝喪、偽造詔書，何事不可為？李斯何以忽爾成為有違良心道德的難題，而以忠臣、孝子自喻？表現得比受他力排的「愚儒」更迂腐？趙高也挪用孔子墨子，儘管孔子墨子豈會認同趙高的作為。魔鬼較量，各懷鬼胎，攻守看似易位，但我們真的可以對字面的言辭、姿態，信以為真？

我們再重新想想，提出隱瞞死訊的是李斯，他不可能不知道有遺詔，而遺詔從趙高交到胡亥手上。趙高說：「**上崩，賜長子書：與喪會咸陽而立為嗣。書未行，今上崩，未有知者也。所賜長子書及符璽皆在胡亥所**」，扣壓制書，是死罪，秦簡《行書》律云：「**行命書及書署急者，輒行之；不急者，日餼（畢），勿敢留，留者以律論之。**」

(傳送命書及標明急字的文書,應立即傳送;不急的,當天送完,不准擱壓。擱壓的依法論處。)何以書成後當場官階最高的李斯不馬上發出去,而是擱置起來,既隱死訊,又瞞遺詔,等待趙高的游說?

這是歷史的空白。之後他和趙高、胡亥偽造詔書。一封發給胡亥接位,信已銷聲匿跡;另一封則數扶蘇、蒙恬的罪:

> 朕巡天下,禱祠名山諸神以延壽命。今扶蘇與將軍蒙恬將師數十萬以屯邊,十有餘年矣,不能進而前,士卒多耗,無尺寸之功,乃反數上書直言誹謗我所為,以不得罷歸為太子,日夜怨望。扶蘇為人子不孝,其賜劍以自裁。將軍恬與扶蘇居外,不匡正,宜知其謀;為人臣不忠,其賜死,以兵屬裨將王離。

史遷再用直接引用的寫法。蒙恬為將,在前 224 年,隨李信攻楚;至於北擊匈奴,在前 214 年,再修築長城。修城當在北伐之後,豈有十餘年?扶蘇屯邊,更只有兩三年(議坑儒在前 212 年;始皇死於前 210 年),上書直言,應在屯邊之前,也是被逐屯邊之因。當然,屯邊後可能仍然數次上書苦勸。至於說蒙恬無尺寸之功,扶蘇不孝,蒙恬不忠,聲口一如降旨呂不韋,說他無功、無親。操生殺大權之人,都

懶得說理。

起首稱「朕」，用了十年，到了指責別人誹謗，卻急不及待轉用「我」。不過之前指責方士盧生、侯生，同樣用「誹謗我」。統一前數呂不韋辜負的是「秦」，版圖擴大後，心靈卻縮小，變成「朕」，或者「我」一個人的了。然而，卜德在《從李斯生平看始創統一的秦朝》中提醒我們，這個朕，不久前不是改稱真人麼？也許在鬼門關前，不得不承認，我還不過是一個普通人，到頭來一切虛幻，並不真。

此外，還有規格問題。茲事體大，雖是皇帝口述，刀筆吏可不能不出之莊重、嚴肅的言辭，如今看，是否過於隨意？

當李斯獨排眾議，認為當行郡縣的時候，面對其他群臣，他無疑選了一條少人走的路，像政壇上所有的賭徒，他看見的是前面廣闊的仕途，他把所有的資本都押下去了。兩次他都勝出了。結果改變了他的，以至中國的命運。如今他再選了一條此前更少人走的路，不過窩囊得很，那是尾隨胡亥趙高，把權力偷到手上。他看似忐忑不安，誰知道呢，那種忸怩作態，肯定的是，這政途的盡頭，越走越窄，是再無歸路的死胡同。

54 〈督責書〉：責成官吏要狠狠地整百姓

偽書，中國還會少嗎？胡趙李的兩封偽書，卻是所有偽書中影響力最大的，其中責扶蘇、蒙恬不過 136 字，開始時要殺兩個人，然後更多的人，然後使全國人陷入煉獄裏，最後，把秦那麼空前龐大的江山坑了。扶蘇憨直單純，見書要他「自裁」，就想乖乖遵旨。還是蒙恬歷練，認為守邊的責任重大，安知此書不是作假？要求再請示核實。但扶蘇經不起使者催迫，終於自殺了。蒙恬則下獄，後來也被迫自殺。史遷說扶蘇「為人仁」，仁者未必有魄力撥亂反正，重新整頓那麼一個「亂世」，畢竟百姓應會好過得多，得蒙氏兄弟之助，也未必完全不行。然而，歷史的確沒有「如果」，有的，可都是遺憾。

二世登位後，即聽從趙高的教唆，剷除舊臣，換上親信，更訂法律，更訂了什麼，睡虎地的喜已不及記載。然後把自己二十二個兄長姊妹或斬首或剁成碎肉，第二十三個高公子，見跑不了，恐禍及家族，自請從死。可，這幼弟就送錢哥哥家辦理喪事（〈李斯列傳〉）。扶蘇和胡亥，一長一幼，來自同一父親，卻是這麼的不同，幼的長期帶在身邊，以趙高為師，受的是什麼的教育？獨裁者獨攬大權，要狠絕就有多狠絕，而趙高表揚這個學生：「慈仁篤厚，輕財重士，辯於心而詘於口。」這是一個完全指鹿為馬指馬為鹿的

黑暗時代。〈李斯列傳〉接着云：「**法令誅罰日益深刻，欲叛者眾**」，又繼續修建「**阿房之宮，治直道、馳道，賦斂愈重，戌繇無已**」。結果引起陳勝、吳廣揭竿而起。關東響應叛亂者眾。

這時候，李斯也見不妙，想進諫，卻被拒絕。二世還引用韓非的話，指堯和禹的生活苦得不得了，連奴才也不如，為什麼還要做天子呢？搶得天下，就是要天下順適自己。他說：「**吾願賜志廣欲，長享天下而無害**」，他向李斯設題：皇帝立志享樂，那丞相該怎麼協助呢？李斯因自己的兒子李由守三川，未能阻遏吳廣略地，要靠章邯馳援，很害怕，為了自保，奉承二世的志願，上呈命題作文——〈督責書〉：

> 夫賢主者，必且能全道而行督責之術者也。督責之，則臣不敢不竭能以徇其主矣。此臣主之分定，上下之義明，則天下賢不肖莫敢不盡力竭任以徇其君矣。是故主獨制於天下而無所制也。能窮樂之極矣，賢明之主也，可不察焉。
>
> 故申子曰「有天下而不恣睢，命之曰以天下為桎梏」者，無他焉，不能督責，而顧以其身勞於天下之民，若堯、禹然，故謂之「桎梏」也。夫不能修申、韓之明術，行督責之道，專以天下自適也，而徒務苦形勞神，以身徇百姓，則是黔首之役，非

畜天下者也，何足貴哉！夫以人徇己，則己貴而人賤；以己徇人，則己賤而人貴。故徇人者賤，而人所徇者貴，自古及今，未有不然者也。凡古之所為尊賢者，為其貴也；而所為惡不肖者，為其賤也。而堯、禹以身徇天下者也，因隨而尊之，則亦失所為尊賢之心矣，夫可謂大繆矣。謂之為「桎梏」，不亦宜乎？不能督責之過也。

　　故韓子曰「慈母有敗子而嚴家無格虜」者，何也？則能罰之加焉必也。故商君之法，刑棄灰於道者。夫棄灰，薄罪也，而被刑，重罰也。彼唯明主為能深督輕罪。夫罪輕且督深，而況有重罪乎？故民不敢犯也。是故韓子曰「布帛尋常，庸人不釋，鑠金百溢，盜跖不搏」者，非庸人之心重，尋常之利深，而盜跖之欲淺也；又不以盜跖之行，為輕百鎰之重也。搏必隨手刑，則盜跖不搏百鎰；而罰不必行也，則庸人不釋尋常。是故城高五丈，而樓季不輕犯也；泰山之高百仞，而跛牂牧其上。夫樓季也而難五丈之限，豈跛牂也而易百仞之高哉？峭塹之勢異也。明主聖王之所以能久處尊位，長執重勢，而獨擅天下之利者，非有異道也，能獨斷而審督責，必深罰，故天下不敢犯也。今不務所以不犯，而事慈母之所以敗子也，則亦不察於聖人之論矣。

夫不能行聖人之術，則舍為天下役何事哉？可不哀邪！

　　且夫儉節仁義之人立於朝，則荒肆之樂輟矣；諫說論理之臣間於側，則流漫之志詘矣；烈士死節之行顯於世，則淫康之虞廢矣。故明主能外此三者，而獨操主術以制聽從之臣，而修其明法，故身尊而勢重也。凡賢主者，必將能拂世磨俗，而廢其所惡，立其所欲，故生則有尊重之勢，死則有賢明之謚也。是以明君獨斷，故權不在臣也。然後能滅仁義之塗，掩馳說之口，困烈士之行，塞聰掩明，內獨視聽，故外不可傾以仁義烈士之行，而內不可奪以諫說忿爭之辯，故能犖然獨行恣睢之心而莫之敢逆。若此然後可謂能明申、韓之術，而修商君之法。法脩術明而天下亂者，未之聞也。故曰「王道約而易操」也。唯明主為能行之。若此則謂督責之誠，則臣無邪，臣無邪則天下安，天下安則主嚴尊，主嚴尊則督責必，督責必則所求得，所求得則國家富，國家富則君樂豐。故督責之術設，則所欲無不得矣。群臣百姓救過不給，何變之敢圖？若此則帝道備，而可謂能明君臣之術矣。雖申、韓復生，不能加也。

李斯開宗明義，指出了中國歷史的癥結，當然他的意思卻是肯定：

> 主獨制於天下而無所制也。

後世指責君主獨裁，千言萬語，李斯一語道破。接着他界定「賢明之主」，又一新古往今來的耳目：「能窮樂之極。」然則倘不能為所欲為地窮樂之極，就不是好皇帝了，錯當然不在皇帝，而在臣子。所謂督責，即嚴格監督官吏做好份內的責任，讓皇帝可以安心享盡人間歡樂。做得不好，就是失責，必須加以重罰。

這是此文的思維邏輯，很簡單；內容也不過反覆認定這種督責為明君治理之術。文章明顯是做給秦二世看的，再下達眾臣，目的是奉承而已，惡劣的是，上有好者，下有甚焉，李斯把君主縱欲上升為賢君的準則，官吏能奉君主之所欲才是好官吏。

起首四五句話道理本已說完，之後他只是先後借助法家的話，好像言之有據，再把道理放大。首先是申不害，「有天下而不恣睢，命之曰以天下為桎梏」，擁有天下的君主而不放縱為所欲為，就是以天下為「桎梏」，然後闡述何謂「桎梏」。他認為堯、禹都是笨蛋，貴為帝王，卻賤己尊人，等於以天下為自己縛手束腳的牢獄。這是不能責成官屬好好服務之過。是則二世比堯禹聰明、賢明。

第二層，再引韓非的話，又闡述一段，要皇帝不要做慈母而要從嚴管家，並舉商鞅輕罪重罰的例子：在路上撒棄一點灰，即今人的亂拋垃圾，即以刑法處治，讓人民小過失也不敢犯，也就不敢犯大罪了，這無疑也承認了秦法的嚴苛。因此得出明主要「獨斷而審督責，必深罰」。

文章再寫下去，可不能一直沒氣沒神，沒有一點一己之見，就像議焚書，他扯高嗓門：必須剷除「儉節仁義之人」、「諫說論理之臣」、「烈士死節之行」，有此三者，在朝在側名顯於世，都會令君主不能暢所欲為，破壞尋歡作樂的勁頭。明主要滅仁義、掩馳説、困烈士，要「塞聰掩明，內獨視聽」。他的道理，究其實也是法家法、術、勢的綜合而已，不過更赤裸裸。所以收結時說，如此這般就稱得上「能明申、韓之術，而修商君之法」，這是對賢明聖君的補充，然後「帝道備」，天下得以太平，云云。

史傳李斯七篇，真正確鑿不疑的只有上嬴政的〈説止逐客書〉，〈督責〉此篇呂思勉認為是偽作，但並沒有分析。文章雖劣，畢竟完整，文風看似與〈説止逐客書〉不同，仔細揣摩，則措詞用語並沒有大別；至於教唆君主沉迷色聲之娛，則跟説止逐客時實一脈相通，不過變本加厲而已。他的官愈高，說話愈激烈。說書內容無疑豐富得多，自覺理直氣壯，看似鋪張炫麗；〈督〉篇則強詞奪理，薄弱心虛，要借重申、韓，可同樣排偶疊出，長短句相濟。不過，後者明顯再沒有

前者當初寫作時磅礴的氣勢；後者正因為氣虛血弱，完全是裝腔作勢，文章拖沓得更長。陳柱認為李斯寫〈說止逐客書〉時秦未統一，所以仍然保有楚人作風；統一後為秦治事，秦既反文學，且受韓非影響，文風遂變，再不尚辭采。（《中國散文史》）這就像轉益多元的文風經過政治運動的批判、定調，會馴化為樸實單一。

我以為還有誠意問題，修辭立其誠，我不以為這是李斯由衷之言，通篇言辭堆砌，為了表示效忠而助紂為虐，韓非之死與他大有關係，韓非〈八奸〉、〈十過〉等文他不可能沒有讀過，如今但取重刑一端，分明是另一種「認知失調」。他位居三公，是眾官之首，果爾最能督責承命以身作則的還是他本人。但史上還有比這更惡劣的顛倒是非的諛詞，出自一位丞相之手？這其實是掛着法家的羊頭賣的是狗肉，因為法家並沒有墮落到教唆君主放縱享樂。

然則他的轉變是認知的三百六十度，一變而再變麼？但另一方面，又很難說這不是李斯由衷之言。試想想，當年他勸說胡亥的父親不要逐客，何嘗不推崇君主的色聲玩樂？他曾自嘆物禁大盛，只因為上有掣肘。根據耗子的邏輯思維，身處不同的環境，就要說相應的話。議焚書，以古非今者族，都粗暴極端，其氣性其實相通。

只是，為人為文到了這地步，無疑氣數已盡。秦的江山，也日暮途窮。為李斯說好話的學者，——近年不少，如

何為此文開脫？迫於環境？而歷來厭惡李斯的讀書人，竟也對此文視若無睹，其實不妨奉為殷鑑，用一點耐心細讀。《史記》不是另有〈佞幸列傳〉麼？正氣之文要讀，邪惡之文也不可棄讀。世上顛倒是非，連自己也不斷顛倒的文章，倘合編一書，名曰「歷代佞諛文選」，大可讀得，這是另一種教育，而當以此篇冠首。

史遷引錄全文，倒很有史的眼光，這正是秦人輕視而李斯要禁絕的歷史教育，對後來趙高「指鹿為馬」，我們也就不再大驚小怪。而且由李斯第一身自述，這是具體呈現，勝似二手間接陳述，那，吃力得多，讀者也不易置信。我寫作好歹若干年，一直從傳統的歷史敍事裏學習，我曾想要是有人把史遷筆下的李斯搬上舞臺，絕對不讓莎劇《馬克白》專美，且更富於戲劇性，又有好幾場《哈姆雷特》式獨白，大起大落，對演員會有更大的考驗、挑戰。是的，李斯的戲難演，因為從低至高，又從高到低，不斷變，卻由始至終一脈相承，變而實有不變，我們至此才明瞭史遷起筆之初的深意。近世西方小說的理論云，寫人物要「圓型」（round），最忌「扁型」（flat），圓型人物是指經歷事件、情節之後，人物要有所改變，變好或變壞，最不好是一副樣板面孔，或忠或奸到底。史遷高明的是，寫出變中不變，揭示變的底蘊，變的必然而非偶然，無疑又高一籌。

康德在《道德形上學》第二部有一節論「阿諛奉承」，他

無意針對李斯，他不認識李斯，卻指出李斯這類型人物的問題：

　　自然系統中的人（作為現象的人，有理性的動物）是一種意義不大的存在者，與其餘作為大地產品的動物具有共同的價值。即使他領先這些動物具有理智，並且能夠自己設定目的，這給予他的畢竟只是其可用性的一種外在價值，亦即一個人在另一個人的外在價值，也就是說，作為一個商品在與這些作為物品的動物的交換中的一個價格。在此他所具有的價值畢竟還低於一般交換物，即貨幣，因此，貨幣的價值被稱為優等的。

　　人惟有作為人格來看，亦即作為一種道德實踐理性的主體，才超越於一切價格之上；因為作為這樣一種人（作為本體的人），他不可以僅僅被評價為達成其他人的目的的手段，哪怕是達成他自己的目的的手段，也就是說，他擁有一種尊嚴（一種絕對的內在價值），借此他迫使所有其他有理性的世間存在者敬重他，與同類的任何其他人媲美，在平等的基礎上評價自己。

　　其人格中的人性就是可以向任何別的人要求敬重的客體；但是，他也必須不使自己失去敬重。因

此，他能夠而且應當按照一個既小又大的標準來評價自己，這要看他把自己視為感官存在者（按照其動物本性），還是視為理知存在者（根據其道德稟賦）。……他作為動物人的低能不能損害他作為理性人的尊嚴的意識，而且他不應當阿諛奉承、卑躬屈膝地，就好像謀求恩惠一般，去謀求他那就自身而言是義務的目的，他不應當否定自己的尊嚴，而應當始終意識到其道德稟賦的崇高（這種意識已經包含在德性概念中），而這種自我評價就是人對自己的義務。（張榮、李秋零譯）

康德的論文不易讀，這篇可清晰通暢。人要自尊自重，要有道德理性的人格，而不要自貶為可以買賣的價格。史遷不需這種言說，他通過具體的敘事，以李斯自喻為「鼠」，即是以自己動物人的低能否定了他作為理性人的尊嚴，再由他親自登場表述。人一旦這樣自貶，其厚顏無恥也就再無底線，他可以為虎作倀。督責益嚴的結果，是為官吏明定一準則：整人民整得越狠的才算盡責。〈李斯列傳〉云：「刑者相半於道，而死人日成積於市，殺人眾者為忠臣。」

55 認識一個人，要在得時看他，要在失時看他

讀上呈二世的〈督責書〉，最好同時再聽聽他後來在獄中的嘆息，兩相對照，那是兩個看來截然不同的李斯。嘆辭完整，孤立地看，未嘗不也可以竄入忠諫文選之類，但想深一層，這嘆辭除了自傷自憐，真有自我反省麼？

嗟乎，悲夫！不道之君，何可為計哉！昔者桀殺關龍逢，紂殺王子比干，吳王夫差殺伍子胥。此三臣者，豈不忠哉？然而不免於死，身死而所忠者非也。今吾智不及三子，而二世之無道過於桀、紂、夫差，吾以忠死，宜矣。且二世之治豈不亂哉！日者夷其兄弟而自立也，殺忠臣而貴賤人，作為阿房之宮，賦斂天下。吾非不諫也，而不吾聽也。凡古聖王，飲食有節，車器有數，宮室有度，出令造事、加費而無益於民利者禁，故能長久治安。今行逆於昆弟，不顧其咎；侵殺忠臣，不思其殃；大為宮室，厚賦天下，不愛其費：三者已行，天下不聽。今反者已有天下之半矣，而心尚未寤也，而以趙高為佐，吾必見寇至咸陽，麋鹿游於朝也。

嘆辭的內容與之前的〈督責書〉完全相反，他先舉出以往

被暴君所殺的關龍逢、比干、伍子胥，這三位，豈非他在督責時所云「儉節仁義」、「諫說論理」、「烈士死節」之士？而且這是以古非今。如今反過來跟自己比較，他還算謙虛的，自言不及，但下句才是重點：二世無道又比桀、紂、吳王更甚。再指斥二世殺兄弟自立（始皇何嘗不殺異父弟），再修阿房宮，重用賤人（指趙高），收重稅（何嘗不是始皇的作為）。我不是不進諫啊，奈何不聽我的。然後，也虧他舉出古代賢君的做法：「飲食有節，車器有數，宮室有度」，同樣提出要禁，但禁的是「出令造事、加費而無益於民利者」。到頭來，作反的人已佔有半邊天下了，二世仍然不醒覺。「有節、有數、有度」之語，何嘗見於〈說止逐客書〉？始皇不是始作俑者麼？

人陷牢獄，當什麼都幾乎失去，反而能夠貼近自己，他面對的是一個孤獨的自己，他聽到自己的心跳。但「心尚未寤」，與其說是長於宮廷、自小養尊處優的二世，倒不如說的是他自己。這青年皇帝，目標單一，就是要享盡人間歡樂，至死也無所謂「寤」。但李斯從一個卑微的小吏走過來，輾轉登上三公之位，今已垂老，他最後的話，卻顯然不是對自己說的，而是面向他要禁絕、讀過書、殘留古代賢人記憶的聽眾，他向他們，而不是向自己，解釋。他的確沒有反躬自省的能力，反躬自省，本來是讀書人最可珍貴的東西，連這個也失去，已無足觀了。他憑什麼可以厚責自己參與矯詔

扶持、多方教唆的獨裁者？獨裁者拒聽諫諍之言，法例「非上者族」，擴大打擊面，孰以致之？他沒有承認，他好歹曾經是異議者（反對逐客；獨排眾議，主張遍行郡縣），然後立法再不容異議。要是那些石刻真是他寫的話，他為獨裁者粉飾、吹噓。他最大的造假，是自己捨不得權力而把一個只知享樂不管人民死活的小兒推上最高權力的位置。而不久之前，他不是以丞相身分還寫了史上可怕至極的〈督責書〉？

這樣說，不是要抽他的後腿，這篇長文磨磨蹭蹭，寫到這裏，李斯這一人其實已不重要了，他不過是一個縮影，我想到讀書人本來可以不是這樣的，他原本可以選擇，他寫作〈說止逐客書〉時，可以真的鼓勵開放人材，多樣的人材，而不限於一格，他可以告誡君主不要貪圖色聲珠玉，像他在獄中的感嘆：要有節、有數、有度，真的，在許多事情還沒有定案，沒有成勢之前。然而這麼一個讀書人，一次又一次錯失了機會，秦政日劣，相反，他卻因此不斷升官。我想，這難道不是史遷全文要表達的意思？

李斯畢竟讀過書，知道古代有過那麼一些忠諫的烈士，知道另有一種賢君，足為典範，那麼設使秦祚長些，愚民久些，通國但以吏為師，加上商申韓的理論，根據粗疏的《秦記》，只有歌功頌德的諛辭，則後人還會知道這些歷史教益麼？是非既已顛倒，愚眾還會明白而同情他的嘆息麼？

近讀顧隨的《中國古典文心》講曾子，云：

「人之將死，其言也善。」(《論語·泰伯》) 要想真觀察、認識一個人，要在最快樂時看他，最痛苦時看他，得失取與之際看他。一個也跑不了。生死是得失取與之最大關頭，小的得失取與還露出原形，何況生死？就算他還能裝，也值得佩服了。

聽李斯的感嘆，我是明白的，但並不同情，更不佩服，我同樣感嘆，那可是對讀書人的悲哀。

56　言趙高之過：乏力的抗辯

李斯下獄，是受了趙高的再三愚弄，他一直被趙高玩弄於股掌之中，我頗懷疑他政治的警覺性，連帶也不免懷疑他實際的政治能力。

趙高做了郎中令，私怨眾多，恐怕有人報復，面奏二世。於是又教唆二世深居宮中，不再見人，理由是二世畢竟年輕，一旦在臣子面前不懂處事，會自暴其短，被人看不起。二世當然也樂得優游，專心享樂。決事大權，遂落入趙高之手；要不是這個人不簡單，就是他的對手太簡單。

沙丘政變，李斯曾跟趙高交手，應該領教因而認識這個不簡單的人吧，然而沒有。李斯見叛亂者眾，幾次想進諫，但二世不上朝，見不得。他竟然向趙高訴苦。趙高就說我也

想勸勸他啊，可是人微言輕，丞相真想進諫，好得很，就替他留意，見二世有空，馬上通知他。趙高趁二世狎樂時才通傳李斯，如是再三，令二世大怒，我閒時不來，總趁我興致勃勃時才來，是看不起我，耍我麼？這個忽爾權力並無制約的年少庸暴之君，最怕人看不起自己。

趙高乘機進讒：丞相參與沙丘之謀，地位卻沒有因此提高，顯然不滿意，是想割地為王了。他的長子李由守三川，當楚賊陳勝攻至，只守城而不出擊，他跟楚賊是鄉親，聽説還與賊人私通呢，只是還沒有掌握證據，才不敢上報。丞相在外邊的權力比陛下還大啊。二世於是派人去查找李由的罪證。李斯聞訊，乃上書正在甘泉玩樂的二世，企圖反擊趙高：

> 臣聞之，臣疑其君，無不危國；妾疑其夫，無不危家。今有大臣於陛下擅利擅害，與陛下無異，此甚不便。昔者司城子罕相宋，身行刑罰，以威行之，期年遂劫其君。田常為簡公臣，爵列無敵於國，私家之富與公家均，布惠施德，下得百姓，上得群臣，陰取齊國，殺宰予於庭，即弒簡公於朝，遂有齊國。此天下所明知也。
>
> 今高有邪佚之志，危反之行，如子罕相宋也；私家之富，若田氏之於齊也。兼行田常、子罕之逆道而劫陛下之威信，其志若韓玘為韓安相也。陛下不

圖，臣恐其為變也。

文章很平庸，論據單薄乏力，就文章而論，相當乏味，已無魯迅所云「文采」、「華辭」可言。他說權臣權力越大，財富越多，就會取代國君，權臣例子是宋國子罕、齊國田常。趙高就像他們，有邪惡的野心、有危害國家的行為，然後又加添一個叛韓的韓玘。不把趙高除去，恐怕要造反了。「臣疑其君」，「妾疑其夫」，互不信任，唯利是視，不是法家治國之策？

看來讀書人的論述，好歹還是要借重歷史的經驗、知識，焚禁了詩書，再不能資書就變得赤手空拳，言無所措。但借古非今，是要滅族的。況而，這是胡亥能夠了解的史事？他的話，倘出諸趙高之口，效用可能更大。最糟的是，他完全沒有澄清兒子沒有通賊的指控，而這是對手提出最大的死罪。事實上，後來李由沒有降敵，更因抗敵而致戰死。然則但憑這麼簡單浮泛的申訴，二世就聽他的，則不是賢君也至少不會是昏君了。他挑戰的對手，是二世自小親近的恩師，此人造就二世成為皇帝，皇帝一直言聽計從。

二世的答覆是：充分肯定趙高，趙雖是宦官，可潔行修身，憑着忠、信才獲得地位；我呢，——忽爾感性起來，年紀輕輕就失去父親，什麼都不認識，沒有學過管治人民，而你，又老了，我不依靠趙高又能信賴誰呢？「朕少失先人，

無所識知，不習治民，而君又老，恐與天下絕矣。朕非屬趙君，當誰任哉？」（〈李斯列傳〉）他再補充：趙高精廉能幹，下知人情，上適我意。

能適君意，這最重要；誰做到，皇帝就信賴誰。李斯仍要爭辯，說：「不然。夫高，故賤人也，無識於理，貪欲無厭，求利不止，列勢次主，求欲無窮，臣故曰殆。」他說趙高之短，過半實亦夫子自道。二世當然聽不進去，怕李斯會把趙高殺了，私下通告趙高。

趙高說：丞相顧忌的只有我，我一死，他就會像田常那樣作反了。

於是二世把李斯交趙高發落。好一個田常，不斷被人用了又反用。這是李斯下獄的原由。

57 戲仿的七宗罪

〈秦始皇本紀〉另有補充：動亂四起，陳勝等之外，崤山以東都有響應，各自立為王侯。一個東方的使臣回來，報告作反的消息，破壞二世的興致，把他殺了。還有使臣敢如實報告麼？都學乖了，只會說：沒事沒事，不用操心。於是二世感覺良好。後來，當趙高自己叛亂帶兵入宮，二世的侍從都惶恐不鬥，只有一個留守不敢離開，二世問亂到這個地步，為什麼不早告訴我？宦者答：我因為不敢說，才可以活

到今天（〈秦始皇本紀〉：「臣不敢言，故得全，使臣蚤言，皆已誅，安得至今？」）。真話是說不得的，當可以說的時候沒有說。

到右丞相馮去疾和左丞相李斯，加上將軍馮劫，三個最高的大臣眼見局勢不得了，一起勸諫二世，停建阿房宮，減省征戍、賦稅，結果二世大怒，把他們交趙高審理。馮氏父子還會自重地說：「將相不辱」，繼而自殺。李斯則一再偷生，受盡嚴刑拷打。他自負有辯才，豈有作反之心，以為有機會向二世自辯的話，二世會覺悟會赦免自己。他自信對形勢的判斷，從不失誤？他在獄中寫了一封信，上呈二世：

> 臣為丞相治民，三十餘年矣。逮秦地之狹隘，先王之時秦地不過千里，兵數十萬。臣盡薄材，謹奉法令，陰行謀臣，資之金玉，使游說諸侯，陰修甲兵，飾政教，官鬥士，尊功臣，盛其爵祿，故終以脅韓弱魏，破燕、趙，夷齊、楚，卒兼六國，虜其王，立秦為天子，罪一矣。
>
> 地非不廣，又北逐胡、貉，南定百越，以見秦之強，罪二矣。
>
> 尊大臣，盛其爵位，以固其親，罪三矣。
>
> 立社稷，修宗廟，以明主之賢，罪四矣。
>
> 更尅畫，平斗斛、度量、文章，布之天下，以樹

秦之名，罪五矣。

治馳道，興游觀，以見主之得意，罪六矣。

緩刑罰，薄賦斂，以遂主得眾之心，萬民戴主，死而不忘，罪七矣。

若斯之為臣者，罪足以死固久矣。上幸盡其能力，乃得至今，願陛下察之。

他數了自己的七宗罪，純用反語，頗回復戰國游說之士的言辭，其實是總結自己的七大功勳。七宗罪，包括他運用種種策略，擊破六國，樹立秦為統一天下的君主；北逐南定，表現了秦的強大；尊加大臣的爵位，鞏固大臣與君主的關係；建築社稷、宗廟，讓人看到君主的賢明；種種統一措施，樹立了秦的威名；建馳道、游觀，讓君主得意；最後，放寬刑罰、減少賦稅，讓君主得民心，云云。

這七宗罪，有的是他「有力焉」，不過很難說他就是主力，更遑論是獨力；有的根本與他無關；可也有的，應該是他的，例如扶持二世，卻又不提。

第一罪，秦之能統一，出力者多，李斯只是芸芸「罪人」之一。

第二罪，北伐匈奴，說來荒謬，那是方士盧生出海求不死藥不得，胡謅什麼「**亡秦者胡**」，始皇即乖乖發動大軍伐胡，與其說罪在方士，不如說罪魁還是始皇自己，〈秦始皇本

紀〉云：

> 三十二年……因使韓終、侯公、石生求仙人不
> 死之藥。始皇巡北邊，從上郡入。燕人盧生使入海
> 還，以鬼神事，因奏錄圖書，曰「亡秦者胡也」。始
> 皇乃使將軍蒙恬發兵三十萬人北擊胡，略取河南地。

北伐之後再修築長城，都由蒙恬執行。蒙恬自殺前曾自
嘆罪固當死，理由是修築長城，從臨洮到遼東，築城牆挖壕
溝萬餘里，其中一定絕了地脈（〈蒙恬列傳〉）。史遷這樣評
斷：

> 夫秦之初滅諸侯，天下之心未定，痍傷者未瘳，
> 而恬為名將，不以此時強諫，振百姓之急，養老存
> 孤，務修眾庶之和，而阿意興功，此其兄弟遇誅，
> 不亦宜乎？何乃罪地脈哉？

這段話，移來說李斯，天下未定未瘳之時，不強諫以振百姓
之急，反而阿意興功，也許只有更恰當。恬固當誅，畢竟自
承有罪，儘管罪焦其實不對，而斯罪又如何？他總在巧言文
過。至於南定百越，按《史記·淮南衡山列傳》載，是尉佗
「踰五嶺，攻百越」。盧生一言，始皇大舉興兵；盧生再一
言，即下令二百里內的離宮別苑以復道甬道連接，「微行以
避惡鬼」、「所居宮毋令人知」（〈秦始皇本紀〉）。而輔政的

三公，包括李斯，不見進一言。

第三罪君臣親和，史無「罪證」，王翦的故事則是反證。相反，以法家君臣對立、唯賴利益建立關係之說，加上始皇善疑，趙高揭示罷免的功臣皆誅，看來不是那麼一回事。尊加大臣，又豈是他能作主？

第四罪所說的社稷，《秦會要》云漢高帝二年令民毀掉了；宗廟建於始皇二十七年，據〈秦始皇本紀〉可作補充，「作信宮渭南，已更命信宮為極廟。」又二世元年，下詔群臣議尊始皇廟，群臣云：「今始皇為極廟。」這是群臣之議，很難說這罪他一人可以獨攬。

第五罪「更剋畫，平斗斛、度量、文章，布之天下」，前已概乎言之，乃統一之初的規畫。平斗斛、度量，肯定不是他的「罪過」；至於不明言「書同文字」，正顯見統一文字不一定是他的倡議。

第六罪治馳道、興游觀，兩者固然作用不同，倘一概歸罪於他，則罪在天下初定，百姓太疲累了，必須休養生息，他沒有提出忠告。

第七罪，放寬刑罰、減輕賦稅，說來已屬厚顏無恥；始皇從沒贏得民心，也不稀罕。即使後期他曾向二世進諫，二世何曾聽他的？「遂主得眾之心，萬民戴主，死而不忘」，淪落至此仍然粉飾，自欺欺人。曾兩赦罪人，反而是二世，一次是慶祝登位，另一次則是不得已，那是二世二年，請赦

的是將軍章邯，當時盜賊已到，勢眾力強，徵發近縣已來不及了，他以酈山徒多，請求赦免他們擊盜（〈秦始皇本紀〉）。刑徒不用築墳而驅去打仗，是赦罪還是加判？其時，李斯下了獄，甚或已遭腰斬，貫徹了秦法「輕罪重刑」。

卜德對《史記》頗多的質疑，但奇怪他對李斯自述罪狀，反而不疑，認為符合李斯的性格和文學才能。我以為這信不可信，並非李斯手筆。理由是：

起句「臣為丞相治民，三十餘年矣」（一讀斷為「臣為丞相，治民三十餘年矣」），錢穆在《先秦諸子繫年》中認為「此乃斯之自誇，不足據。」對象倘為胡亥，則豈能這樣「自誇」。易言之，作者心目中的「理想讀者」（ideal reader）不是秦二世，而是秦亡以後的讀書人。從另一面說，一生履歷，李斯自己更不可能不了然。《李斯集輯注》編者說：「三十餘年，當指李斯西元前247年入秦至西元前208年入獄之三十九年而言。七『罪』之內容，亦多始於做丞相之前。若僅指西元前213年任丞相至入獄，則為六年。」李斯入秦後為舍人，為客卿，獻謀劃策，都並不治民。他上書說止逐客，在前237年，秦王復以他為卿，也不足三十年；為左丞相，最長計算也不足十年。起句言之泛泛，含糊蒙混，失準失實，疑一。

七罪娓娓道來，可分輕重，也可分次第，此信則既失重，又失序，近乎湊合，毋寧反映秦末漢初民間對他大概的

看法。疑二。

人到生死關頭，卻用心修辭策略，以反為正，跡近賣弄，對象是個昏庸無知的少君，可信嗎？這小子並無文化修養，見鹿不是鹿，居然會以為自己神經錯亂。疑三。

最可疑的，此信並未到達二世之手，也不可能到達趙高之外其他人之手。理應毀棄了：「**書上，趙高使吏棄去不奏，曰：『囚安得上書！』**」（〈李斯列傳〉）以二世吏治之壞，趙高城府之深，囚的確安得上書，何況是重囚。然則棄去之後何以得以保存下來？有官吏敢冒死收藏？趙高計不及此？疑四。

這是史遷根據傳聞，借代李斯之筆？抑或這是好事者之作？後人竄入？從這個角度看，則其泛泛而論，也就可以理解，正反映秦以後民間的審判，譏嘲李斯，實亦譏嘲秦朝：「**固其親**」、「**明主賢**」、「**得眾心**」，純屬反語，毋寧是反中之反。這是西方文論的所謂「戲仿」（parody），語涉調侃，既營造，又消解：既指陳秦的種種建樹，又正言若反，說明這七宗果爾是罪。

無論怎樣，這是李斯名下最後的文章。受趙高審理時，馮去疾、馮劫兩位不辱；李斯呢，接受囚禁。右左兩個丞相，加上一個大將軍，一口氣掃地出廷，還有長子及蒙氏兄弟，皇帝一人之下權力最大的六個，一併清除，真是史所未見。趙高不斷遣門客扮作御史、謁者、侍中，對李斯疲勞審

問，不認作反，就一次又一次嚴刑拷打。後來二世真的使正式官吏審訊，李斯以為又是偽裝，不敢不招認了。受盡愚弄、折磨。趙高上奏，犯人認罪了，案結。二世很滿意，還感激趙高，沒有他恐怕被丞相出賣了。二世二年七月，李斯遍受五刑。所謂「五刑」，很可怕，《漢書·刑法志》云：「當三族者，皆先黥、劓、斬左右趾、笞殺之，梟其首，菹其骨肉於市。其誹謗詈詛者，又先斷舌，故謂之具五刑。」已近後世的凌遲，對一個長者來說，何異於凌遲。然後推出咸陽市腰斬。

臨刑，李斯對同時被執的中子說：「吾欲與若復牽黃犬俱出上蔡東門逐狡兔，豈可得乎？」他想到自己當年毅然離開的故鄉，回到所有物事的起點，像電影的閃回，在那裏，和兒子牽犬獵兔，如今已不可得了。我同時想到，他在上蔡的時候秦遠未統一，否則田獵可要受秦令管制，豈容自由狩獵，而他曾是刑法的主管，龍崗秦墓竹簡云：

　　田不從令者，論之如律。

當年置身舍廁，要時時提防人和犬，但未嘗沒有好處，至少不用不停自我反覆作對，到頭來不用夷三族。那些儒者孔孟曾之流，還有老師荀子，迂腐是夠迂腐的了，卻都得以善終。

我可以補充一句：即或不幸遇上嗜血的暴君，不得善

終，他們可沒當自己是偷吃的耗子，人終究不免一死，千古艱難，詩書告訴我們，他們忠於所信，一以貫之，沒有趨炎附勢，保住了作為人，作為知識分子的尊嚴。

58　尾聲：史遷以一篇出色的詩書反擊對詩書的禁絕

　　李斯的筆，至此不得不擱下來。但〈列傳〉未完，因為隱瞞始皇帝的死訊，引出了後來的偽詔，以至趙高的擅權，這三個狼狽為奸的人互相關聯，命運與國運糾結，李斯雖死，還有趙高胡亥的下場、秦國的敗亡，這些都必須交代，也作為李斯事的「後果」。而這兩個史遷都不另外立傳。下文不長，但西方學者以為是後人加入，因為逸出了李斯的傳記，有時李斯的材料又見諸其他地方。這是中西文學史學的異趣，西方治學，每每先界定，明確範圍，且集中論述。中方則無此限定。

　　我們知道，趙高曾教唆二世殺舊臣、殺兄長姊妹，可說是為嬴政清理後裔，再匿不見人，權力遂落入趙高之手，然後又騙二世賊兵來了，迫他自殺。趙高妄想自立為帝，卻不獲其他人擁護，這可見當年秦廷的階級之見根蒂甚深，他們可以向權力低頭，奉承你說鹿不是鹿，不得不說，但鼠是鼠，宦官始終是宦官；李斯斥責趙高，說：「**夫高，故賤人**

也！」如果出身是原罪，那麼「夫斯，故廁鼠也」，也就是更大的罪證。只有倒秦的農民才相信將相本無種。秦廷如此，六國興兵的貴族何嘗不是這樣，當陳勝稱王，同樣群起反對，陳勝只好捧出一個素有民望的假扶蘇。

趙高呢，捧出子嬰，這是已所存無幾的皇族，〈秦始皇本紀〉說是胡亥的侄子，〈李斯列傳〉則說是始皇的弟弟。看來史遷也沒有定論。趙高則認定子嬰也不過是他的傀儡，──一個胡亥愚昧，另一個扶蘇愚孝，都太容易對付，豈知子嬰反過來設計，和兩個兒子及宦者把趙高刺殺。這位子嬰，〈蒙恬列傳〉載他曾向二世進諫，不要誅殺蒙恬：

> 臣聞故趙王遷殺其良臣李牧而用顏聚，燕王喜陰用荊軻之謀而倍秦之約，齊王建殺其故世忠臣而用后勝之議。此三君者，皆各以變古者失其國而殃及其身。今蒙氏，秦之大臣謀士也，而主欲一旦棄去之，臣竊以為不可。臣聞輕慮者不可以治國，獨智者不可以存君。誅殺忠臣而立無節行之人，是內使群臣不相信而外使鬥士之意離也，臣竊以為不可。

老成謀國，且有兩子能夠協助行事，言行都不似是胡亥侄子。胡亥登位，約二十一歲，他過不了二十三歲。這諫詞，提到趙燕齊亡國是由於「變古」，其次，「立無節行之人」也意有實指。宮廷之內是凶險譎詭，宮廷之外則風起雲

湧，陳勝吳廣之後，是項劉。最後劉邦首先入咸陽，子嬰出降。及項羽到來，一味焚殺，把子嬰也殺掉。李斯死後，不出一年，秦這座空前的巨廈，塌了。

史遷對李斯的評語：

> 太史公曰：李斯以閭閻歷諸侯，入事秦，因以瑕釁，以輔始皇，卒成帝業。斯為三公，可謂尊用矣。斯知六藝之歸，不務明政以補主上之缺，持爵祿之重，阿順苟合，嚴威酷刑，聽高邪說，廢適立庶。諸侯已畔，斯乃欲諫爭，不亦末乎！人皆以斯極忠而被五刑死，察其本，乃與俗議之異。不然，斯之功且與周、召列矣。

其實，他更具體而微的評語早融入了整篇九千字的文章，在採用材料，在敘事的角度，在人物的心理，在他的嘆息，那也是司馬遷的嘆息。司馬遷這位讀書人何嘗不是有所選擇？他為李陵發聲而下獄，忍辱負重，決心要寫成《史記》，也是一種莊嚴、堅毅的選擇。他以一篇出色的詩書反擊對詩書的禁絕。再說，整本《史記》，從御定製作變為私人著述，——漢初嚴禁，禁令稍解後，漢魏兩位明帝又都當是「謗書」，不許閱讀，何嘗不是一本反抗專斷獨裁的書？

他說「察其本」，察，是考察、查看；本，是本來面目，有本源之意。此文即是史遷考察李斯的史跡，追溯其行徑之

所以如此的本源，融述史與論史的成果。《史記》本名《太史公書》，史遷有志效法孔子寫《春秋》之旨。他說：「人皆以斯極忠而被五刑死，察其本，乃與俗議之異」，大堪注意的是，他對「忠」的異議。漢初俗見以為李斯盡忠，為他受五刑叫屈，史遷不同意，考察本源，從頭說起，得出不同的意見。這個列傳，其實就是一種異議，這是他的「一家之言」，這所以他把李斯名下的文章一併列出，其中有真有假，但說止逐客、諫寫督責兩文應無可疑，他也的而且確主張焚書、參與偽詔，這些，對秦以至對中國文化，李斯的確何忠之有？即使忠，也只是一度忠於嬴政一個獨夫，最後連這個也背叛了，他嘗試效忠於更惡劣的另一個；反覆再三，豈稱得上「極忠」？初讀史遷此話，的確以為他反對的是漢人對李斯的同情、對李斯的好感，細味再三，終覺不然，說穿了是對當朝「忠」的不同意見。

他對「忠」的理解，超乎一地一朝，這才是他與漢俗議之異。這個「忠」，概如前述，先秦的讀書人本來都說得理直氣壯，李斯的老師不是一再引古語說：「從道不從君」？然而，從始皇到漢武，國家歸朕，國家被一個政權劫持，不，是被一個普通人加上若干舌如彈簧筆如刀刃的幫兇，劫持了，這話已成禁忌，不能說。

59　選擇：對自己交代，對別人負責

　　我在上蔡的時候，也看到犬隻在田野裏自由地奔跑，牠看來是愉快的，可沒有看到狡兔，豈能看到，那必須經過長時間努力地尋搜，而這意味放棄其他的追逐。李斯真的甘心情願麼？讀書人原本是可以選擇的。一位經濟學的學者說：

　　　　如果從經濟學的角度看，李斯執着於富貴，並不是他的過錯，而是他的自由與權利。從社會宏觀經濟的角度看，對個人追求財富的自由與權利的肯定是有益於社會進步的。對以政權為代表的國家來說，它的義務就是為個人以正當的手段追求財富提供一個合理的環境。李斯通過追求社會壟斷性公共權力而獲得財富分配是因為當時的社會環境沒有為他提供更多的選擇，李斯的「惡」更多根源於封建專制政體，根源於這個政體之下的權力分配體制。（江旺龍：〈從《史記‧李斯列傳》論中國古代人力資源市場的職業悲劇〉）

　　權力高度集中的社會，資源壟斷，沒有為讀書人提供更多的選擇，因而產生李斯的「惡」，根源誠然出在專制的政體。但焚詩書、禁私學是李斯自己提議的；這之後，讀書人真是選無可選，或為法吏，或治方術。但是否說能夠選擇的

甚少，就決定了李斯的路向？我們至少還記得同樣是魯迅被濫引的話：「地上本沒有路，走的人多了，也便成了路。」（莊子〈齊物論〉云：「道行之而成」。）當走的人不多，路還不成路，作為開路人，就是考驗，就更值得尊敬。李斯的前輩、同輩，以至後輩，就有過不同的選擇，走不易走看似本來沒有的路。這麼說，好像是坐在安樂椅上隨便風涼？不是的。獨裁專制的政體豈是上天賦與？如前所述，還不是李斯韓非這類讀書人為之鳴鑼開路？專制社會之惡，還不是讀書人自己的造作、強化？史遷感嘆韓非云：「余獨悲韓子為〈說難〉而不能自脫耳。」「不能自脫」，因為他另一面在反覆自縛，終於自毀，而且毀了整個知識界。早在十六世紀法國一位年輕人拉·波埃西（Étienne de La Boétie）就指出過：區區一個人是不可能奴役其他千萬人的，除非其他人首先願意奴役自己。（《論自願為奴》，*Discourse on Voluntary Servitude, or the Anti-Dictator*）至於財富與權力，又是否人唯一的選擇，讓你分羹，多分一點，人就滿足馴服？自甘為奴，當然就喪失自由，也就談不上選擇。不過完全沒有自由的時候，一如絕對的自由，也甚少。即使身陷牢獄，心靈還可以是自由的，不等於全無選擇，司馬遷就是典範。

然則當人還能夠選擇，就要好好把握。事實上，人不免要做這樣那樣的選擇，我們每天都在選擇，有些選擇，近乎本能，沒什麼大不了，也無所謂對錯，可有些，比較困難，

更有些，極難，因為影響深遠，而客觀環境又極多限制。可是正由於限制，選擇仍能本乎良知，超乎一己的利益，則時窮見節，維護了人的尊嚴，這才凸顯讀書人的可貴。人不免會犯錯，所以容許選錯，誰能保證不會選錯？不容試錯、不許犯錯的社會其實很可怕。讓人可以選擇的社會，自有容許選錯的機制，可不能為了名利，阿諛權勢，而違心地選。所謂良知，明代人解得很深奧，很玄妙，回歸孟子，那只是「不慮而知」，無需深謀遠慮，一種讀書人近乎天賦的道德意識，具體而言，就是搞學術、寫文章，誠實不造假，秉持自己的認知，發表自己相信的東西；且出於善意，而非出於一己之私。倘借康德的所謂定言命令，遵照應然的理性善意，則選擇只有一個。如果的確只有一個選擇，那反而容易得多。但現實社會詭譎多變，與之周旋，原則要堅守，策略得斟酌，要權宜，要借勢。儒者也有「守經行權」之說，孟子對嫂溺的問題最有代表性，他的答案是：「**嫂溺不援，是豺狼也。男女授受不親，禮也；嫂溺，援之以手者，權也。**」（〈離婁上〉）禮是原則，權是變通。

人的要求，物質生活是一面，精神生活是另一面，本來並非對立，卻往往令人陷於兩難，不得不從中取捨。所謂物競天擇，為了更好的生活、發展，難免競爭，可是主宰的畢竟還是人自己，而不是上天，上天不仁（老子語，indifferent），或者大仁不仁（莊子語，因大愛而無所偏愛），

如何選擇，還聽自己。儒者對仁有不同的進路，孟子引孔子云：「道二，仁與不仁而已矣。」（〈離婁上〉），下文他説暴民太甚的，身弒國亡；不太甚的，也會像幽王厲王，然後引《詩經》：「殷鑑不遠，在夏後之世。」然則既有這麼一面古鏡，當面對選擇，要爭，也要知所不爭，其間分寸，需要讀書人出入書本的智慧，這也是人鼠之別。選了，就得承擔後果，不單對自己交代，還得對別人負責。

而一切選擇，最重要的選擇，首先要弄清楚，是自己選擇做怎麼樣的一個人，怎麼樣看待自己。

後記

原本只是想寫一篇討論李斯的文章，一篇比較長的文章，誰知幾年來寫寫停停，其間有這樣那樣的雜務，興趣既多，又有其他的寫作，總不能靜下心來，並沒有把想法好好整理，把話說清楚。2013 年一次到內地旅行，看到一本《李斯評傳》，作者尚景熙，在他的筆下，李斯是卓越的政治家，出色的軍事家、文學家、文字學家、書法家，「為秦王朝建立了完善的帝國制度，並且在文化領域作出了劃時代的貢獻，就是中國歷史上有哪些人能與李斯相比呢」云云，李斯當然有缺點，那「主要是晚年要保身、保家、保子孫」。他對司馬遷的史學文筆不很贊成，認為充滿偏見，對歷史人物喜之則褒，惡之則貶。我把書讀完，立定決心回來後要把文章寫完，並且想到，要通盤解讀李斯，必須把李斯放回當年的政治氛圍、文化、文學的語境去，而不是簡單的、平面的過去，但我的解讀當然也不能擺脫今人的心眼，誰又能夠呢？當年年底還特別跑到上蔡去看李斯遺跡。於是文章越寫越長，文學與歷史一爐而冶，結果寫成一本書。

其實以李斯為主人公的書並不少見，不過許多都寫成歷

史小説，並且以訛傳訛，認真討論問題的甚少，問題沒有解決，也沒有意思要解決。至於完整地討論李斯全部書寫的作品，則恕我寡聞孤陋，至今未見。芸芸眾作，奇怪仍以卜德（Derk Bodde）早年的《從李斯生平看始創統一的秦朝》（*China's First Unifier: A Study of the Ch'in Dynasty As Seen in the Life of Li Ssu*, 1938）最有參考價值，而這是寫於大量秦簡出土之前。

　　但尚景熙先生之作我並不以為一無是處，這也無非是一種異見，儘管我不同意，我也並沒有要唱對臺的意思。從此看去，是異見；從彼看來，何嘗不是異見？無異，何以有見？不過各是其是，彼此彼此，亦彼亦此而已。同不一定求得；異，則必須保存。偏吃與偏聽，既無益，且會失味、失聰。偏看呢？當然就會失明。二千多年前晏嬰不是說：「若以水濟水，誰能食之？若琴瑟之專一，誰能聽之？」只要持之有故，言之成理，就有存在的理由。不過荀子排斥十二子，正因為「其持之有故，其言之成理，足以欺惑愚眾」。這是認定群眾不會分辨之故。愚昧誠然可欺，倘不能汲取教訓，學會判別，則無故無理之說，仍足以令人上當。如今教育普及，不是說群眾的眼睛是雪亮的麼？

　　何況，還得感謝這些無論我同意與否的中外學者，他們都能啟發我思考，助我學習。對李斯種種，多年來一直懸擱在心中，終於寫出來，誠如拉丁美洲小說家所言，像驅魔。

魔，其實從來驅之不盡，驅而復生，但至少驅了作者心中之魔。

　　本書得以出版，實蒙詩人劉偉成的轉薦，匯智羅國洪先生的襄助，衷心感激。

2016 年 12 月

河南駐馬店上蔡縣李斯墓

山東淄博市稷下學宮遺址

陝西韓城司馬遷墓

守丘石刻

呂不韋墓

泰山石刻

責任編輯：羅國洪

助理編輯：吳君沛

封面設計：洪清淇

李斯文章——一個讀書人的選擇

何福仁　著

出　　版：匯智出版有限公司

　　　　　香港九龍尖沙咀赫德道2A首邦行8樓803室

　　　　　電話：2390 0605　　傳真：2142 3161

　　　　　網址：http://www.ip.com.hk

發　　行：香港聯合書刊物流有限公司

　　　　　香港新界大埔汀麗路36號中華商務印刷大廈3字樓

　　　　　電話：2150 2100　　傳真：2407 3062

印　　刷：陽光 (彩美) 印刷公司

版　　次：2017年10月初版

國際書號：978-988-77710-7-4

香 港 藝 術 發 展 局
Hong Kong Arts Development Council 資助

香港藝術發展局全力支持藝術表達自由,本計劃
內容並不反映本局意見。